林徽因散文

林徽因 / 著

山西出版传媒集团 山西人民出版社

图书在版编目（CIP）数据

林徽因散文 / 林徽因著. —太原：山西人民出版社，2024.7
ISBN 978-7-203-12419-1

Ⅰ.①林… Ⅱ.①林… Ⅲ.①散文集—中国—现代 Ⅳ.①I266

中国国家版本馆CIP数据核字（2024）第091266号

林徽因散文

著　　者：	林徽因
责任编辑：	郝文霞
复　　审：	刘小玲
终　　审：	贺　权
装帧设计：	宋双成

出　版　者：	山西出版传媒集团·山西人民出版社
地　　　址：	太原市建设南路21号
邮　　　编：	030012
发行营销：	0351—4922220　4955996　4956039　4922127（传真）
天猫官网：	https://sxrmcbs.tmall.com　电话：0351—4922159
E-mail：	sxskcb@163.com　发行部
	sxskcb@126.com　总编室
网　　　址：	http://www.sxskcb.com

经　销　者：	山西出版传媒集团·山西人民出版社
承　印　厂：	三河市天润建兴印务有限公司

开　　本：	710mm×1000mm　1/16
印　　张：	18
字　　数：	210千字
印　　数：	1—5 000册
版　　次：	2024年7月　第1版
印　　次：	2024年7月　第1次印刷
书　　号：	ISBN 978-7-203-12419-1
定　　价：	39.80元

如有印装质量问题请与本社联系调换

目录 CONTENTS

第一辑　绘人物

文　珍　　　　　　　　　002

绣　绣　　　　　　　　　012

吉　公　　　　　　　　　024

钟　绿　　　　　　　　　035

窘　　　　　　　　　　　048

九十九度中　　　　　　　066

第二辑　叹人生

蛛丝和梅花　　　　　　　088

一片阳光　　　　　　　　092

窗子以外　　　　　　　　097

山西通信　　　　　　　　105

彼　此　　　　　　　　　108

第三辑　话创作

惟其是脆嫩	114
究竟怎么一回事	117
设计和幕后困难问题	122
《文艺丛刊小说选》题记	127
和平礼物	131

第四辑　谈建筑

我们的首都	138
闲谈关于古代建筑的一点消息	161
平郊建筑杂录	168
平郊建筑杂录（续）	178
晋汾古建筑预查纪略	191

第五辑　致亲友

致沈从文	238
致胡适	248
致傅斯年	261

致张兆和	263
致梁思庄	265
悼志摩	267
纪念志摩去世四周年	276

第一辑　绘人物

文 珍

家里在复杂情形下搬到另一个城市去,自己是多出来的一件行李。大约七岁,似乎已长大了,篁姊同家里商量接我到她处住半年,我便被送过去了。

起初一切都是那么模糊,重叠的一堆新印象乱在一处;老大的旧房子,不知有多少老老少少的人,楼,楼上憧憧①的人影,嘈杂陌生的声音,假山,绕着假山的水池,很讲究的大盆子花,菜圃,大石井,红红绿绿的小孩子,穿着很好看或粗糙的许多妇人围着四方桌打牌的,在空屋里养蚕的,晒干菜的,生活全是那么混乱、繁复和新奇。自己却总是孤单,怯生②,寂寞。渐渐地在纷乱的周遭中,居然挣扎出一点头绪,认到一个凝固的中心,在寂寞焦心或怯生时便设法寻求这中心,抓紧它,旋绕着它要求一个孩子所迫切需要的保护,温暖,和慰安。

这凝固的中心便是一个约莫十七岁年龄的女孩子。她有个苗条身材,一根乌黑的发辫,扎着大红绒绳;两只灵活得真叫人喜欢的黑晶似的眼珠;和一双白皙轻柔无所不会的手。她叫作文珍。人人都喊她文珍,不管是梳着油光头的妇女,扶着拐杖的老太太,刚会走路的"孙少",老妈子

---

① 憧憧(chōngchōng):形容往来不定或摇曳不定。
② 怯生:见到不熟识的人有些害怕和不自然;怕生。

或门房里人!

　　文珍随着喊她的声音转,一会儿在楼上牌桌前张罗,一会儿下楼穿过廊子不见了,又一会儿是哪个孩子在后池钓鱼,喊她去寻钓竿,或是另一个追她到园角攀摘隔墙的还不熟透的桑葚。一天之中这扎着红绒绳的发辫到处可以看到,跟着便是那灵活的眼珠。本能的,我知道我寻着我所需要的中心,和骆驼在沙漠中望见绿洲一样。清早上寂寞地踱出院子,一边望着银红的阳光射在藤萝叶上,一边却盼望着那扎着红绒绳的辫子快点出现。凑巧她过来了:花布衫熨得平平的,就有补的地方,也总是剪成如意或桃子等好玩的式样,雪白的袜子,青布的鞋,轻快地走着路,手里持着一些老太太早上需要的东西,开水、脸盆或是水烟袋。看着我,她就和蔼亲切地笑笑:

　　"怎么不去吃稀饭?"

　　难为情地,我低下头。

　　"好吧,我带你去。净怕生不行的呀!"

　　我感激地跟着她走。到了正厅后面(两张八仙桌上已有许多人在吃早饭),她把东西放在一旁,携着我的手到了中间桌边,顺便地喊声:"五少奶,起得真早。"等五少奶转过身来,便更柔声地说:"小客人还在怕生呢,一个人在外边吹着,也不进来吃稀饭!"于是把我放在五少奶旁边的方凳上,她自去大锅里盛碗稀饭,从桌心碟子里夹出一把油炸花生,拣了一角有红心的盐鸡蛋放在我面前,笑了一笑走去几步,又回过头来走到我耳朵边轻轻地说:

　　"好好地吃,吃完了,找阿元玩去,他们早上都在后池边看花匠做事,你也去。"或是:"到老太太所在的后廊子上找我,你看不看怎样夹燕窝?"

红绒发辫暂时便消失了。

太阳热起来,有天我在水亭子里睡着了,睁开眼正是文珍过来把我拉起来:"不能睡,不能睡,这里又是日头又是风的,快给我进去喝点热茶。"害怕的我跟着她去到小厨房,看着她拿开水冲茶,听她嘴里哼哼地唱着小调。篁姊走过看到我们便喊:"文珍,天这么热你把她带到小厨房里做什么?"我当时真怕文珍生气,文珍却笑嘻嘻地说:"三少奶奶,你这位妹妹真怕生,总是一个人闷着,今天又在水亭子里睡着了,你给她想想法子解解闷,这里怪难为她的。"

篁姊看看我说:"怎么不找那些孩子玩去?"我没有答应出来,文珍在篁姊背后已对我挤了挤眼,我感激地便不响了。篁姊走去,文珍拉了我的手说:"不要紧,不找那些孩子玩时就来找我好了,我替你想想法子。你喜欢不喜欢拆旧衣衫?我给你一把小剪子,我教你。"

于是面对面我们两人有时便坐在树荫下拆旧衣,我不会时她就叫我帮助她拉着布,她一个人剪,一边还同我讲故事。

指着大石井,她说:"文环比我大两岁,长得顶好看了,好看的人没有好命,更可怜!我的命也不好,可是我长得老实样,没有什么人来欺侮我。"文环是跳井死的丫头,这事发生在我未来这家以前,我就知道孩子们到了晚上,便互相逗着说文环的鬼常常在井边来去。

"文环的鬼真来么?"我问文珍。

"这事你得问芳少爷去。"

我怔住不懂,文珍笑了:"小孩子还信鬼么?我告诉你,文环的死都是芳少爷不好，要是有鬼她还不来找他算账？我看，就没有鬼，文环白死了！"我仍然没有懂，文珍也不再往下讲了，自己好像不胜感慨的样子。

过一会儿她忽然说："芳少爷讲书倒讲得顶好了，我替你出个主意，等他们早上讲诗的时候，你也去听。背诗挺有意思的，明天我带你去听。"

到了第二天她果然便带了我到东书房去听讲诗。八九个孩子看到文珍进来，都看着芳哥的脸。文珍满不在乎地坐下，芳哥脸上却有点两样，故作镇定地向着我说："小的孩子，要听可不准闹。"我望望文珍，文珍抿紧了嘴不响，打开一个布包，把两本唐诗放在我面前，轻轻地说："我把书都给你带来了。"

芳哥选了一些诗，叫大的背诵，又叫小的跟着念；又讲李太白怎样会喝酒的故事。文珍看我已经很高兴地在听下去，自己便轻脚轻手地走出去了。此后每天我学了一两首新诗，到晚上就去找文珍背给她听，背错了她必提示我，每背出一首她还替我抄在一个本子里——如此文珍便做了我的老师。

五月节中文珍裹的粽子好，做的香袋更是特别出色，许多人便托她做，有的送她缎面鞋料，有的给她旧布衣衫，她都一脸笑，高兴地接收了。有一天在她屋子里玩，我看到她桌子上有个古怪的纸包；我问她里边是些什么，她也很稀奇地说连她都不知道。我们两人便好奇地一同打开看。原来里边裹着的是一把精致的折扇，上面画着两三朵菊花，旁边细细地写着两行诗。

"这可怪了，"她喊了起来，接着眼珠子一转，仿佛想起什么了，便轻声地骂着，"鬼送来的！"

听到鬼，我便联想到文环，忽然恍然，有点明白这是谁送来的！我问她：可是芳哥？她望着我看看，轻轻拍了我一下，好脾气地说："你这小孩子家好懂事，可是——"她转了一个口吻，"小孩子家太懂事了，不好的。"过了一会儿，看我好像很难过，又笑逗着我："好娇气，一句话都吃不下去！轻轻说你一句就值得噘着嘴这半天！以后怎做人家儿媳妇？"我羞红了脸便和她闹，半懂不懂地大声念扇子上的诗。这下她可真急了，把扇子夺在手里说："你看我稀罕不稀罕爷们的东西！死了一个丫头还不够呀？"一边说一边狠狠地把扇子撕个粉碎，伏在床上哭起来了。

我从来没有想到文珍会哭的，这一来我慌了手脚，趴在她背上摇她，一直到自己也哭了，她才回过头来说："好小姐，这是怎么闹的，快别这样了。"替我擦干了眼泪，又哄了我半天。一共做了两个香包才把我送走。

在夏天有一个薄暮里，大家都出来到池边乘凉看荷花，小孩子忙着在后园里捉萤火虫，我把文珍也拉去绕着假山竹林走，一直到了那扇永远锁闭着的小门前边。阿元说那边住的一个人家是革命党，我们都问革命党是什么样子，要爬在假山上面往那边看。文珍第一个上去，阿元接着把我推上去。等到我的脚自己能立稳的时候，我才看到隔壁院里一个剪发的年轻人，仰着头望着我们笑。文珍急着要下来，阿元却正挡住她的去路。阿元上到山顶冒冒失失地便向着那人问："喂，喂，我问你，你是不是革命党呀？"那人皱一皱眉又笑了笑，问阿元敢不敢下去玩。文珍生气了，说阿元太顽皮，自己便先下去，把我也接下去走了。

过了些时日，我发现这革命党邻居已同阿元成了至交，时常请阿元由墙上过去玩，他自己也越墙过来同孩子们玩过一两次。他是个东洋留学生，放暑假回家的，很自然地我注意到他注意文珍，可是一切事在我当时都是一片模糊，莫明其所以的。文珍一天事又那么多，有时被孩子们纠缠不过，总躲了起来在楼上挑花做鞋去，轻易不见她到花园里来玩的。

可是全家里空气突然紧张起来，大点的孩子被二少奶老太太传去问话；我自己也被篁姊询问过两次关于小孩子们爬假山结交革命党的事，但是每次我都咬定了不肯说有文珍在一起。在那种大家庭里厮混了那么久，我也渐渐明白做丫头是怎样与我们不同，虽然我始终没有看到文珍被打过。

经过这次事件以后，文珍渐渐变得沉默，没有先前活泼了。多半时候都在正厅耳房一带、在老太太的房里或是在南楼上看少奶奶们打牌。仅在篁姊生孩子时，晚上过来陪我剪花样玩，帮我写两封家信。看她的样子好像很不高兴。

中秋前几天阿元过来，报告我说家里要把文珍嫁出去，已经说妥了人家，一个做生意的，长街小钱庄里管账的，听说文珍认得字，很愿意娶她，一过中秋便要她过门。我一面心急文珍要嫁走，却一面高兴这事的新鲜和热闹。

"文珍要出嫁了！"这话在小孩子口里相传着。但是见到文珍我却没有勇气问她。下意识地，我也觉到这桩事的不妙；一种黯淡的情绪笼罩在文珍要被嫁走的新闻上面。我记起文珍撕扇子那一天的哭，我记起我初认识她时她所讲的文环的故事，这些记忆牵牵连连地放在一起，都似乎叫我非常不安。到后来我忍不住了，在中秋前两夜大月亮和桂花香中看文珍正

到我们天井外石阶上坐着时,上去坐在她旁边,无暇思索地问她:

"文珍,我同你说,你真要出嫁了么?"

文珍抬头看看树枝中间的月亮:

"她们要把我嫁了!"

"你愿意么?"

"什么愿意不愿意的,谁大了都得嫁不是?"

"我说是你愿意嫁给那么一个人家么?"

"为什么不?反正这里人家好,于我怎么着?我还不是个丫头。穿得不好,说我不爱体面;穿得整齐点,便说我闲话,说我好打扮,想男子!……说我……"

她不说下去,我也默然不知道说什么。

"反正,"她接下去说,"丫头小的时候可怜,好容易挨到大了,又得遭难!不嫁老在那里磨着,嫁了不知又该受些什么罪!活该我自己命苦,生在凶年……亲爹妈背了出来卖给人家!"

我以为她又哭了,她可不,忽然立了起来,上个小山坡,踮起脚来连连折下许多桂花枝,拿在手里嗅着。

"我就嫁!"她笑着说,"她们给我说定了谁,我就嫁给谁!管他呢,命要不好,遇到一个醉汉打死了我,不更干脆?反正,文环死在这井里,我不能再在他们家上吊!这个那个都待我好,可是我可伺候够了,谁的事我不做一堆?不待我好,难道还要打我?"

"文珍,谁打过你?"我问。

"好,文环不是跳到井里去了么?谁现在还打人?"她这样回答,随之把手里的桂花丢过一个墙头，想了想，笑起来。我是完全地莫名其妙。

"现在我也大了，闲话该轮到我了。"她说了又笑，"随他们说去，反正是个丫头，我不怕！……我要跑就跑，跟卖布的，卖糖糕的，卖馄饨的，担臭豆腐挑子沿街喊的，出了门就走了！谁管得了我？"她放声地叽叽呱呱地大笑起来，两只手拿我的额发辫着玩。

我看她高兴，心里舒服起来。寻常女孩子家自己不能提婚姻的事，她竟说要跟卖臭豆腐的跑了，我暗暗稀罕她说话的胆子，自己也跟着说疯话："文珍，你跟卖馄饨的跑了，会不会生个小孩子也卖馄饨呀？"

文珍的脸忽然白下来，一声不响。

××钱庄管账的来拜节，有人一直领他到正院里来，小孩们都看见了。这人穿着一件蓝长衫，罩一件青布马褂，脸色乌黑，看去真像有了四十多岁。背还有点驼，指甲长长的，两只手老筒在袖里，顽皮的大孩子们眼睛骨碌碌地看着他，口上都在轻轻地叫他"新郎"。

我知道文珍正在房中，由窗格子里可以看得见他。我就跑进去找寻，她却转到老太太床后拿东西，我跟着缠住，她总一声不响。忽然她转过头来对我亲热地一笑，轻轻地附在我耳后说："我跟卖馄饨的去，生小孩，卖小馄饨给你吃。"说完扑哧地稍稍大声点笑。我乐极了，就跑出去。但所谓"新郎"却已经走了，只听说人还在外客厅旁边喝茶，商谈亲事应用的茶礼，我也没有再出去看。

此后几天，我便常常发现文珍到花园里去，可是几次，我都找不着她，只有一次我看见她从假山后那小路回来。

"文珍你到哪里去？"

她不答应我，仅仅将手里的许多杂花放在嘴边嗅，拉着我到池边去，说替我打扮个新娘子。我不肯，她就回去了。

又过了些日子我家来人接我回去，晚上文珍过来到我房里替篁姊收拾我的东西。看见房里没有人，她把洋油灯放低了一点，走到床边来同我说：

"我以为我快要走了，现在倒是你先去，回家后可还记得起文珍来？"

我眼泪挂在满脸，抽噎着说不出话来。

"不要紧，不要紧。"她说，"我到你家来看你。"

"真的么？"我伏在她肩上问。

"那谁知道！"

"你是不是要嫁给那钱庄管账的？"

"我不知道。"

"你要嫁给他，一定变成一个有钱的人了，你真能来我家么？"

"我也不知道。"

我又哭了。文珍摇摇我，说："哭没有用的，我给你写信好不好？"我点点头，就躺下去睡。

回到家后我时常盼望着文珍的信，但是她没有给我来信。真的革命了，许多人都跑到上海去住，篁姊来我们家说文珍在中秋节后快要出嫁以前逃跑了，始终没有寻着。这消息听到耳里同雷响一样，我说不出地牵挂、担心她。我鼓起勇气问文珍是不是同一个卖馄饨的跑了，篁姊惊讶地问我：

"她时常同卖馄饨的说话么？"

我摇摇头说没有。

"我看，"篁姊说，"还是同那革命党跑的！"

一年以后，我还在每个革命画册里想发现文珍的情人；文珍却从没有给我写过一封信。

绣绣

因为时局，我的家暂时移居到××。对楼张家的洋房子楼下住着绣绣。

那年绣绣十一岁，我十三。起先我们互相感觉到使彼此不自然，见面时便都先后红起脸来，准备彼此回避。但是每次总又同时彼此对望着，理会到对方有一种吸引力，使自己不容易立刻实行逃脱的举动。于是在一个下午，我们便有意距离彼此不远地同立在张家楼前，看许多人用旧衣旧鞋热闹地换碗。

还是绣绣聪明，害羞地由人丛中挤过去，指出一对美丽的小瓷碗给我看，用秘密亲昵的小声音告诉我她想到家里去要一双旧鞋来换。我兴奋地望着她回家的背影，心里漾起一团愉悦的期待。不到一会子工夫，我便又佩服又喜悦地参观到绣绣同换碗的贩子一段交易的喜剧，变成绣绣的好朋友。

那张小小的图画今天还顶温柔地挂在我的胸口。这些年了，我仍能见到绣绣的两条发辫系着大红绒绳，睁着亮亮的眼，抿紧着嘴，边走边跳地过来，一只背在后面的手里提着一双旧鞋。挑卖瓷器的贩子口里衔着旱烟，像一个高大的黑影，笼罩在那两簇美丽得同云一般各色瓷器的担子上面！一些好奇的人都伸过头来看。"这么一点点小孩子的鞋，谁要？"贩子坚硬的口气由旱烟管的斜角里呼出来。

"这是一双皮鞋，还新着呢！"绣绣抚爱地望着她手里的旧皮鞋。那双鞋无疑地曾经一度给过绣绣许多可骄傲的体面。鞋面有两道鞋扣。换碗的贩子终于被绣绣说服，取下口里的旱烟扣在灰布腰带上，把鞋子接到手中去端详。绣绣知道这机会不应该失落，也就很快地将两只渴慕了许多时候的小花碗捧到她手里。但是鹰爪似的贩子的一只手早又伸了过来，将绣绣手里梦一般美满的两只小碗仍然收了回去。绣绣没有话说，仰着绯红的脸，眼睛潮润着失望的光。

我听见后面有了许多嘲笑的声音，感到绣绣孤立的形势和她周围一些侮辱的压迫，不觉起了一种不平。"你不能欺侮她小！"我听到自己的声音威风地在贩子的胁下响，"能换就换，不能换，就把皮鞋还给她！"贩子没有理我，也不去理绣绣，忙碌地同别人交易，小皮鞋也还夹在他手里。

"换了吧老李，换了吧，人家一个孩子。"人群中忽有个老年好事的人发出含笑慈祥的声音。他"倚老卖老"地将担子里那两只小碗重新拣出交给绣绣同我："喏，你们两个孩子拿着这两只碗快走吧！"我惊讶地接到一只碗，不知所措。绣绣却挨过亲热的小脸扯着我的袖子，高兴地笑着示意我同她一块儿挤出人堆来。那老人或许不知道，他那时塞到我们手里的不止是两只碗，并且是一把鲜美的友谊。

自此以后，我们的往来一天比一天亲密。早上我陪伴绣绣到西街口小庐里买点零星东西。绣绣是有任务的，她到店里所买的东西都是油盐酱醋，她妈妈那一天做饭所必需的物品。当我看到她在店里非常熟识地要她的货物了，从容地付出或找入零碎铜圆同吊票①时，我总是暗暗地佩服她的能干，羡慕她的经验。最使我惊异的则是她妈妈所给我的印象。黄瘦的，那妈妈是个极懦弱无能的女人，因为带着病，她的脾气似乎非常暴躁。种种的事她都指使着绣绣去做，却又无时无刻不咕噜着、教训着她的孩子。

起初我以为绣绣没有爹，不久我就知道原来绣绣的父亲是个很阔绰的人物。他姓徐，人家叫他徐大爷，同当时许多父亲一样，他另有家眷住在别一处的。绣绣同她妈妈母女两人早就寄住在这张家亲戚楼下两小间屋子里，好像被忘记了的孤寡。绣绣告诉我，她曾到过她爹爹的家，那还是她那新姨娘没有生小孩以前，她妈叫她去同爹要一点钱，绣绣说时脸红了起来，头低了下去，挣扎着心里各种的羞愤和不平。我没有敢说话，绣绣随之也就忘掉了那不愉快的方面，抬起头来告诉我，她爹家里有个大洋狗非常的好："爹爹叫它坐下，它就坐下。"还有一架洋钟，绣绣也不能够忘掉。"钟上面有个门"，绣绣眼里亮起来，"到了钟点，门会打开，里面跳出一只鸟来，几点钟便叫几次。""那是——那是爹爹买给姨娘的。"绣绣又偷偷告诉了我。

"我还记得有一次我爹爹抱过我呢。"绣绣说，她常同我讲点过去的事情。"那时候，我还顶小，很不懂事，就闹着要下地，我想那次我爹一定很不高兴的！"绣绣追悔地感到自己的不好，惋惜着曾经领略过又失落了的一点点父亲的爱。"那时候你太小了，当然不懂事。"我安慰着她。"可是……那一次我到爹家里去时，又弄得他不高兴呢！"绣绣心里为了这

---

① 吊票：由当时政府金融机构发行并流通的印有确切面值的钞票。

桩事，大概已不止一次地追想难过着，"那天我要走的时候，"她重新说下去，"爹爹翻开抽屉问姨娘有什么好玩意儿给我玩，我看姨娘没有答应，怕她不高兴，便说我什么也不要。爹听见就很生气地把抽屉关上，说：不要就算了！"——这里绣绣本来清脆的声音显然有点哑，"等我再想说话，爹已经起来把给妈的钱交给我，还说，你告诉她，有病就去医，自己乱吃药，明日吃死了我不管！"这次绣绣伤心地对我诉说着委屈，轻轻抽噎着哭，一直坐在我们后院子门槛上玩，到天黑了才慢慢地踱回家去，背影消失在张家灰暗的楼下。

夏天热起来，我们常常请绣绣过来喝汽水，吃藕，吃西瓜。娘把我太短了的花布衫送给绣绣穿，她活泼地在我们家里玩，帮着大家摘菜，做凉粉，削果子做甜酱，听国文先生讲书、讲故事。她的妈则永远坐在自家的窗口，摇着一把蒲扇，不时颤声地喊："绣绣！绣绣！"底下咕噜着一些埋怨她不回家的话，"……同她父亲一样，家里总坐不住！"

有一天，天将黑的时候，绣绣说她肚子痛，匆匆跑回家去。到了吃夜饭的时候，张家老妈到了我们厨房里说，绣绣那孩子病得很重，她妈不会请大夫，急得只坐在床前哭。我家里人听见了就叫老陈妈过去看绣绣，带着一剂什么急救散。我偷偷跟在老陈妈后面，也到绣绣的屋子去看她。我看到我的小朋友脸色苍白地在一张木床上呻吟着，屋子在那黑夜小灯光下闷热的暑天里，显得更凌乱不堪。那黄病的妈妈除却交叉着两只手发抖地在床边敲着，不时呼唤绣绣外，也不会为孩子预备一点什么适当的东西。大个子的蚊子咬着孩子的腿同手臂，大粒子汗由孩子额角沁出流到头发旁边。老陈妈慌张地前后转着，拍着绣绣的背，又问徐大奶奶——绣绣的妈要开水，要药锅煎药。我偷个机会轻轻溜到绣绣床边叫她，绣绣听到声音还勉强地睁开眼睛看看我做了一个微笑，吃力地低声说："蚊香……在屋角……劳驾你给点一根……"她显然习惯于母亲的无用。

"人还清楚！"老陈妈放心地去熬药。这边徐大奶奶咕噜着："告诉过你人家的汽水少喝！果子也不好，我们没有那命吃那个……偏不听话，这可招了祸！……你完了小冤家，我的老命也就不要了……"绣绣在呻吟中间显然还在哭辩着："哪里是那些？妈……今早上……我渴，喝了许多泉水。"

家里派人把我拉回去。我记得那一夜我没得好睡，惦记着绣绣，做着种种可怕的梦。绣绣病了差不多一个月，到如今我也不知道到底患的什么病，他们请过两次不同的大夫，每次买过许多杂药。她妈天天给她稀饭吃。正式的医药没有，营养更是等于零的。

因为绣绣的病，她妈妈埋怨过我们，所以她病里谁也不敢送吃的给她。到她病将愈的时候，我天天只送点儿童画报一类的东西去同她玩。

病后，绣绣那灵活的脸上失掉所有的颜色，更显得异样温柔，差不多超尘地洁净，美得好像画里的童神一般，声音也非常脆弱动听，牵得人心里不能不漾起怜爱。但是以后我常常想到上帝不仁的摆布，把这么美好敏感、能叫人爱的孩子虐待在那么一个环境里。明明父母双全的孩子，却那样伶仃孤苦，使她比失却怙恃①更茕孑②无所依附。当然我自己除却给她一点童年的友谊，做个短时期的游伴以外，毫无其他能力护助着这孩子同她

---

① 茕孑（qióngjié）：孤独而没有依靠。
② 怙恃（hùshì）：依仗，凭借。也作"父母"的代称。

的运命搏斗。

她父亲在她病里曾到她们那里看过她一趟，停留了一个极短的时间。但他因为不堪忍受绣绣妈的一堆存积下的埋怨，他还发气狠心地把她们母女反申斥了，教训了，也可以说是辱骂了一顿。他悻悻地留下一点钱就自己走掉，声明以后再也不来看她们了。

我知道绣绣私下曾希望又希望着她爹去看她们，每次结果都是出了她孩子打算以外的不圆满。这使她很痛苦。这一次她忍耐不住了，她大胆地埋怨起她的妈："妈妈，都是你这样子闹，所以爹气走了，赶明日他再也不来了！"其实绣绣心里同时也在痛苦着埋怨她爹。她有一次就轻声地告诉过我："爹爹也太狠心了，妈妈虽然有脾气，她实在很苦的，她是有病。你知道她生过六个孩子，只剩我一个女的。从前，她常常一个人在夜里哭她死掉的孩子，日中老是做活计，样子同现在很两样；脾气也很好的。"但是绣绣虽然告诉过我——她的朋友——她的心绪，对她母亲的同情，徐大奶奶都只听到绣绣对她一时气愤的埋怨，因此便借题发挥起来，夸张着自己的委屈，向女儿哭闹、谩骂。

那天张家有人听得不过意了，进去干涉，这一来，更触动了徐大奶奶歇斯底里的脾气，索性气结地坐在地上狠命地咬牙捶胸，疯狂似的大哭。等到我也得到消息过去看她们时，绣绣已哭到眼睛红肿，蜷伏在床上一角抽搐得像个可怜的迷路的孩子。左右一些邻居都好奇、好事地进去看她们。我听到出来的人议论着她们的事："徐大爷前月生了个男孩子。前几天替孩子做满月办了好几桌席，徐大奶奶本来就气得几天没有吃好饭，今天大爷来又说了她同绣绣一顿，她更恨透了，巴不得同那个新的人拼命去！凑巧绣绣还护着爹，倒怨起妈来，你想，她可不就气疯了，拿孩子来出气么？"我还听见有人为绣绣不平，又有人说："这都是孽债，绣绣那孩子，前世里该了他们什么吧？怪可怜的，那点点年纪，整天这样挨着。你看她这场病也会不死？这不是该他们什么还没有还清么？！"

绣绣的环境一天不如一天，的确好像有孽债似的，她妈的暴躁比以前更迅速地加增，虽然她对绣绣的病不曾有效地维护调摄，为着忧虑女儿的身体那烦恼的事实却增进她的衰弱怔忡①的症候，变成一个极易受刺激的妇人。为着一点点事，她就得狂暴地骂绣绣。有几次简直无理地打起孩子来。楼上张家不胜其烦，常常干涉着，因之又引起许多不愉快的口角，给和平的绣绣更多不方便同为难。

我自认已不迷信的了，但是人家说绣绣似来还孽债的话，却偏偏深深印在我脑子里，让我回味又回味着，不使我摆脱开那里所隐示的果报轮回之说。读过《聊斋志异》同《西游记》的小孩子的脑子里，本来就装着许多荒唐的幻想的，无意的迷信的话听了进去便很自然发生了相当影响。此后不多时候我竟暗同绣绣谈起观音菩萨的神通来。两人背着人描下柳枝观音的像夹在书里，又常常在后院向西边虔敬地做了一些滑稽的参拜，或烧几炷家里的蚊香。我并且还教导绣绣暗中临时念"阿弥陀佛，救苦救难观世音菩萨"，告诉她那可以解脱突来的灾难。病得瘦白柔驯、乖巧可人的绣绣，于是真的常常天真地双垂着眼，让长长的睫毛美丽地覆在脸上，合着小小手掌，虔意地喃喃向着传说能救苦的观音祈求一些小孩子的奢望。

① 怔忡（zhēngchōng）：心悸。

"可是，小姐姐，还有耶稣呢？"有一天她突然感觉到她所信任的神明问题有点儿蹊跷，我们两人都是进过教会学校的——我们所受的教育，同当时许多小孩子一样本是矛盾的。

　　"对了，还有耶稣！"我呆然，无法给她合理的答案。神明本身既发生了问题，神明自有公道、慈悲等说也就跟着动摇了。但是一个漂泊不得于父母的寂寞孩子显然需要可皈依的主宰的，所以据我所知道，后来观音同耶稣竟是同时庄严地在绣绣心里受她不断的敬礼！

　　日子这样渐渐过去，天凉快下来，绣绣已经又被指使着去临近小店里采办杂物，单薄的后影在早晨的凉风中摇曳着，已不似初夏时活泼。看到人总是含羞地不说什么话，除却过来找我一同出街外，也不常到我们这边玩了。

　　突然地有一天早晨，张家楼下发出异样紧张的声浪，徐大奶奶在哭泣中锐声气愤地在骂着，诉着，喘着，与这锐声相间而发的有沉重的发怒的男子口音。事情显然严重。借着小孩子身份，我飞奔过去找绣绣。张家楼前停着一辆讲究的家车，徐大奶奶房间的门开着一线，张家楼上所有的仆人、厨役、打杂的同老妈子，全在过道处来回穿行，好奇地听着热闹。屋内秩序比寻常还要紊乱，刚买回来的肉在荷叶上挺着，一把蔬菜萎靡得像一把草，搭在桌沿上，放出灶边或菜市里那种特有的气味。一堆碗箸，用过的同未用的，全在一个水盆边放着。墙上美人牌香烟的月份牌已让人碰得在歪斜里悬着。最奇怪的是那屋子里从来未有过的雪茄烟的气雾。徐大爷坐在东边木床上，紧紧锁着眉，怒容满面，口里衔着烟，故作从容地抽着。徐大奶奶由邻居里一个老太婆同一个小脚老妈子按在一张旧藤椅上还断续地颤声地哭着。

当我进门时，绣绣也正拉着楼上张太太的手进来，看见我头低了下去，眼泪显然涌出，就用手背去擦着已经揉得红肿的眼皮。

徐大奶奶见到人进来就锐声地申诉起来。她向着楼上张太太说："三奶奶，你听听我们大爷说的没有理的话！……我就有这么半条老命，也不能平白让他们给弄死！我熬了这二十多年，现在难道就这样子把我撵出去？人得有个天理呀！……我打十七岁来到他家，公婆面上什么没有受过、挨过……"

张太太望望徐大爷，绣绣也睁着大眼睛望着她的爹，大爷先只是抽着烟严肃地冷酷地不作声。后来忽然立起来，指着绣绣的脸，愤怒地做个强硬的姿势说："我告诉你，不必说那许多废话，无论如何，你今天非把家里那些地契拿出来交还我不可……这真是岂有此理！荒唐之至！老家里的田产地契也归你管了，这还成什么话！"

夫妇两人接着都有许多驳难①的话，大奶奶怨着丈夫遗弃，克扣她钱，不顾旧情，另有所恋，不管她同孩子两人的生活，在外同那女人浪费。大爷说他妻子不识大体，不会做人，他没有法子改良她，他只好替另②再娶能温顺着他的女人另外过活，坚不承认有何虐待大奶奶处。提到地契，两人各据理由争执，一个说是那一点该是她老年过活的凭藉，一个说是祖传家产不能由她做主分配。相持到吃中饭时分，大爷的态度愈发变得强硬，大奶奶却喘成一团，由疯狂的哭闹，变成无可奈何的啜泣。

---

① 驳难（bónàn）：反驳责难。
② 替另：方言，另外的意思。

别人已渐渐退出。

直到我被家里人连催着回去吃饭时，绣绣始终只缄默地坐在角落里，由无望地伴守着两个互相仇视的父母，到听着楼上张太太的几次清醒的公平话，尤其关于绣绣自己的地方。张太太说的要点是他们夫妇两人应该看绣绣面上，不要过于固执。她说："那孩子近来病得很弱。"又说："大奶奶要留着一点点也是想到将来的事，女孩子长大起来还得出嫁，你不能不给她预备点。"她又说："我看绣绣很聪明，下季就是不进学，开春也应该让她去补习点书。"她又向大爷提议："我看以后大爷每月再给绣绣筹点学费，这年头女孩不能老不上学，净在家里做杂务的。"

这些中间人的好话到了那生气的两个人耳里，好像更变成一种刺激，大奶奶听到时只是冷讽着："人家有了儿子了，还顾了什么女儿！"大爷却说："我就是给她学费，她那小气的妈也不见得送她去读书呀！"大奶奶更感到冤枉了："是我不让她读书么？你自己不是说过'女孩子不用读那么些书'么？"

无论如何，那两人固执着偏见，急迫地只顾发泄两人对彼此的仇恨，谁也无心用理性来为自己的纠纷寻个解决的途径，更说不到顾虑到绣绣的一切。那时我对绣绣的父母两人都恨透了，恨不得要同他们说理，把我所看到的各种情形全盘不平地倾吐出来，叫他们醒悟，乃至于使他们悔过，却始终因自己年纪太小，他们的情形太严重，拿不起力量，懦弱地抑制下来。但是当我咬着牙恨毒他们时，我偶然回头看到我的小朋友就坐在那里，眼睛无可奈何地向着一面，无目的地愣着，忽然使我起一种很奇怪的感觉。我悟到此刻在我看去无疑问的两个可憎可恨的人，却是那温柔和平的绣绣的父母。我很明白即使绣绣此刻也有点恨他们，但是蒂结在绣绣温婉的心底的，对这两人到底仍是那不可思议的深爱！

我在惘惘中回家去吃饭，饭后等不到大家散去，我就又溜回张家楼下。这次出乎我意料以外，绣绣房前是一片肃静。外面风刮得很大，树叶和尘土由甬道里卷过，我轻轻推门进去，屋里的情形使我不禁大吃一惊，几乎失声喊出来！方才所有放在桌上、木架上的东西，现在一起打得粉碎，扔散在地面上……大爷同大奶奶显然已都不在那里，屋里既无啜泣，也没有沉重的气愤的申斥声，所余仅剩苍白的绣绣，抱着破碎的想望、无限的伤心，坐在老妈子身边。雪茄烟的气息尚香馨地笼罩在这一幅惨淡滑稽的画景上面。

"绣绣，这是怎么了？"绣绣的眼眶一红，勉强调了一下哽咽的嗓子，"妈妈不给那——那地契，爹气了就动手扔东西。后来……他们就要打起来，隔壁大妈给劝住，爹就气着走了……妈让他们挟到楼上'三阿妈'那里去了。"小脚老妈子开始用笤帚把地上的碎片收拾起来。

忽然在许多凌乱中间，我见到一些花瓷器的残体，我急急拉过绣绣，两人一同俯身去检验。

"绣绣！"我叫起来，"这不是你那两只小瓷碗？也……让你爹砸了么？"

绣绣泪汪汪地点点头，没有答应，云似的两簇花瓷器的担子和初夏的景致又飘过我心头，我捏着绣绣的手，也就默然。外面秋风摇撼着楼前的破百叶窗，两个人看着小脚老妈子将那美丽的尸骸同其他茶壶粗碗的碎片，带着茶叶剩菜，一起送入一个旧簸箕里，葬在尘垢中间。

这世界上许多纷纠①使我们孩子的心很迷惑——那年绣绣十一，我十三。

终于在那年的冬天，绣绣的迷惑终止在一个初落雪的清早里。张家楼房背后那一道河水，冻着薄薄的冰，到了中午阳光隔着层层的雾惨白地射在上面，绣绣已不用再缩着脖颈，顺着那条路，迎着冷风到那里去了！无意地她却把她的迷惑留在我心里，飘忽于张家楼前同小店中间，直到了今日。

---

① 纷纠：纠纷；纷扰。

吉 公

　　二三十年前，每一个老派头旧家族的宅第里面，竟可以是一个缩小的社会；内中居住着种种色色的人物，他们错综的性格、兴趣和琐碎的活动，或属于固定的，或属于偶然的，常可以在同一个时间里，展演如一部戏剧。

　　我的老家，如同当时其他许多家庭一样，在现在看来，尽可以称它作一个旧家族。那个并不甚大的宅子里面，也自成一种社会缩影。我同许多小孩子既在那中间长大，也就习惯于里面各种错综的安排和纠纷；像一条小鱼在海滩边生长，习惯于种种螺壳，蛤蜊，大鱼，小鱼，司空见惯，毫不以那种戏剧性的集聚为稀奇。但是事隔多年，有时反复回味起来，当时的情景反倒十分迫近。眼里颜色浓淡鲜晦，不但记忆浮沉驰骋，情感竟亦在不知不觉中重新伸缩，仿佛有所活动。

　　不过那大部的戏剧此刻却并不在我念中，此刻吸引我回想的仅是那大部中一小部，那错综的人物中的一个人物。

　　他是我们的舅公，这事实是经"大人们"指点给我们一群小孩子知道的。于是我们都叫他作"吉公"，并不疑问到这事实的确实性。但是大人们却又在其他的时候里，间接地或直接地告诉我们，他并不是我们的舅公的许多话！凡属于故事的话，当然都更能深入孩子的记忆里，这舅公的来历，就永远地在我们心里留下痕迹。

"吉公"是外曾祖母抱来的儿子；这故事一来就有些曲折，给孩子们许多想象的机会。外曾祖母本来自己是有个孩子的，据大人们所讲，他是如何地聪明，如何地长得俊！可惜在他九岁那年一个很热的夏天里，竟然"出了事"。故事是如此的：他和一个小朋友，玩着抬起一个旧式的大茶壶桶，嘴里唱着土白①的山歌，由供着神位的后厅抬到前面正厅里去（我们心里在这里立刻浮现出一张鲜明的图画：两个小孩子，赤着膊；穿着桃花大红肚兜，抬着一个朱漆木桶；里面装着一个白锡镶铜的大茶壶；多少两的粗茶叶，泡得滚热的），但是悲剧也就发生在这幅图画后面，外曾祖父手里拿着一根旱烟管，由门后出来，无意中碰倒了一个孩子，事儿就坏了！那无可偿补的悲剧，就此永远嵌进那温文尔雅的读书人的生命里去。

这个吉公，用不着说，是抱来替代那惨死去的聪明孩子的。但这是又过了十年，外曾祖母已经老了，祖母已将出阁时候的事。讲故事的谁也没有提到吉公幼时是如何长得聪明美丽的话。如果讲到吉公小时候的情形，且必用一点叹息的口气说起这吉公如何地顽皮，如何地不爱念书，尤其是关于学问是如何地没有兴趣，长大起来，他也始终不能去参加他们认为光荣的考试。

就一种理论讲，我们自己既在那里读书学作对子，听到吉公不会这门事，在心理上对吉公发生了一点点轻视并不怎样不合理。但是事实上我们不止对他的感情总是那么柔和，时常且对他发生不少的惊讶和钦佩。

吉公住在一个跨院的旧楼上边。不止在现时回想起来，那地方是个浪

---

① 土白：土话，方言。

漫的去处，就是在当时，我们也未尝不觉到那一曲小小的旧廊，上边斜着吱吱呀呀的那么一道危梯，是非常有趣味的。

我们的境界既被限制在一所四面有围墙的宅子里，那活泼的孩子心有时总不肯在单调的生活中磋磨①过去，故必定竭力地在那限制的范围以内寻觅新鲜。在一片小小的地面上，我们认为最多变化、最有意思的，到底是人：凡是有人住的，无论哪一个小角落里，似乎都藏着无数的奇异，我们对它便都感着极大的兴味。所以挑水老李住的两间平房，远在茶园子的后门边，和退休的老陈妈所看守的厨房以外一排空房，在我们寻觅新鲜的活动中，或可以说长成的过程中，都是绝对必需的。吉公住的那小跨院的旧楼，则更不必说了。

在那楼上，我们所受的教育，所吸取的知识，许多确非负责我们教育的大人们所能想象得到的。随便说吧，最主要的就有自鸣钟的机轮的转动，世界地图，油画的外国军队军舰，和照相技术的种种，但是最要紧的还是吉公这个人，他的生平，他的样子、脾气，他自己对于这些新知识的兴趣。

吉公已是中年人了，但是对于种种新鲜事情的好奇，却还活像个孩子。在许多人跟前，他被认为是个不读书不上进的落魄者，所以在举动上，在人前时，他便习惯于惭愧、谦卑、退让、拘束的神情，唯独回到他自己的旧楼上，他才恢复过来他种种生成的性格，与孩子们和蔼天真地接触。

在楼上他常快乐地发笑；有时为着玩弄小机器一类的东西，他还会

---

① 磋磨：切磋琢磨。此处指消磨、蹉跎。

带着嘲笑似的骂我们迟笨——在人前,这些便是绝不可能的事。用句现在极普通的语言讲,吉公是个有"科学的兴趣"的人,那个小小的楼屋,便是他的私人实验室。但在当时,吉公只是一个不喜欢作对子读经书的落魄者,那小小的角隅实是祖母用着布施式的仁慈和友爱的含忍,让出来给他消磨无用的日月的。

夏天里,约略在下午两点的时候,那大小几十口复杂的家庭里,各人都能将他一份事情打发开来,腾出一点时光睡午觉。小孩们有的也被他们母亲或看妈①抓去横睡在又热又闷气的床头一角里去。在这个时候,火似的太阳总显得十分寂寞,无意义地罩着一个两个空院,一处两处洗晒的衣裳,刚开过饭的厨房,或无人用的水缸。在清静中,喜鹊大胆地飞到地面上,像人似的来回走路,寻觅零食,花猫黄狗全都蜷成一团,在门槛旁把头睡扁了似的不管事。

我喜欢这个时候,这种寂寞对于我有说不出的滋味。饭吃过,随便在哪个荫凉处待着,用不着同伴,我就可以寻出许多消遣来。起初我常常一人走进吉公的小跨院里去,并不为的找吉公,只站在门洞里吹穿堂风,或看那棵大柚子树的树荫罩在我前面来回地摇晃。有一次我满以为周围只剩我一人的,忽然我发现廊下有个长长的人影,不觉一惊。顺着人影偷着看去,我才知道是吉公一个人在那里忙着一件东西。他看我走来便向我招手。

原来这时间也是吉公最宝贵的时候,不轻易拿来糟蹋在午睡上面。我同他的特殊的友谊便也建筑在这点点同情上。他告诉我他私自学会了照

---

① 看妈:保姆。

相，家里新买到一架照相机已交给他尝试。夜里，我是看见过的，他点盏红灯，冲洗那种旧式玻璃底片，白日里他一张一张耐心地晒片子，这还是第一次让我遇到！那时他好脾气地指点给我一个人看，且请我帮忙，两次带我上楼取东西。平常孩子们太多他没有工夫讲解的道理，此刻慢吞吞地也都和我讲了一些。

吉公楼上的屋子是我们从来看不厌的，里面东西实在是不少，老式钟表就有好几个，都是亲戚们托他修理的，有的是拆卸开来卧在一个盘子里，等他一件一件再细心地凑在一起。桌上竟还放着一副千里镜①，墙上满挂着许多很古怪的翻印的油画，有的是些外国皇族，最多还是有枪炮的普法战争的图画，和一些火车轮船的影片以及大小地图。

"吉公，谁教你怎么修理钟的？"

吉公笑了笑，一点不骄傲，却显得更谦虚的样子，努一下嘴，叹口气说："谁也没有教过吉公什么！"

"这些机器也都是人造出来的，你知道！"他指着自鸣钟，"谁要喜欢这些东西尽可拆开来看看，把它弄明白了。"

"要是拆开了还不大明白呢？"我问他。

他更沉思地叹息了。

"你知道，吉公想大概外国有很多工厂教习所，教人做这种灵巧的机器，凭一个人的聪明一定不会做得这样好。"说话时吉公带着无限的怅惘。我却没有听懂什么工厂什么教习所的话。

吉公又说："我那天到城里去看一个洋货铺里面有个修理钟表的柜台，

---

① 千里镜：望远镜。

你说也真奇怪,那个人在那里弄个钟,许多地方还没有吉公明白呢!"

在这个时候,我以为吉公尽可以骄傲了,但是吉公的脸上此刻看去却更惨淡,眼睛正望着壁上火轮船的油画看。

"这些钟表实在还不算有意思。"他说,"吉公想到上海去看一次火轮船,那种大机器转动起来够多有趣。"

"伟叔不是坐着那么一个上东洋去了么?"我说,"你等他回来问问他。"

吉公苦笑了:"傻孩子,伟叔是读书人,他是出洋留学的,坐到一个火轮船上,也不到机器房里去的,那里都是粗的工人火夫[①]等管着。"

"那你呢?难道你就能跑到粗人伙夫的机器房里去?"孩子们受了大人影响,怀疑到吉公的自尊心。

"吉公喜欢去学习,吉公不在乎那些个。"他笑了,看看我为他十分着急的样子,忙把话(题)转变一点安慰我说:"在外国,能干的人也有专管机器的,好比船上的船长吧,他就也得懂机器还懂地理。军官吧,他就懂炮车里的机器。尽念古书不相干的,洋人比我们能干,就为他们的机器……"

这次吉公讲的话很多,我都听不懂,但是我怕他发现我太小不明白他的话,以后不再要我帮忙,故此一直勉强听下去,直到吉公记起廊下的相片,跳起来拉了我下楼。

又过了一些日子,吉公的照相颇博得一家人的称赞,尤其是女人们喜欢得不得了。天好的时候,六婶娘找了几位妯娌,请祖母和姑妈们去她院

[①] 火夫:旧时称烧锅炉的人。

里照相。六婶娘梳着油光的头，眉目细细地淡淡地画在她白皙的脸上，就同她自己画的兰花一样有几分勉强。她的院里有几株梅花，几竿竹，一个月门，还有一堆假山，大家都认为是可以入画的景致。但照相前，各人对于陈设的准备，也和吉公对于照相机底片等等的部署一般繁重。婶娘指挥丫头玉珍、花匠老王忙着摆茶几，安放细致的水烟袋及茶杯。前面还要排着讲究的盆花，然后两旁陈列着几张直背椅，各人按照辈分、岁数各个坐成一个姿势，有时还拉着一两个孩子作衬托。

　　在这种时候，吉公的头与手在他的黑布与机器之间耐烦地周旋着。周旋到相当时间，他认为已达到较完满的程度，才把头伸出观望那被摄影的人众。每次他有个新颖的提议，照相的人们也就有说有笑地起劲。这样祖母便很骄傲起来，这是连孩子们都觉察得出的，虽然我们当时并未了解她的许多伤心。吉公呢，他的全副精神却在那照相技术上边，周围的空气、人情并不在他的注意中。等到照相完了，他才微微地感到一种完成的畅适，兴头①地掮②着照相机，带着一群孩子回去。

　　还有比这个严重的时候，如同年节或是老人们的生日，或宴客，吉公的照相职务便更为重要了。早上你到吉公屋里去，便看得到厚厚的红布黑布挂在窗上，里面点着小红灯，吉公驼着背在黑暗中来往地工作。他那种兴趣、勤劳和认真，现在回想起来，我相信如果他晚生三十年，这个社会里必定会有他一个结实的地位的。照相不过是他当时一个不得已的科学上的活动，他对于其他机器的爱好，却并不在照相以下。不过在实际上照相

---

① 兴头：方言。高兴；得意。
② 掮（qián）：用肩扛（东西）。

既有所贡献于接济他生活的人，他也只好安于这份工作了。

另一次我记得特别清楚，我那喜欢兵器、武艺的祖父，拿了许多所谓的"洋枪"到吉公那里，请他给揩擦上油。两人坐在廊下谈天，小孩子们也围上去。吉公开一瓶橄榄油，扯点破布，来回地把玩那些我们认为颇神秘的洋枪，一边议论着洋船、洋炮，及其他洋人做的事。

吉公所懂得的均是具体知识，他把枪支在手里，开开这里，动动那里，演讲一般指手画脚地讲到机器的巧妙，由枪到炮，由炮到船，由船到火车，一件一件。祖父感到惊讶了，这已经相信维新的老人听到吉公这许多话，相当地敬服起来，微笑凝神地在那里点头领教。大点的孩子也都闻所未闻地睁大了眼睛；我最深的印象便是那次祖父对吉公非常愉悦的脸色。

祖父谈到航海，说起他年轻的时候，极想到外国去，听到某处招生学洋文，保送到外洋去，便设法想去投考。但是那时他已聘了祖母，丈人方面得到消息大大地不高兴，竟以要求退婚要挟他把那不高尚的志趣打消。吉公听了，黯淡地一笑，或者是想到了他自己年少时多少的梦，也曾被这同一个读书人给毁掉了。

他们讲到苏伊士运河，吉公便高兴地、同情地把楼上的地图拿下来，由地理讲到历史，甲午呀，庚子呀，我都是在那时第一次听到。我更记得平常不说话的吉公当日愤慨的议论，我为他不止一点地骄傲，虽然我不明白为什么他的结论总回到机器上。

但是一年后吉公离开我们家，却并不为着机器，而是出乎我们意料地为着一个女人。

也许是因为吉公的照相（技术）相当地出了名，并且时常地出去照附近的名胜，让一些人知道了，就常有人来请他去照相。为着对于技术的兴趣，他亦必定到别人家里去尽义务地为人照全家乐或戴着朝珠补褂①的单人留影。酬报则时常是些食品、果子。

有一次有人请他去，照相的却是一位未曾出阁的姑娘，这位姑娘因在择婿上稍稍经过点周折，故此她家里对于她的亲事常怀着悲观。与吉公认识的是她的堂哥，照相的事是否这位哥哥故意地设施②，家里人后来议论得非常热烈，我们也始终不得明了。要紧的是，事实上吉公对于这姑娘一家甚有好感，为着这姑娘的相片也颇尽了些职务；我不记得他是否在相片上设色，至少那姑娘的口唇上是抹了一小点胭脂的。

这事传到祖母耳里，这位相信家教谨严的女人便不大乐意。起先，她觉得一个未出阁的女子，相片交到一个没有家室的男子手里印洗，是不名誉不正当的。并且这女子既不是和我们同一省份，便是属于"外江"人家的，事情尤其要谨慎。在这纠纷中，我才又得听到关于吉公的一段人生悲剧。多少年前他是曾经娶过妻室的，一位年轻貌美的妻子，并且也生过一个孩子，却在极短的时间内，母子两人全都死去。这事除却在吉公一人的心里，这两人的存在几乎不在任何地方留下一点凭据。

现在这照相的姑娘是吉公生命里的一个新转变，在他单调的日月里开出一条路来。不止在人情上吉公也和他人一样需要异性的关心和安慰，就

---

① 补褂：即补服。指官服。在褂子的前胸后背各缀一块布称为补子，绣上不同的飞禽走兽，以表示官职的差别和道德含义。
② 设施：规划，施行。

是在事业的野心上，这姑娘的家人也给吉公以不少的鼓励，至少到上海去看火轮船的梦是有了相当的担保。本来悠长没有着落的日子，现在是骤然地点上希望。虽然在人前吉公仍是沉默，到了小院里他却开始愉快地散步；注意到柚子树又开了花，晚上有没有月亮；还买了几条金鱼养到缸里。在楼上他也哼哼一点调子，把风景照片镶成好看的框子，零整地拿出去托人代售。有时他还整理旧箱子；多少年他没有心绪翻检的破旧东西，现在有时也拿出来放在床上、椅背上，尽小孩子们好奇地问长问短，他也满不在乎了。

忽然突兀地他把婚事决定了，也不得我祖母的同意，便把吉期选好，预备去入赘。祖母生气到默不作声，只退到女人家的眼泪里去，呜咽地对于这弟弟的一切失望。家里人看到舅爷很不体面地到外省人家去入赘，带着一点箱笼什物，自然也有许多与祖母表同情的。但吉公则终于离开那所浪漫的楼屋，去另找他的生活了。

那布着柚子树荫的小跨院渐渐成为一个更寂寞的角隅，那道吱吱呀呀的木梯从此便没有人上下，除却小孩子们有时淘气，上到一半又赶忙下来。现在想来，我不能不称赞吉公当时那一点挣扎的活力，能不甘于一种平淡的现状。那小楼只能尘封吉公过去不幸的影子，却不能把他给活埋在里边。

吉公的行为既是叛离亲族，在旧家庭里许多人就不能容忍这种的不自尊。他婚后的行动，除了带着新娘来拜过祖母外，其他事情便不听到有人提起！似乎过了不久的时候，他也就到上海去，多少且与火轮船有关系。有一次我曾大胆地问过祖父，他似乎对于吉公是否在火轮船上做事没有多大兴趣，完全忘掉他们一次很融洽的谈话。在祖母生前，吉公也还有来信，但到她死后，就完全地渺然消失，不通音讯了。

两年前我南下回到幼年居住的城里去，无意中遇到一位远亲，他告诉我吉公住在城中，境况非常富裕；子女四人，在各个学校里读书，对于科学都非常嗜好，尤其是内中一个，特别聪明，屡得学校奖学金，等等。于是我也老声老气地发出人事的感慨。如吉公自己生早了三四十年，我说，我希望他这个儿子所生的时代与环境合适于他的聪明，能给他以发展的机会，不再复演他老子的悲剧。并且在生命的道路上，我祝他早遇到同情的鼓励，敏捷地达到他可能的成功。这得失且并不仅是吉公个人的，而可以计算作我们这老朽的国家的。

至于我会见到那六十岁的吉公，听到他离开我们家以后一段奋斗的历史，这里实没有细讲的必要，因为那中年以后不经过训练，自己琢磨出来的机器师，他的成就必定是有限的。纵使他有相当天赋的聪明，他亦不能与太不适当的环境搏斗。由于爱好机器，他到轮船上做事，到码头公司里任职，更进而独立地创办他的小规模的丝织厂，这些全同他的照相一样，仅成个实际上能博取物质胜利的小事业，对于他精神上超物质的兴趣，已不能有所补助、有所启发。年老了，当时的聪明一天天消失，所余仅是一片和蔼的平庸和空虚。认真地说，他仍是个失败者。如果迷信点的话，相信上天或许要偿补给吉公他一生的委屈，这下文的故事，就应该在他那个聪明孩子和我们这个时代上，但是我则仍然十分怀疑。

钟 绿

第一辑 绘人物

钟绿是我记忆中第一个美人,因为一个人一生见不到几个真正负得起"美人"这称呼的人物,所以我对于钟绿的记忆,珍惜得如同他人私藏一张名画轻易不拿出来给人看,我也就轻易地不和人家讲她。除非是一时因为什么高兴,使我大胆地、兴奋地告诉一个朋友,我如何如何地曾经一次看到真正的美人。

很小的时候,我常听到一些红颜薄命的故事,老早就印下这种迷信,好像美人一生总是不幸的居多。尤其是,最初叫我知道世界上有所谓美人的,就是一个身世极凄凉的年轻女子。她是我家亲戚,家中传统地认为一个最美的人。虽然她已死了多少年,说起她来,大家总还带着那种感慨,也只有一个美人死后能使人起的那种感慨。说起她,大家总都有一些美感的回忆。我婶娘常记起的是祖母出殡那天,这人穿着白衫来送殡。因为她是个已出嫁过的女子——其实她那时已孀居一年多——照我们的乡例,头上缠着白头帕。试想一张静好如花的脸,一个修长窈窕的身材,一身的缟素,借着人家伤痛的丧礼来哭她自己可怜的身世,怎不是一幅绝妙的图画!婶娘说起她时,却还不忘掉提到她的走路如何有种特有的丰神,哭时又如何地辛酸、凄婉、动人。我那时因为过小,记不起送殡那天看到这素服美人,事后为此不知惆怅了多少回。每当大家晚上闲坐谈到这个人儿

035

时，总害得我竭尽想象力，冥想到了夜深。

也许就是因为关于她，我实在记得不太清楚，仅凭一家人时时的传说，所以这个亲戚美人之为美人，也从未曾在我心里疑问过。过了一些年月，渐渐地，我没有小时候那般理想，事事都有一把怀疑，沙似的挟在里面。我总爱说：绝代佳人，世界上不时总应该有一两个，但是我自己却没有亲眼看见过就是了。这句话直到我遇见了钟绿之后才算是取消了，换了一句：我觉得侥幸，一生中没有疑问地、真正地见到一个美人。

我到美国××城进入××大学时，钟绿已是离开那学校的旧学生，不过在校里不到一个月的工夫，我就常听到"钟绿"这名字。老学生中间，每一提到校里旧事，总要联想到她。无疑，她是他们中间最受崇拜的人物。

关于钟绿的体面和她的为人及家世也有不少的神话。一个同学告诉我，钟绿家里本来如何地富有；又一个告诉我，她的父亲是个如何漂亮的军官，哪一年死去的；又一个告诉我，钟绿多么好看，脾气又如何和人家不同。因为着恋爱，又有人告诉我，她和母亲决绝了，自己独立出来艰苦地半工半读，多处流落，却总是那么傲慢、潇洒，穿着得那么漂亮动人。有人还说钟绿母亲是希腊人，是个音乐家，也长得非常好看，她常住在法国及意大利，所以钟绿能通好几国文字。常常地，更有人和我讲了为着恋爱钟绿，几乎到发狂的许多青年的故事。总而言之，关于钟绿的事我实在听得多了，不过当时我听着也只觉得平常，并不十分起劲。

故事中仅有两桩，我却记得非常清楚，深入印象，此后不自觉地便对于钟绿动了好奇心。

一桩是同系中最标致的女同学讲的。她说那一年学校开个盛大艺术的古装表演，中间要用八个女子穿中世纪的尼姑服装。她是监制部的总管，每件衣裳由图案部发出，全由她找人比着裁剪，做好后再找人试穿。有一晚，她出去（吃）晚饭回来稍迟，到了制衣室门口遇见一个制衣部的人告诉她说，许多衣裳做好正找人试穿时，可巧电灯坏了，大家正在到处找来洋蜡点上。

"你猜，"她接着说，"我推开门时看到了什么？……"

她喘口气望着大家笑（听故事的人那时已不止我一个），"你想，你想一间屋子里，高高低低地点了好几根蜡烛；各处射着影子；当中一张桌子上面，默默地，立着么一个钟绿——美到令人不敢相信的中世纪小尼姑，眼微微地垂下，手中高高擎起一支点亮的长烛。简单静穆，直像一张宗教画！拉着门环，我半天肃然，说不出一句话来！……等到人家的笑声震醒我时，我已经记下这个一辈子忘不了的印象。"

自从听了这桩故事之后，钟绿在我心里便也开始有了根据，每次再听到钟绿的名字时，我脑子里便浮起一张图画。隐隐约约地，看到那个古代年轻的尼姑，微微地垂下眼，擎着一支蜡烛走过。

第二次，我又得到一个对钟绿依稀想象的背影，是由一个男同学讲的故事里来的。这个脸色清癯①的同学平常不爱说话，是个忧郁深思的少年——听说那个为着恋爱钟绿，到南非洲去旅行不再回来的同学，就是他的同房好朋友。有一天雨下得很大，我与他同在画室里工作，天已经渐渐

---
① 清癯（qú）：清瘦。

地黑下来，虽然还不到点灯的时候，我收拾好东西坐在窗下看雨，忽然听他说："真奇怪，一到下大雨，我总想起钟绿！""为什么呢？"我倒有点好奇了。

"因为前年有一次大雨，"他也走到窗边，坐下来望着窗外，"比今天这雨大多了。"他自言自语地眯上眼睛，"天黑得可怕，许多人全在楼上画图，只有我和勃森站在楼下前门檐口①底下抽烟。街上一个人也没有，树让雨打得像囚犯一样，低头摇曳。一种说不出来的黯淡和寂寞笼罩着整条没生意②的街道和街道旁边不作声的一切。忽然间，我听到背后门环响，门开了，一个人由我身边溜过，一直走下了台阶冲入大雨中去！……那是钟绿……

"我认得是钟绿的背影，那样修长灵活，虽然她用了一块折成三角形的绸巾蒙在她头上，一只手在项下抓紧了那绸巾的前面两角，像个俄国村姑的打扮。勃森说钟绿疯了，我也忍不住要喊她回来。'钟绿你回来听我说！'我好像求她那样恳切，听到声音，她居然在雨里回过头来望一望，看见是我，她仰着脸微微一笑，露出一排贝壳似的牙齿。"朋友说时回过头对我笑了一笑，"你真想不到世上真有她那样美的人！不管谁说什么，我总忘不了在那狂风暴雨中，她那样扭头一笑，村姑似的包着三角的头巾。"

这张图画有力地穿过我的意识，我望望雨又望望黑影笼罩的画室。朋友叉着手，正经地又说：

---
① 檐口：屋檐滴水处。
② 生意：富有生命力的气象。

"我就喜欢钟绿的一种纯朴,城市中的味道在她身上总那样地不沾着她本身的天真!那一天,我那个热情的同房朋友在楼窗上也发现了钟绿在雨里,像顽皮的村姑和没有笼头的野马,便用劲地喊。钟绿听到,俯下身子一闪,立刻就跑了。上边劈空的雷电,四围纷披的狂雨,一会儿工夫她就消失在那水雾迷漫之中了……"

"奇怪,"他叹口气,"我总记着这桩事,钟绿在大风雨里似乎是个很自然的回忆。"

听完这段插曲之后,我的想象中就又加了另一个隐约的钟绿。

半年过去了,这半年中这个清癯的朋友和我比较地熟络起来,时常轻声地来告诉我关于钟绿的消息。她是辗转地由一个城到另一个城,经验不断地跟在她脚边,命运好似总不和她合作,许多事情都不畅意。

秋天的时候,有一天我这朋友拿来两封钟绿的来信给我看,笔迹秀劲流丽,如见其人。我留下信细读,觉得它很有意思。那时我正初次地在夏假中觅工,几次在城市的熙熙攘攘中长了见识,更是非常地同情于这流浪的钟绿。

"所谓工业艺术你可曾领教过?"她信里发出嘲笑,"你从前常常苦心教我调颜色,一根一根地描出理想的线条,做什么,你知道么?……我想你绝不能猜到两三星期以来,我和十几个本来都很活泼的女孩子,低下头都画一些什么……你闭上眼睛,喘口气,让我告诉你!墙上的花纸,好朋友!你能相信么?一束一束的粉红玫瑰花由我们手中散下来,整朵的,半朵的——因为有人开了工厂专为制造这种的美丽!……

"不,不,为什么我要脸红?现在我们都是工业战争的斗士——多美丽的战争！——并且你知道，各人有各人不同的报酬。花纸厂的主人今年新买了两个别墅，我们前夜把晚饭减掉一点居然去听音乐了，多谢那一束一束的玫瑰花！……"

幽默地，幽默地她写下去那样顽皮的牢骚。又一封：

"……好了，这已经是秋天，谢谢上帝，人工的玫瑰也会凋零的。这回任何一束什么花，我也决意不再制造了。那种逼迫人家眼睛堕落的差事，需要我所没有的勇敢，我失败了，不知道在心里哪一部分也受点伤……

"我到乡村里来了，这回是散布①知识给村里朴实的人！××书局派我来揽买卖，儿童的书，常识大全，我简直带着'知识'的样本到处走。那可爱的老太太却问我要最新烹调的书，工作到很瘦的妇人要城市生活的小说看——你知道那种穿着晚服②去恋爱的城市浪漫！

"我夜里总找回一些矛盾的微笑回到屋里。乡间的老太太都是理想的母亲，我生平没有吃过更多的牛奶，睡过更软的鸭绒被，原来手里提着锄头的农人，都是这样母亲的温柔给培养出来的力量。我爱他们那简单的情绪和生活，好像日和夜，太阳和影子，农作和食睡，夫和妇，儿子和母亲，幸福和辛苦都那样均匀地放在天平的两头……

"这农村的妩媚，溪流树荫全合了我的意，你更想不到我屋后有个什么宝贝——一口井，老老实实旧式的一口井，早晚我都出去替老太太打水。真的，这样才是日子，虽然山边没有橄榄树，晚上也缺个织布的机

---

① 散布：传播。
② 晚服：晚装。指女性晚上穿着的正式礼服或半正式礼服。

杼①，不然什么都回到我理想的以往里去……

"到井边去汲水，你懂得那滋味么？天呀，我的衣裙让风吹得松散，红叶在我头上飞旋，这是秋天，不瞒说，我到井边去汲水去。回来时你看着我把水罐子扛在肩上回来！"

看完信，我心里又来了一个古典的钟绿。

约略是三月的时候，我的朋友手里拿本书，到我桌边来，问我看没看过这本新出版的书。我由抽屉中也扯出一本叫他看。他笑了，说，你知道这个作者就是钟绿的情人。

我高兴地谢了他，我说："现在我可明白了。"我又翻出书中的几行给他看，他看了一遍，放下书默诵了一回，说：

"他是对的，他是对的，这个人实在很可爱，他们完全是了解的。"

此后又过了半个月光景。天气渐渐地暖起来，我晚上在屋子里读书老是开着窗子，窗前一片草地隔着对面远处城市的灯光车马。有个晚上，夜很深了，我觉到冷，刚刚把窗子关上，却听到窗外有人叫我，接着有人拿沙子抛到玻璃上。我赶忙起来一看，原来草地上立着那个清癯的朋友，旁边有个女人立在我的门前，朋友说："你能不能下来，我们有桩事托你。"

我蹑着脚下楼，开了门，在黑影模糊中听我朋友说："钟绿，钟绿她来到这里，太晚没有地方住，我想，或许你可以设法，明天一早她就要走的。"他又低声向我说："我知道你一定愿意认识她。"

这事真是来得非常突兀，听到了那么熟识却又是那么神话的钟绿竟

---

① 机杼（zhù）：指织布机。

然意外地立在我的面前，长长的身影穿着外衣，低低的半顶帽遮着半个脸，我什么也看不清楚。我伸手和她握手，告诉她在学校里常听到她。她笑着答应①我说，希望她能使我失望，远不如朋友所讲的她那么坏！

在黑夜里，她的声音像银铃样，轻轻地摇着，末后宽柔温好，带点回响。她又转身谢谢那个朋友，率真地揽住他的肩膀说："百罗，你永远是那么可爱的一个人。"

她随了我上楼梯，我只觉到奇怪。钟绿在我心里始终成个古典人物，她的实际的存在在此时反觉得荒诞不可信。

我那时是个穷学生，和一个同学住一间不甚大的屋子，恰巧同房的那几天回家去了。我还记得那晚上我在她的书桌上，开了她那盏非常得意的浅黄色灯，还用了我们两人共用的大红浴衣铺在旁边的大椅上，预备看书时盖在腿上当毯子享用。屋子的布置本来极简单，我们曾用尽苦心把它收拾得还有几分趣味：衣橱的前面我们用一大幅黑色带金线的旧锦挂上，上面悬着一副我朋友自己刻的金色美人面具，旁边靠墙放两架睡榻，罩着深黄的床幔和一些靠垫，两榻中间隔着一个薄纱的东方式屏风。窗前一边一张书桌，各人有个书架，（架子上有）几件心爱的小古董。

整个房子的气氛还很舒适，颜色也带点古黯神秘。钟绿进房来，我就请她坐在我们唯一的大椅上。她把帽子外衣脱下，顺手把大红浴衣披在身上说："你真能让我独占这房里唯一的宝座么？"不知为什么，听到这话，我怔了一下，望着灯下披着红衣的她。看她里面本来穿的是一件古铜色衣裳，腰里系一根很宽的铜质软带，一边臂上似乎套着两三副细窄的铜

---

① 答应：回答；答复。

镯子，在那红色浴衣的掩映之中，在黑色古锦之前，我只觉得她由脸至踵有种神韵，一种名贵的气息和光彩，超出寻常所谓的美貌或是漂亮。她的脸稍带椭圆，眉目清扬，有点儿南欧曼达娜的味道；眼睛清棕色，虽然甚大，却微微有点羞涩。她的头、脸、耳、鼻、口、唇、前颈和两只手，则都像雕刻过的形体！每一面和另一面交接得那样清晰，又那样柔和，让光和影在上面活动着。

我的小铜壶里本来烧着茶，我便倒出一杯递给她。这回她却怔了怔说："真想不到这个时候有人给我茶喝，我这回真的走到中国了。"我笑着说："百罗告诉我你喜欢到井里汲水，好，我就喜欢泡茶。各人有她传统的嗜好，不容易改掉。"就在那时候，她的两唇微微地一抿，像朵花，由含苞到开放，毫无痕迹地轻轻地张开，露出那一排贝壳般的牙齿，我默默地在心里说，我这一生总可以说真正地见过一个称得起美人的人物了。

"你知道，"我说，"学校里谁都喜欢说起你，你在我心里简直是个神话人物，不，简直是古典人物；今天你的到来，到现在我还信不过这事的实在性！"

她说："一生之事大半都好像做梦。这两年来我飘泊惯了，今天和明天的事多半是不相连续的多；本来现实本身就是一串不一定能连续而连续起来的荒诞。什么事我现在都能相信得过，尤其是此刻，夜这么晚，我把一个从来未曾遇见过的人的清静打断了，坐在她屋里，喝她几千里以外寄来的茶！"

那天晚上，她在我屋子里不止喝了我的茶，并且在我的书架上搬弄了我的书、我的许多相片，问了我一大堆的话，告诉我她有个朋友喜欢中国的诗——我知道就是那青年作家，她的情人，可是我没有问她。她就在我屋子中间小小的灯光下愉悦地活动着，一会儿在洛阳造像的墨拓前默然伫立了一会儿，停一刻又走过，用手指柔和地顺着那金色面具的轮廓上抹下来，她搬弄我桌上的唐陶俑和图章，又问我壁上铜剑的铭文，纯净的型和线似乎都在引逗起她的兴趣。

一会儿她倦了，无意中伸个懒腰，慢慢地将身上束的腰带解下，自然地、活泼地一件一件将自己的衣服脱下，裸露出她雕刻般惊人的美丽。我看着她耐心地、细致地解除臂上的铜镯，又用刷子刷她细柔的头发，来回地走到浴室里洗面又走出来。她的美当然不用讲，我惊讶的是她所有举动，全个体态，都是那样地有个性，奏着韵律。我心里想，自然舞蹈班中几个美体的同学，和我们人体画班中最得意的两个模特——明蒂和苏茜，她们的美实不过是些浅显的柔和及妍丽而已，同钟绿真无法比较得来。我忍不住兴趣地直爽地笑对钟绿说：

"钟绿你长得实在太美了，你自己知道么？"

她忽然转过来看了我一眼，好脾气地笑起来，坐到我床上。

"你知道你是个很古怪的小孩子么？"她伸手抚着我的头后（那时我的头是低着的，似乎倒有点难为情起来），"老实告诉你，当百罗告诉我，要我住在一个中国姑娘的房里时，我倒有些害怕，我想着不知道我们要谈多少孔夫子的道德，东方的政治；我怕我的行为或许会触犯你们谨严的佛教！"

这次她说完，却是我打个呵欠[①]，倒在床上好笑。

---
① 呵欠：方言，哈欠。

她说："你在这里原来住得还真自由。"

我问她是否指此刻我们不拘束的行动讲。我说那是因为时候到底是半夜了，房东太太在梦里也无从干涉，其实她才是个极认真的宗教信徒，我平日极平常的画稿，拿回家来还曾经惊着她的腼腆。男朋友从来只到过我楼梯底下的，就是在楼梯边上坐着，到了十点半，她也一定咳嗽的。

钟绿笑了，说："你的意思是从孔子庙到自由神中间并无多大距离！"

那时我睡在床上和她谈天，屋子里仅点一盏小灯。她披上睡衣，替我开了窗，才回到床上抱着膝盖抽烟。在一小闪光底下，她努着嘴喷出一个一个的烟圈，我又疑心我在做梦。

"我顶希望有一天到中国来，"她说，手里搬弄床前我的夹旗袍，"我还没有看见东方的莲花是什么样子。我顶爱坐帆船了。"

我说："我和你约好了，过几年你来，挑个山茶花开遍的时节，我给你披上一件长袍，我一定请你坐我家乡里最浪漫的帆船。"

"如果是个月夜，我还可以替你弹一曲希腊的弦琴。"

"也许那时候你更愿意死在你的爱人怀里！如果你的他也来。"我逗着她。

她忽然很正经地却用最柔和的声音说："我希望有这福气。"

就这样说笑着，我蒙眬地睡去。

到天亮时，我觉得有人推我，睁开了眼，看她已经穿好了衣裳，收拾好皮包，俯身下来和我作别。

"再见了，好朋友，"她又淘气地抚着我的头，"就算你做个梦吧。现在你信不信昨夜答应过人，要请她坐帆船？"

可不就像一个梦，我眯着两只眼，问她为何起得这样早。她告诉我要赶六点十分的车到乡下去，约略一个月后，或许回来，那时一定再来看我。她不让我起来送她，无论如何要我答应她，等她一走就闭上眼睛再睡。

于是在天色微明中，我只再看到她歪戴着一顶帽子，倚在屏风旁边妩媚地一笑，便转身走出去了。一个月以后，她没有回来，其实等到一年半后，我离开××时，她也没有再来过这座城市。我同她的友谊就仅仅限于那么一个短短的半夜，所以那天晚上是我第一次，也就是最末次，会见了钟绿。但是即使以后我没有再得到关于她的种种悲惨的消息，我也知道我是永远不能忘记她的。

那个晚上以后，我又得到她的消息时，约在半年以后，百罗告诉我说："钟绿快要出嫁了。她这种的恋爱真能使人相信人生还有点意义，世界上还有一点美存在。这一对情人上礼拜堂去，的确要算上帝的荣耀。"

我好笑忧郁的百罗说这种话，却是私下里也的确相信钟绿披上长纱会是一个奇美的新娘。那时候我也很知道一点新郎的样子和脾气，并且由作品里我更知道他留给钟绿的情绪，私下里很觉得钟绿幸福。至于他们的结婚，我倒觉得很平凡；我不时地叹息，想象到钟绿无条件地跟着自然规律走，慢慢地变成一个妻子，一个母亲，渐渐离开她现在的样子，变老，变丑，到了我们从她脸上、身上再也看不出她现在的雕刻般的奇迹来。

谁知道事情偏不这样地经过，钟绿的爱人竟在结婚的前一星期骤然死去，听说钟绿那时正在试着嫁衣，得着电话没有把衣服换下，便到医院里晕死过去在她未婚新郎的胸口上。当我得到这个消息时，钟绿已经到法国去了两个月，她的情人也已葬在他们本来要结婚的礼拜堂后面。

因为这消息，我却时常想起钟绿试装中世纪尼姑的故事，有点儿迷信预兆。美人自古薄命的话，更好像有了凭据。但是最使我感恸[①]的消息，还在此后两年多。

当我回国以后，正在家乡游历的时候，我接到百罗的一封长信，我真是没有想到钟绿竟死在一条帆船上。关于这一点，我始终疑心这个场面，多少有点钟绿自己的安排，并不见得完全出自偶然。那天晚上对着一江清流，茫茫暮霭，我独立在岸边山坡上，看无数小帆船顺风漂过，忍不住泪下如雨，坐下哭了。

我耳朵里似乎还听见钟绿银铃似的温柔的声音说："就算你做个梦，现在你信不信昨夜答应过请人坐帆船？"

---

① 感恸：感伤哀痛。

窘

暑假中真是无聊到极点,维杉几乎急着学校开课,他自然不是特别好教书的——平日他还很讨厌教授的生活——不过暑假里无聊到没有办法,他不得不想到做事是可以解闷的。拿做事当作消遣也许是堕落,中年人特有的堕落。"但是,"维杉狠命地划一下火柴,"中年了又怎样?"他又点上他的烟卷连抽了几口。朋友到暑假里,好不容易找,都跑了,回南的不少,几个年轻的,不用说,更是忙得可以。当然脱不了为女性着忙,有的远赶到北戴河去。只剩下少朗和老晋几个永远不动的金刚,那又是因为他们有很好的房子有太太有孩子,真正过老牌子的中年生活,谁都不像他维杉的四不像的落魄!

维杉已经坐在少朗的书房里有一点多钟了,说着闲话,虽然他吃烟的时候比说话的(时候)多。难得少朗还是一味地活泼,他们中间隔着十年倒是一件不很显著的事,虽则少朗早就做过他的四十岁整寿,他的大孩子去年已进了大学。这也是旧式家庭的好处,维杉呆呆地靠在矮榻上想,眼睛望着竹帘外的大院子。一缸莲花和几盆很大的石榴树、夹竹桃,叫他对着北京这特有的味道赏玩。他喜欢北京,尤其是北京的房子、院子。有人说北京的房子傻透了,尽是一律的四合头。① 这说话的够多没有意思,他

---

① 四合头:民居建筑布局形式。所谓"四合",指院落由四面房屋封闭而成。四合头者,系指四面房屋房头相连或相对。

哪里懂得那均衡即对称的庄严？北京派的摆花也是别有味道，连下人对盆花也是特别地珍惜，你看哪一个大宅子的马号院里，或是门房前边，没有几盆花在砖头叠的座子上整齐地放着？想到马号，维杉有些不自在了。他可以想象到他的洋车在日影底下停着，车夫坐在脚板上歪着脑袋睡觉，无条件地在等候他的主人，而他的主人……

无聊真是到了极点。他想立起身来走，却又看着毒火般的太阳胆怯。他听到少朗在书桌前面说："昨天我亲戚家送来几个好西瓜，今天该冰得可以了。你吃点吧？"

他想回答说："不，我还有点事，就要走了。"却不知不觉地立起身来说："少朗，这夏天我真感觉沉闷，无聊！委实说这暑假好不容易过。"

少朗递过来一盒烟，自己把烟斗衔到嘴里，一手在桌上抓摸洋火。他对维杉看了一眼，似笑非笑地皱了一皱眉头——少朗的眉头是永远有文章的。维杉不觉又有一点不自在，他的事情，虽然是好几年前的事情，少朗知道得最清楚的——也许太清楚了。

"你不吃西瓜么？"维杉想拿话岔开。

少朗不响，吃了两口烟，一边站起来按电铃，一边轻轻地说："难道你还没有忘掉？"

"笑话！"维杉急了，"谁的记性抵得住时间？"

少朗的眉头又皱了一皱，他信不信维杉的话很难说。他嘱咐进来的陈升到东院和太太要西瓜，他又说："索性请少爷们和小姐出来一块儿吃。"少朗对于家庭是绝对的旧派，和朋友们一处时很少请太太出来的。

"孩子们放暑假，出去旅行后，都回来了，你还没有看见吧？"

从玻璃窗，维杉望到外边。从石榴和夹竹桃中间跳着走来两个身材很高、活泼泼的青年和一个穿着白色短裙的女孩子。

"少朗，那是你的孩子吧，长得这么大了？"

"不，那个高的是孙家的孩子，比我的大两岁，他们是好朋友，这个暑假他就住在我们家里。你还记得孙石年不？这就是他的孩子，好聪明的！"

"少朗，你们要都让你们的孩子这样地长大，我，我觉得简直老了！"

竹帘子一响，旋风般的，三个活龙似的孩子已经站在维杉跟前。维杉和小孩子们周旋，还是维杉有些不自在，他很别扭地拿着长辈的样子问了几句话。起先孩子们还很规矩，过后他们只是乱笑。那又有什么办法？天真烂漫的青年知道什么！

少朗的女儿，维杉三年前看见过一次，那时候她只是十三四岁光景，张着一双大眼睛，转着黑眼珠，玩他的照相机。这次她比较腼腆地站在一边，拿起一把刀替他们切西瓜。维杉注意到她那只放在西瓜上边的手。她在喊"小篁哥"。她说："你要切，我可以给你这一半。"小嘴抿着微笑。她又说："可要看谁切得别致，要式样好！"她更笑得厉害一点。

维杉看她比从前虽然高了许多，脸样却还是差不多那么圆满，除却一个小尖的下颏①。笑的时候她的确比不笑的时候大人气一点，这也许是她那排小牙很有点少女的丰神的缘故。她的眼睛还是完全的孩子气，闪亮闪亮的，说不出是灵敏，还是秀媚。维杉呆呆地想，一个女孩子在成人的边沿真像一个绯红的刚成熟的桃子。

① 颏（kē）：脸的最下部分，在嘴的下面。通称下巴或下巴颏儿。

孙家的孩子毫不客气地过来催她说:"你哪里懂得切西瓜,让我来吧!"

"对了,芝妹,让他切吧,你切不好的!"她哥哥也催着她。

"爹爹,他们又打伙①着来麻烦我。"她柔和地唤她爹。

"真丢脸,现时的女孩子还要爹爹保护么?"他们父子俩对看着笑了一笑,他拉着他的女儿过来坐下,问维杉说:"你看她还是进国内的大学好,还是送出洋进外国的大学好?"

"什么?这么小就预备进大学?"

"还有两年。"芝先答应出来,"其实只是一年半,因为我年假里便可以完,要是爹让我出洋,我春天就走都可以的,爹爹说是不是?"她望着她的爹。

"小鸟长大了翅膀,就想飞!"

"不,爹,那是大鸟把他们推出巢去学飞!"他们父子俩又交换了一个微笑。这次她爹轻轻地抚着她的手背,她把脸凑在她爹的肩边。

两个孩子在小桌子上切了一会儿西瓜,小孙顶着盘子走到芝前边屈下一膝,顽皮地笑着说:"这西夏进贡的瓜,请公主娘娘尝一块!"

她笑了起来,拈了一块又向她爹说:"爹看他们够多皮!"

"万岁爷,您的御口也尝一块!"

"沅,不先请客人,岂有此理!"少朗拿出父亲的样子来。

"这位外邦的贵客,失敬了!"沅递了一块过来给维杉,又张罗着碟子。

---

① 打伙:结伴;合伙。

维杉又觉着不自在——不自然！说老了他不算老，也实在不老。可是年轻，他也不能算是年轻，尤其是遇着这群小伙子。真是没有办法！他不知为什么觉得窘极了。

此后他们说些什么他不记得，他自己只是和少朗谈了一些小孩子在国外进大学的问题。他好像比较赞成国外的大学，虽然他也提出了一大堆缺点和弊病，他嫌国内学生的生活太枯干，不健康，太窄，太老……

"自然，"他说，"成人以后看外国比较有尺寸，不过我们并不是送好些小学生出去，替国家做检查员的。我们只要我们的孩子得着我们自己给不了他们的东西。既然承认我们有给不了他们的一些东西，还不如早些送他们出去自由地享用他们年轻人应得的权利——活泼的生活。奇怪，真的连这一点子我们常常都给不了他们，不要讲别的了。"

"我们"和"他们"！维杉好像在他们中间划出一条界线，分明地分成两组，把他自己分在前辈的一边。他羡慕有许多人只是一味地老成，或是年轻，他虽然分了界线却仍觉得四不像——窘，对了，真窘！芝看着他，好像在吸收他的议论，他又不自在到万分，拿起帽子告诉少朗他一定得走了。"有一点事情要赶着做。"他又听到少朗说什么"真可惜；不然倒可以一同吃晚饭的"。他觉着自己好笑，嘴里却说："不行，少朗，我真的有事非走不可了。"一边慢慢地踱出院子来。两个孩子推着挽着芝跟了出来送客。到维杉迈上了洋车后，他回头看大门口那三个活龙般年轻的孩子站在门槛上笑，尤其是她，略歪着头笑，露着那一排小牙。

又过了两三天的下午，维杉又到少朗那里闲聊，那时已经差不多七点多钟，太阳已经下去了好一会儿，只留下满天的斑斓的红霞。他刚到门口已经听到院子里的笑声。他跨进西院的月门，只看到小孙和芝在争着拉天棚。

"你没有劲儿，"小孙说，"我帮你的忙。"他将他的手罩在芝的上边，两人一同狠命地拉。听到维杉的声音，小孙放开手，芝也停住了绳子不拉，只是笑。

维杉一时感着一阵高兴，他往前走了几步对芝说："来，让我也拉一下。"他刚到芝的旁边，忽然吱呀一声，雨一般的水点从他们头上喷洒下来，冰凉的水点骤浇到背上，吓了他们一跳。芝撒开手，天棚绳子从她手心溜了出去！原来小沅站在水缸边玩抽水机筒，第一下便射到他们的头上。这下子大家都笑，笑得厉害。芝站着不住地摇她发上的水。维杉踟蹰了一下，从袋里掏出他的大手绢轻轻地替她揩发上的水。她两颊绯红了，却没有躲走，低着头尽看她擦破的掌心。维杉看到她肩上湿了一小片，晕红的肉色从湿的软白纱里透露出来，他停住手不敢也拿手绢擦，只问她的手怎样了，破了没有。她背过手去说："没有什么！"就一溜烟地跑了。

少朗看他进了书房，放下他的烟斗站起来，他说维杉来得正好，他约了几个人吃晚饭。叔谦已经在屋内，还有老晋，维杉知道他们免不了要打牌的，他笑说："拿我来凑脚，我不来。"

"那倒用不着你，一会儿梦清和小刘都要来的，我们还多了人呢。"少朗得意地吃一口烟，叠起他的稿子。

"他只该和小孩子们耍去。"叔谦微微一笑，他刚才在窗口或者看到了他们拉天棚的情景。维杉不好意思了，可是又自觉得不好意思得毫无道理。他不是拿出老叔的牌子么？可是不相干，他还是不自在。

"少朗的大少爷皮着呢，浇了老叔一头的水！"他笑着告诉老晋。

"可不许你把人家的孩子带坏了。"老晋也带点取笑他的意思。

维杉恼了，恼什么他不知道，说不出所以然。他不高兴起来，他想走，他懊悔他来的，可是他又不能就走。他闷闷地坐下，那种说不出的窘又侵上心来。他接连抽了好几根烟，也不知都说了一些什么话。

晚饭时候孩子们和太太并没有加入，少朗的老派头。老晋和少朗的太太很熟，饭后同了维杉来到东院看她。她们已吃过饭，大家围住圆桌坐着玩。少朗太太虽然已经是中年的妇人，却是样子非常年轻，又很清雅。她坐在孩子旁边倒像是姐弟。小孙在用肥皂刻一副象棋——他爹是学过雕刻的，芝低着头用尺画棋盘的方格，一只手按住尺，支着细长的手指，右手整齐地用钢笔描。在低垂着的细发底下，维杉看到她抿紧的小嘴，和那微尖的下颏。

"杉叔别走，等我们做完了棋盘和棋子，同杉叔下一盘棋，好不好？"沉问他。"平下，谁也不让谁。"他更高兴着说。

"那倒好，我们辛苦做好了棋盘棋子，你请客！"芝一边说她的哥哥，一边又看一看小孙。

"所以他要学政治。"小孙笑着说。好厉害的小嘴！维杉不觉看他一眼，小孙一头微鬈的黑发让手抓得蓬蓬的。两个伶俐的眼珠老带些顽皮的笑。瘦削的脸却很健硕白皙。他的两只手真有性格，并且是意外地灵动。维杉就喜欢观察人家的手。他看小孙的手抓紧了一把小刀，敏捷地在刻他的棋子，旁边放着两碟颜料，每刻完了一个棋子，他在字上从容地描入绿色或是红色。维杉觉着他很可爱，便放一只手在他肩上说："真是一个小美术家！"

刚说完，维杉看见芝在对面很高兴地微微一笑。

少朗太太问老晋家里的孩子怎样了，又殷勤地搬出果子来大家吃。她说她本来早要去看晋嫂的，只是暑假中孩子们在家她走不开。

"你看，"她指着小孩子们说："这一大桌子，我整天地忙着替他们当差。"

"好，我们帮忙的倒不算了。"芝抬起头来笑，又露着那排小牙。"晋叔，今天你们吃的饺子还是孙家篁哥帮着包的呢！"

"是么？"老晋看一看她，又看了看小孙，"怪不得，我说那味道怪顽皮的！"

"那红烧鸡里的酱油还是'公主娘'御手亲自下的呢。"小孙嚷着说。

"是么？"老晋看一看维杉，"怪不得你杉叔跪接着那块鸡，差点没有磕头！"

维杉又有点不痛快，也不是真恼，也不是急，只是觉得窘极了。"你这晋叔的学位，"他说："就是这张嘴换来的。听说他和晋婶婶结婚的那一天演说了五个钟头，等到新娘子和傧相①站在台上委实站不直了，他才对客人一鞠躬说：'今天只有这几句极简单的话来谢谢诸位来宾的好意！'"

小孩们和少朗太太全听笑了，少朗太太说："够了，够了，这些孩子还不够皮的？你们两位还要教他们！"

芝笑得仰不起头来，小孙瞟她一眼，哼一声说："这才叫作女孩子。"她脸涨红了瞪着小孙看。

棋盘、棋子全画好了。老晋要回去打牌，孩子们拉着维杉不放，他只

---

① 傧相（bīnxiàng）：举行婚礼时陪伴新郎新娘的人。

得留下。老晋笑着出去了，维杉只装没有看见。小孙和芝站起来到门边脸盆里争着洗手，维杉听到芝说：

"好痛，刚才绳子擦破了手心。"

小孙说："你别用胰子就好了。来，我看看。"他拿着她的手仔细看了半天，他们两人拉着一块手巾一同擦手，又叽里咕噜地说笑。

维杉觉得无心下棋，却不得不下。他们三个人战他一个。起先他懒洋洋的没有注意，过一刻他真有些应接不暇了。不知为什么他却觉着他不该输的，他不愿意输！说起来真好笑，可是他的确感着要占胜[①]，孩子不孩子他不管！芝的眼睛镇住看他的棋，好像和弱者表同情似的，他真急了。他野蛮起来了，他居然进攻对方的弱点了，他调用他很有点神气的马了，他走卒了，棋势紧张起来，两边将帅都不能安居在当中了。孩子们的车守住他大帅的脑门顶上，吃力的当然是维杉的棋！没有办法，三个活龙似的孩子，六个玲珑的眼睛，维杉又有什么法子！他输了输了，不过大帅还真死得英雄，对方的危势也只差一两子便要命的！但是事实上他仍然是输了。下完了以后，他觉得热，出了些汗，他又拿出手绢来刚要揩他的脑门，忽然他呆呆地看着芝的细碎的头发。

"还不快给杉叔倒茶。"少朗太太喊她的女儿。

芝转身到茶桌上倒了一杯，两只手捧着，端过来。维杉不知为什么又觉得窘极了。

孩子们约他清早逛北海，目的当然是摇船。他去了，虽然好几次他想

① 占胜：占据优势，获得胜利。

设法推辞不去的。他穿着他的白色裤子葛布①上衣，拿了他的草帽，微觉得可笑。他近来永远地觉得自己好笑，这种横生的幽默，他自己也不了解的。他一径走到北海的门口还想着要回头的。站岗的巡警向他看了一眼，奇怪，有时你走路时忽然望到巡警的冷静的眼光，真会使你怔一下。你要自问你都做了些什么事，准知道没有一件是违法的么？他买到票走进去，猛抬头看到那桥前的牌楼。牌楼，白石桥，垂柳，都在注视他。——他不痛快极了，挺起腰来健步走到旁边的小路上，表示不耐烦。不耐烦的脸本来与他最相宜的，他一失掉了"不耐烦"的神情，他便好像丢掉了好朋友，心里便不自在。懂得吧？他绕到后边，隔岸看一看白塔，它是自在得很，永远带些不耐烦的脸站着——还是坐着？它不懂得什么年轻，老，这些无聊的日月，它只是站着不动，脚底下自有湖水、亭榭、松柏、杨柳、人——老的小的——忙着它们更换的纠纷！

他奇怪他自己为什么到北海来，不，他也不是懊悔，清早松荫底下发着凉香，谁懊悔到这里来？他感觉像青草般在接受露水的滋润，他居然感到舒快。奢侈的金黄色的太阳横着射出它的辉焰，湖水像锦，莲花莲叶并着肩挨挤成一片，像在争着朝觐这早上的云天！这富足、这绮丽的天然，谁敢不耐烦？维杉到五龙亭边坐下掏出他的烟卷，低着头想要仔细地想一些事，去年的，或许前年的，好多年的事——今早他又像回到许多年前去——可是他总想不出一个所以然来。"本来是，又何必想？要活着就别想！"这又是谁说过的话……

忽然他看到芝一个人向他这边走来。她穿着葱绿的衣裳，裙子很短，

---

① 葛布：可做夏装的用葛草纤维织成的布。

随着她跳跃的脚步飘动，手里玩着一把未开的小纸伞。头发在阳光里微带些红铜色，那倒是很特别的。她看到维杉笑了一笑，轻轻地跑了几步凑上来，喘着说："他们租船去了。可是一个不够，我们还要雇一只。"维杉丢下烟，不知不觉地拉着她的手说：

"好，我们去雇一只，找他们去。"

她笑着让他拉着她的手。他们一起走了一些路，才找着租船的人。维杉看她赤着两只健秀的腿，只穿一双筒子极短的袜子和一双白布的运动鞋；微红的肉色和葱绿的衣裳叫他想起他心爱的一张新派作家的画。他想他可惜不会画，不然，他一定知道怎样画她——微红的头发，小尖下颏，绿的衣服，红色的腿，两只手，他知道，一定知道怎样地配置。他想象到这张画挂在展览馆里，他想象到这张画登在月报上，他笑了。

她走路好像是有弹性地奔腾。龙，小龙！她走得极快，他几乎要追着她。他们雇好船跳下去，船人一竹篙把船撑离了岸，他脱下衣裳卷起衫袖，他好高兴！她说她要先摇，他不肯，他点上烟含在嘴里叫她坐在对面。她忽然又腼腆起来，低着头装着看莲花，半晌没有说话。他的心像被蜂蜇了一下，又觉得一阵窘，懊悔他出来。他想说话，却找不出一句话说。他只管摇着船。也不知过了多少时候，她才抬起头来问他说：

"杉叔，美国到底好不好？"

"那得看你自己。"他觉得他自己的声音粗暴，他后悔他这样尖刻地回答她诚恳的问话。他更窘了。

她并没有不高兴，她说："我总想出去了再说。反正不喜欢我就走。"

这一句话本来很平淡，维杉却觉得这孩子爽快得可爱，他夸她说：

"好孩子，这样有决断才好。对了，别错认学位做学问就好了。你预备学什么呢？"

她脸红了半天说："我还没有决定呢……爹要我先进普通文科再说……我本来想学……"她不敢说下去。

"你要学什么坏本领，值得这么胆怯！"

她的脸更红了，同时也大笑起来，在水面上听到女孩子的笑声，真有说不出的滋味，维杉对着她看，心里又好像高兴起来。

"不能宣布么？"他又逗着追问。

"我想，我想学美术——画……我知道学画不该到美国去的，并且……你还得有天赋，不过……"

"你用不着学美术的，更不必学绘画。"维杉禁不住这样说笑。

"为什么？"她眼睛睁得很大。

"因为，"维杉这回觉得有点不好意思了，他低声说，"因为你本身便是美术，你此刻便是一张画。"他不好意思极了，为什么人不能够对着太年轻的女孩子说这种恭维的话？你一说出口，便要感觉到你自己的蠢，你一定要后悔的。她此刻的眼睛看着维杉，叫他又觉得窘到极点了。她的嘴角微微地斜上去，不是笑，好像是鄙薄他这样地恭维她。没法子，话已经说出来了，你还能收回去？！窘，谁叫他自己找事！

两个孩子已经将船靠拢来，跟他们到一处，高兴地嚷着要赛船。小孙立在船上，高高的细长身子穿着白色的衣裳在荷叶丛前边格外明显。他两只手叉在脑后，眼睛看着天，嘴里吹唱一些调子。他又伸只手到叶丛里摘下一朵荷花。

"接，快接！"他轻轻掷到芝的面前，"怎么了，大清早里睡着了？"她只是看着小孙笑。

"怎样？你要在哪一边？快拣定了，我们便要赛船了。"维杉很老实地问芝，她没有回答。她哥哥替她决定了，说："别换了，就这样吧。"

赛船开始了，荷叶太密，有时两只船几乎碰上，在这种时候芝便笑得高兴极了。维杉摇船是老手，可是北海的水有的地方很浅，有时不容易发展，可是他不愿意再在孩子们面前丢丑，他决定要胜过他们，所以他很加小心和力量。芝看到后面的船渐渐要赶上时她便催他赶快，他也愈努力了。

太阳渐渐热起来，维杉们的船已经比沉的远了很多，他们承认输了，预备回去。芝说杉叔一定乏了，该让她摇回去，他答应了她。

他将船板取开躺在船底，仰着看天。芝将她的伞借他遮着太阳。自己把荷叶包在头上摇船。维杉躺着看云，看荷花梗，看水，看岸上的亭子，把一只手丢在水里让柔润的水浪洗着。他让芝慢慢地摇他回去，有时候他张开眼看她，有时候他简直闭上眼睛，他不知道他是快活还是苦痛。

少朗的孩子是老实人，浑厚得很却不笨，听说在学校里功课是极好的。走出北海时，他跟维杉一排走路，和他说了好些话。他说他愿意在大学毕业了才出去进研究院的。他说，可是他爹想后年送妹妹出去进大学，那样子他要是同走，大学里还差一年，很可惜；如果不走，妹妹又不肯白白地等他一年。当然他说小孙比他先一年完，正好可以和妹妹同走。不过他们三个老是在一起惯了，如果他们两人走了，他一个人留在国内一定要觉得闷极了。他说，"炒鸡子"这事简直是"糟糕一麻丝"。

他又讲小孙怎样地聪明，运动也好，撑竿跳的式样"简直是太好"，还有游水他也好，"不用说，他简直什么都干！"他又说小孙本来在足球队里的，可是这次和天津比赛时，他不肯练。"你猜为什么？"他问维杉，"都是因为学校盖个喷水池，他整天守着石工看他们刻鱼！"

"他预备也学雕刻么？他爹我认得，从前也学过雕刻的。"维杉问他。

"那我不知道，小孙的文学好，他写了许多很好的诗——爹爹也说很好的。"沅加上这一句证明小孙的诗的好是可靠的。"不过，他乱得很，稿子不是撕了便是丢了的。"他又说他怎样有时替他捡起抄了寄给《校刊》。总而言之沅是小孙的"英雄崇拜者"。

沅说到他的妹妹，他说他妹妹很聪明，她不像寻常的女孩那么"讨厌"，这里他脸红了，他说："别扭得讨厌，杉叔知道吧？"他又说他班上有两个女学生，对于这个他表示非常地不高兴。

维杉听到这一大篇谈话，知道简单点讲，他维杉自己，和他们中间至少有一道沟——并不是什么了不得的间隔——只是一个年龄的深沟，桥是搭得过去的，不过深沟仍然是深沟，你搭多少条桥，沟是仍然不会消灭的。他问沅几岁，沅说："整整地快十九了。"他妹妹虽然是十七，"其实只满十六年。"维杉不知为什么又感着一阵不舒服，他回头看小孙和芝并肩走着，高兴地说笑。"十六，十七。"维杉嘴里哼哼着。究竟说三十四不算怎么老，可是那就已经是十七的两倍了。谁又愿意比人家岁数大出一倍，老实说！

维杉到家时并不想吃饭，只是连抽了几根烟。

过了一星期，维杉到少朗家里来。门房陈升走出来说："老爷到对过张家借打电话去了，过会子才能回来。家里电话坏了两天，电话局还不派人来修理。"陈升是个打电话专家，有多少曲折的传话，经过他的嘴，就能一字不漏地溜进电话筒。那也是一种艺术。他的方法听着很简单，运用起来的玄妙你就想不到。哪一次维杉走到少朗家里不听到陈升在过厅里向着电话："喂，喂，喔，我说，我说呀！"维杉向陈升一笑，他真不能替陈升想象到没有电话时的烦闷。

"好，陈升，我自己到书房里等他，不用你了。"维杉一个人踱过那静悄悄的西院、金鱼缸、莲花、石榴，他爱这院子，还有隔墙的枣树、海棠。他掀开竹帘走进书房。迎着他眼的是一排丰满的书架、壁上挂着朱拓的黄批，屋子当中有一大盆白玉兰，幽香充满了整间屋子。维杉很羡慕少朗的生活。夏天里，你走进搭着天棚的一个清凉的大院子，静雅的三间又大又宽的北屋，屋里满是琳琅的书籍、几件难得的古董，再加上两三盆珍罕的好花，你就不能不艳羡那主人的清福！

维杉走到套间小书斋里，想写两封信，他忽然看到芝一个人伏在书桌上。他奇怪极了，轻轻地走上前去。

"怎么了？不舒服么，还是睡着了？"

"吓我一跳！我以为是哥哥回来了……"芝不好意思极了。维杉看到她哭红了的眼睛。

维杉起先不敢问，心里觉得不过意，后来他伸出一只手轻抚着她的头说："好孩子，怎么了？"

她的眼泪更扑簌簌地掉到裙子上，她拈了一块——真是不到四寸见方——淡黄的手绢拼命地擦眼睛。维杉想，她叫你想到方成熟的桃或是杏，绯红的，饱饱的一颗天真，让人想摘下来赏玩，却不敢真真地拿来吃。维杉不由得没了主意。他逗她说：

"准是妈打了！"

她拿手绢蒙着脸偷偷地笑了。

"怎么又笑了？准是你打了妈了！"

这回她伏在桌上索性吃吃地笑起来。维杉糊涂了。他想把她的小肩膀搂住，吻她的粉嫩的脖颈，但他又不敢。他站着发了一会儿呆。他看到椅子上放着她的小纸伞，他走过去坐下开着小伞赏玩。

她仰起身来，又擦了半天眼睛，才红着脸过来拿她的伞，他不给。

"刚从哪里回来，芝？"他问她。

"车站。"

"谁走了？"

"一个同学，她是我最好的朋友，可是她……她明年不回来了！"她好像仍是很伤心。

他看着她没有说话。

"杉叔，您可不可以给她写两封介绍信，她就快到美国去了。"

"到美国哪一个城？"

"反正要先到纽约的。"

"她也同你这么大么？"

"还大两岁多……杉叔您一定得替我写，她真是好，她是我最好的朋友了……杉叔，您不是有许多朋友么？您一定得写。"

"好，我一定写。"

"爹说杉叔有许多……许多女朋友。"

"你爹这样说了么？"维杉不知为什么很生气。他问了芝她朋友的名字，他说他明天替她写那介绍信。他拿出烟来很不高兴地抽。这回芝拿到她的伞却又不走。她坐在他脚边的一张小凳上。

"杉叔，我要走的时候您也替我介绍几个人。"

他看着芝倒翻上来的眼睛，他笑了，但是他又接着叹了一口气。

他说："还早着呢，等你真要走的时候，你再提醒我一声。"

"可是，杉叔，我不是说女朋友，我的意思是：也许杉叔认得几个真正的美术家或是文学家。"她又拿着手绢玩了一会儿低着头说："篁哥，孙家的篁哥，他亦要去的。真的，杉叔，他很有点天才。可是他想不定学什么。他爹爹说他岁数太小，不让他到巴黎学雕刻，要他先到哈佛学文学，所以我们也许可以一同走……我亦劝哥哥同去，他可舍不得这里的大学。"这里她话愈说得快了，她差不多喘不过气来，"我们自然不单到美国，我们以后一定转到欧洲——法国、意大利，对了，篁哥连做梦都是做到意大利去，还有英国……"

维杉心里说："对了，出去，出去，将来，将来，年轻！荒唐的年轻！他们只想出去飞！飞！叫你怎不觉得自己落伍，老，无聊，无聊！"他说不出地难过，说老，他还没有老，但是年轻？！他看着烟卷没有话说。芝看着他不说话也不敢再开口。

"好，明年去时再提醒我一声，不，还是后年吧？……那时我也许已经不在这里了。"

"杉叔，到哪里去？"

"没有一定的方向，也许过几年到法国去看你……那时也许你已经嫁了……"

芝急了，她说："没有的话，早着呢！"

维杉忽然做了一件很古怪的事，他俯下身去吻了芝的头发。他又伸过手拉着芝的小手。

少朗推帘子进来，他们两人站起来，赶快走到外间来。芝手里还拿着那把纸伞。少朗起先没有说话，过了一会儿，他皱了一皱他那有文章的眉头问说："你什么时候来的？"

"刚来。"维杉这样从容地回答他，心里却觉着非常之窘。

"别忘了介绍信，杉叔。"芝叮咛了一句又走了。

"什么介绍信？"少朗问。

"她要我替她同学写几封介绍信。"

"你还在和碧谛通信么？还有雷茵娜。"少朗仍是皱着眉头。

"很少……"维杉又觉得窘到极点了。

星期三那天下午到天津的晚车里，旭窗遇到维杉在头等房间里靠着抽烟，问他到哪里去，维杉说回南。旭窗叫脚行将自己的皮包也放在这间房子里说：

"大暑天，怎么倒不在北京？"

"我在北京，"维杉说，"感到……感到窘极了。"他看一看他拿出来拭汗的手绢，"窘极了！"

"窘极了？"旭窗此时看到卖报的过来，他问他要《大公报》看，便也没有再问下去维杉为什么在北京感到"窘极了"。

香山，六月

九十九度① 中

　　三个人肩上各挑着黄色、有"美丰楼"字号的大圆簍，用着六个满是泥泞凝结的布鞋，走完一条被太阳晒得滚烫的马路之后，转弯进了一个胡同里去。

　　"劳驾，借光——三十四号甲在哪一头？"在酸梅汤的摊子前面，让过一辆正在飞奔的家车——钢丝轮子亮得晃眼的——又向蹲在墙角影子底下的老头儿问清了张宅方向后，这三个流汗的挑夫便又努力地往前走。那六只穿着泥泞布履的脚，无条件地继续着他们机械式的辗动。

　　在那轻快的一瞥中，坐在洋车上的卢二爷看到黄簍上饭庄的字号，完全明白里面装的是丰盛的筵席，自然地，他估计到他自己午饭的问题。家里饭乏味，菜蔬缺乏个性，太太的脸难看，你简直就不能对她提到那厨子问题。这几天天太热，太热，并且今天已经二十二，什么事她都能够牵扯到薪水的问题上。孩子们再一吵，谁能够在家里吃中饭！

　　"美丰楼饭庄"，黄簍上的黑字写得很笨大，方才第二个挑夫挑得特别吃劲，摇摇摆摆地使那黄簍左右地晃……

　　美丰楼的菜不能算坏，义永居的汤面实在也不错……于是义永居的汤面，还是市场万花斋的点心？东城或西城？找谁同去聊天？逸九新从南边

① 九十九度：指华氏温度，约等于37.4℃。

来的，住在哪里？或许老孟知道，何不到和记理发馆借个电话？卢二爷估计着，犹豫着，随着洋车的起落。他又好像已经决定了在和记借电话，听到伙计们的招呼："……二爷您好早……用电话，这边您哪！……"

伸出手臂，他睨一眼金表上所指示的时间，细小的两针分停在两个钟点上，但是分明地都在挣扎着到达十二点上边。在这时间中，车夫感觉到主人在车上翻动不安，便更抓稳了车把，弯下一点背，勇猛地狂跑。二爷心里仍然疑问着面或点心，东城或西城；车已赶过前面的几辆。一个女人骑着自行车，由他左侧冲过去，快镜似的一瞥鲜艳的颜色，脚与腿，腰与背，侧脸，眼和头发，全映进老卢的眼里，那又是谁说过的……老卢就是爱看女人！女人谁又不爱？难道你在街上真闭上眼不瞧那过路的漂亮的！

"到市场，快点。"老卢吩咐他的车夫奔驰的终点，于是主人和车夫戴着两顶价格极不相同的草帽，便同在一个太阳底下，向东安市场奔去。

很多好看的碟子和鲜果点心，全都在大厨房院里，从黄色层篓中检点出来。立着监视的有饭庄的二掌柜和张宅的大师傅；两人都因为胖的缘故，手里都有把大蒲扇。大师傅举着扇扑一下进来凑热闹的大黄狗。

"这东西最讨嫌不过！"这句话大师傅一半拿来骂狗，一半也是来权作和掌柜的寒暄。

"可不是？他×的，这东西真可恶。"二掌柜好脾气地用粗话也骂起狗。

狗无聊地转过头到垃圾堆边闻嗅隔夜的肉骨。

奶妈抱着孙少爷进来，七少奶每月用六元现洋雇她，抱孙少爷到厨房、门房、大门口、街上一些地方，喂奶连游玩的。今天的厨房又是这样地不同：饭庄的"头把刀"带着几个伙计在灶边手忙脚乱地炒菜切肉丝。奶妈觉得孙少爷是更不能不来看。果然看到了生人，看到狗，看到厨房桌上全是好看的干果、鲜果、糕饼、点心，孙少爷格外高兴，在奶妈怀里跳，手指着要吃。奶妈随手赶开了几只苍蝇，拣一块山楂糕放到孩子口里，一面和伙计们打招呼。

忽然看到陈升走到院子里找赵奶奶，奶妈对他挤了挤眼，含笑地问："什么事值得这么忙？"同时她打开衣襟露出前胸喂孩子奶吃。

"外边挑担子的要酒钱。"陈升没有平时的温和，或许是太忙了的缘故。老太太这次做寿，比上个月四少奶小孙少爷的满月酒的确忙多了。

此刻那三个粗蠢的挑夫蹲在外院槐树荫下，用黧黑的毛巾擦他们的脑袋，等候着他们这满身淋汗的代价。一个探首到里院偷偷看院内华丽的景象。

里院和厨房所呈的纷乱固然完全不同，但是它们纷乱的主要原因则是同样的，为着六十九年前的今天。六十九年前的今天，江南一个富家里又添了一个绸缎金银裹托着的小生命。经过六十九个像今年这样流汗天气的夏天，又产生过另外十一个同样需要绸缎金银的生命以后，那个生命乃被称为长寿而又有福气的妇人。这个妇人，今早由两个老妈子扶着，坐在床前，拢一下斑白稀疏的鬓发，对着半碗火腿稀饭摇头：

"赵妈，我哪里吃得下这许多？你把锅里的拿去给七少奶的云乖乖吃吧……"

七十年的穿插，已经卷在历史的章页里，在今天的院里能呈露出多少，谁也不敢说。事实是今天，将有很多打扮得极体面的男女来庆祝，庆祝能够维持这样长久寿命的女人,并且为这一庆祝,饭庄里已将许多生物的寿命裁削了,拿它们的肌肉来补充这庆祝者的肠胃。

前两日这院子就为了这事改变了模样,簇新的喜棚支出瓦檐丈余尺高。两旁红喜字玻璃方窗,由胡同东头和顺车厂的院里是可以看得很清楚的。前晚上六点左右,小三和环子,两个洋车夫的儿子,倒土筐的时候看到了,就告诉他们的妈:"张家喜棚都搭好了,是哪一个孙少爷娶新娘子?"他们的妈为这事,还拿了鞋样到陈大嫂家说个话儿。正看到她在包饺子,笑嘻嘻的得意得很,说老太太做整寿——多好福气——她当家的跟了张老太爷多少年,昨天张家三少奶还叫她进去,说到日子要她去帮个忙。

喜棚底下圆桌就有七八张,方凳更是成叠地堆在一边;几个夫役持着鸡毛帚,忙了半早上才排好五桌。小孩子又多,什么孙少爷、侄孙少爷,姑太太们带来的那几位,都够淘气的。李贵这边排好几张,那边小爷们又扯走了排火车玩。天热得厉害,苍蝇免不了有些多,点心、干果都不敢先往桌子上摆。冰化得也快,篓子底下冰水化了满地!汽水瓶子挤满了厢房的廊上,五少奶看见了直嚷不行,全要冰起来。

全要冰起来!真是的,今天的食品全摆起来够像个菜市,四个冰箱也腾不出一点空隙。这新买来的冰又放在哪里好?李贵手里捧着两个绿瓦盆,私下里咕噜着为这筵席所发生的难题。

赵妈走到外院传话,听到陈升很不高兴地在问三个挑夫要多少酒钱。

"瞅着给吧。"一个说。

"怪热天,多赏点吧。"又一个抿了抿干燥的口唇,想到方才胡同口的酸梅汤摊子，嘴里觉着渴。

就是这嘴里渴得难受，杨三把卢三爷拉到东安市场西门口，心想方才在那个"喜"什么"堂"门首，明明看到王康坐在洋车脚蹬上睡午觉。王康上月底欠了杨"三十四吊"钱，到现在仍不肯还；只顾着躲他。今天账主遇到赊债的赌鬼，心头起了各种的计算——杨三到饿的时候，脾气常常要比平时坏一点。天本来就太热，太阳简直是冒火，谁又受得了！方才二爷坐在车上，尽管用劲踩铃，金鱼胡同走道的学生们又多，你撞我闯的，挤得真可以的。杨三擦了汗，一手抓住车把，拉了空车转回头去找王康要账。

"要不着八吊要六吊，再要不着，要他×的几个混蛋嘴巴！"杨三脖颈儿上太阳烫得像火烧。"四吊多钱我买点羊肉，吃一顿好的。葱花烙饼也不坏——谁又说大热天不能喝酒？喝点又怕什么——睡得更香。卢二爷到市场吃饭，进去少不了好几个钟头……"

喜燕堂门口挂着彩，几个乐队的人穿着红色制服，坐在门口喝茶——他们把大铜鼓撂在一旁，铜喇叭夹在两膝中间。杨三知道这又是哪一家办喜事。反正一礼拜短不了有两天好日子，就在这喜燕堂，哪一个礼拜没有一辆花马车，里面搀出花溜溜的新娘？今天的花车还停在一旁……

"王康，可不是他！"杨三看到王康在小挑子的担里买香瓜吃。

"有钱的娶媳妇，和咱们没有钱的娶媳妇，还不是一样？花多少钱娶了她，她也短不了要这个那个的——这年头！好媳妇，好！你瞧怎么着？更惹不起！管你要钱，气你喝酒！再有了孩子，又得顾他们吃，顾他们穿……"

王康说话就是要"逗个乐儿"，人家不敢说的话他敢说；一群车夫听到他的话，个个高兴地凑点尾声。李荣手里捧着大饼，用着他最现成的粗话引着那几个年轻的笑。李荣从前是拉过家车的——可惜东家回南，把事情就搁下来了——他认得字，会看报，他会用新名词来发议论："文明结婚可不同了，这年头是最讲'自由''平等'的了。"底下再引用了小报上捡来离婚的新闻打哈哈。

杨三没有娶过媳妇，他想娶，可是"老家儿①"早过去了，没有给他定下亲，外面瞎妍的他没敢要。前两天，棚铺的掌柜娘要给他做媒，提起了一个姑娘，说是什么都不错，这几天不知道怎么又没有信儿了。今天洋车夫们说笑的话，杨三听了感着不痛快。看看王康的脸在太阳里笑得皱成一团，更使他气起来。

王康仍然笑着说话，没有看到杨三，手里咬剩的半个香瓜里面，黄黄的一把瓜子像不整齐的牙齿向着上面。

"老康！这些日子都到哪里去了？我这儿还等着钱吃饭呢！"杨三乘着一股劲发作。

听到声儿，王康怔了怔，向后看了看："呵，这打哪儿说的呢？"他开始赖账了，"你要吃饭，你打你×的自己腰包里掏！要不然，你出个份子，进去那里边——"他手指着喜燕堂，"吃个现成的席去。"王康的嘴说得滑了，禁不住这样嘲笑着杨三。

周围的人也都跟着笑起来。

本来准备着对付赖账的巴掌，立刻打到王康的老脸上了。必须的扭打，由蓝布幕的小摊边开始，一直扩张到停洋车的地方。来往汽车的喇

---

① 老家儿：方言，多指父母。

叭，像被打的狗，呜呜叫号。好几辆正在街心奔驰的洋车都停住了，流着汗的车夫连喊着："靠里！瞧车！"脾气暴的人顺口就是："他×的，这大热天，单挑这么个地方！"

巡警离开了岗位；小孩子们围上来；喝茶的军乐队人员全站起来看；女人们吓得直喊："了不得，前面出事了吧！"

杨三提高嗓子在嚷着问王康："十四吊钱，是你——是你拿走了不是？"

呼喊的声浪由扭打的两人出发，膨胀，膨胀到周围各种人的口里："你听我说……"

"把他们拉开……"

"这样挡着路……瞧腿要紧。"

嘈杂声中还有人叉着手远远地喊："打得好呀，好拳头！"

喜燕堂正厅里挂着金喜字红幛，几对喜联，新娘正在服从号令，连连地深深地鞠躬。外边的喧吵使周围客人的头同时向外面转，似乎打听外面喧吵的缘故。新娘本来就是一阵阵地心跳，此刻更加失掉了均衡，一下子撞上，一下子沉下，手里抱着的鲜花随着（心跳）只是打颤。雷响深入她耳朵里、心房里……

"新郎新娘——三鞠躬——"阿淑在迷惘里弯腰伸直，伸直弯腰。昨晚上她哭，她妈也哭，将一串经验上得来的教训，拿出来赠给她——什么对老人要忍耐点，对小的要和气，什么事都要让着点——好像生活就是靠容忍和让步支持着！

她焦心的不是在公婆妯娌间的委曲求全。这几年对婚姻问题谁都讨论得热闹，她就不懂那些讨论的道理遇到实际时怎么就不发生关系。她这结婚的实际，并没有因为她多留心报纸上、新文学上所讨论的婚姻问题、家庭问题、恋爱问题，而减少了问题。

"二十五岁了……"有人问到阿淑的岁数时，她妈总是发愁似的轻轻地回答那问她的人，底下说不清是叹息是啰嗦。

在这旧式家庭里，阿淑算是已经超出应该结婚的年龄很多了，她知道，父母那急着要她出嫁的神情使她太难堪！他们天天在替她选择合适的人家——其实哪里是选择！反对她尽管反对，那只是消极的无可奈何的抵抗，她自己明知道是绝对没有机会选择，乃至于接触比较合适、理想的人物！她挣扎了三年，三年的时间不算短，在她父亲看去那更是不可信地长久……

"余家又托人来提了，你和阿淑商量商量吧，我这身体眼见得更糟，这潮湿天……"父亲的话常常说得很响，故意要她听得见，有时在饭桌上脾气或许更坏一点。"这六十块钱，养活这一大家子！养儿养女都不够，还要捐什么钱？干脆饿死！"有时更直接更难堪："这又是谁的新裙子？阿淑，你别学时髦穿了到处走，那是找不着婆家的——外面瞎认识什么朋友我可不答应，我们不是那种人家！"……懦弱的母亲低着头装作缝衣："妈劝你将就点……爹身体近来不好……女儿不能在娘家一辈子的……这家子不算坏；差事不错，前妻没有孩子不能算填房……"

理论和实际似乎永不发生关系；理论说婚姻得怎样又怎样，今天阿淑都记不得那许多了。实际呢，只要她点一次头，让一个陌生的、异姓的、异性的人坐在她家里，乃至于她旁边，吃一顿饭的手续，父亲和母亲这两三年——兴许已是五六年来的难题便突然地在他们是觉得极文明地解决了。

对于阿淑这订婚的疑惧，常使她父亲像小孩子似的自己安慰自己：阿淑这门亲事真是运气呀！说时总希望阿淑听见这话。不知怎样，阿淑听到这话总很可怜父亲，想装出高兴的样子来安慰他。母亲更可怜，自从阿淑订婚以来总似乎对她抱歉，常常哑着嗓子说："看在我做母亲的这份心上面。"

看在做母亲的那份心上面！那天她初次见到那陌生的、异姓的、异性的人，那个庸俗的典型触碎她那一点脆弱的爱美的希望，她怔住了，能去寻死，为婚姻失望而自杀么？可以大胆地告诉父亲，这婚约是不可能的么？能逃脱这家庭的苛刑（在爱的招牌下的）去冒险，去漂泊么？

她没有勇气说什么，她哭了一会儿，妈也流了眼泪，后来妈说："阿淑你这几天瘦了，别哭了，做娘的也只是一份心……"现在一鞠躬一鞠躬地和幸福作别，事情已经太晚得没有办法了。

吵闹的声浪愈加明显了一阵，伴娘为新娘戴上戒指，又由赞礼的喊了一些命令。

迷离中阿淑开始幻想那外面吵闹的原因：洋车夫打电车吧；汽车轧伤了人吧；学生又请愿，当局派军警弹压吧……但是阿淑想，怎么我还如是焦急？现在我该像死人一样了，生活的波澜该沾不上我了，像已经临刑的人。但临刑也好，被迫结婚也好，在电影里到了这种无可奈何的时候总有个意料不到快慰人心的解脱，不合法，特赦，恋人骑着马星夜奔波地赶到……但谁是她的恋人？除却九哥！学政治法律，讲究新思想的九哥，得着他表妹阿淑结婚的消息不知怎样？他恨由父母把持的婚姻……但谁知道他关心么？他们多少年不来往了，虽然在山东住的时候，他们曾经比邻而居，两小无猜地整天在一起玩。幻想是不中用的，九哥先就不在北平，两年前他回来过一次，她记得自己遇到九哥扶着一位漂亮的女同学在书店前边，她躲过了九哥的视线，惭愧自己一身不入时的装束，她不愿和九哥的女友做个太难堪的比较。

感到手酸，心酸，浑身打颤，阿淑由一堆人簇拥着退到里面房间休息。女客们在新娘前后彼此寒暄招呼，彼此注意大家的装扮。有几个很不客气地在批评新娘子，显然认为不满意。"新娘太单薄点。"一个摺着十几层下颏的胖女人，摇着扇和旁边的六姨说话。阿淑觉得她自己真可以立刻碰得粉碎。这位胖太太像一座石臼，六姨则像一根铁杵横在前面，阿淑两手发抖地拉紧了一块丝巾，听任老妈子在她头上不住地搬弄那几朵绒花。

随着花露水香味进屋子来的，是锡娇和丽丽，六姨的两个女儿，她们的装扮已经招了许多羡慕的眼光。有电影明星细眉的锡娇抓把瓜子嗑着，猩红的嘴唇里露出雪白的牙齿。她暗中扯了扯她妹妹的衣襟，嘴向一个客人的侧面努了一下。丽丽立刻笑红了脸，拿出一条丝绸手绢蒙住嘴挤出人堆到廊上走，望着已经在席上的男客们。有几个已经提起筷子高高兴兴地在选择肥美的鸡肉，一面讲着笑话，顿时都为着丽丽的笑声，转过脸来，镇住眼看她。丽丽扭一下腰，又摆了一下，软的长衫轻轻展开，露出裹着肉色丝袜的长腿走过另一边去。

年轻的茶房穿着蓝布大褂，肩搭一块桌布，由厨房里出来。两只手拿四碟冷荤，几乎撞着丽丽。闻到花露水的香味，茶房忘却顾忌地斜过眼看。昨晚他上菜的时候，那唱戏的云娟坐在首席曾对着他笑，两只水钻耳坠,打秋千似的左右晃。他最忘不了云娟旁座的张四爷,抓住她如玉的手臂劝干杯的情形。笑眯眯的带醉的眼,云娟明明是向着正端着大碗三鲜汤的他笑。他记得放平了大碗,心还怦怦地跳。直到晚上他睡不着,躺在院里板凳上乘凉,随口唱几声"孤王……酒醉……"才算松动了些。今天又是这么一个笑嘻嘻的小姐,穿着这一身软缎,茶房垂下头去拿酒壶,心底似乎恨谁似的一股气。

"逸九你喝一杯什么?"老卢做东这样问。

"我来一杯香桃冰淇淋吧。"

"你去拣几块好点心,老孟。"主人又招呼那一个客。午饭问题算是如此解决了。为着天热,又为着起得太晚,老卢看到点心铺前面挂的"卫生冰淇淋,咖啡,牛乳,各样点心"这种动人的招牌,便决意到里面去消磨时光。约到逸九和老孟来聊天,老卢显然很满意了。

三个人之中,逸九最年少,最摩登。在中学时代就是一口英文,屋子里挂着不是"梨娜"就是"琴妮"的相片,从电影杂志里细心剪下来的,圆一张,方一张,满壁动人的娇憨——他到上海去了两年,跳舞更是出色了,老卢端详着自己的脚,打算找逸九带他到舞场拜老师去。

"哪个电影好,今天下午?"老孟抓一张报纸看。

邻座上两个情人模样的男女,对面坐着呆看。男人有很温和的脸,抽着烟没有说话;女人的侧相则颇有动人的轮廓,睫毛长长地活动着,脸上时时浮现微笑。她的青纱长衫罩着丰润的肩臂,带着神秘性的淡雅。两人无声地吃着冰淇淋,似乎对于一切完全地满足。

老卢、老孟谈着时局，老卢既是机关人员，时常免不了说"我又有个特别的消息，这样看来里面还有原因"，于是一层一层地做更详细原因的检讨，深深地浸入政治波澜里面。

逸九看着女人的睫毛和浮起的笑涡，想到好几年前同在假山后捉迷藏的琼的两条发辫，一个垂前一个垂后地跳跃。琼已经死了六七年，谁也没有再提起过她，今天这青长衫的女人，单单叫他心底涌起琼的影子。不可思议的、淡淡的记忆，描着活泼的琼。在极旧式的家庭里淘气，二舅舅提根旱烟管，厉声地出来制止她各种的嬉戏。但是琼只是敛住声音低低地笑。雨下大了，院中满是水，又是琼胆子大，把裤腿卷过膝盖，赤着脚，到水里装摸鱼。不小心她滑倒了，还是逸九去把她抱回来。和琼差不多大小的还有阿淑，住在对门，他们时常在一起玩，逸九忽然记起瘦小、不爱说话的阿淑来。

"听说阿淑快要结婚了，妈嘱咐到表姨家问候，不知道阿淑要嫁给谁！"他似乎怕到表姨家。这几年的生疏叫他为难，前年他们遇见过一次，装束不入时的阿淑倒有种特有的美，一种灵性……奇怪，今天这青长衫女人为什么叫他想起这许多……

"逸九，你有相当的聪明、手腕，你又能巴结女人，你也应该来试试，我介绍你见老王。"

倦了的逸九忽然感到苦闷。

老卢手弹着桌边表示不高兴："老孟你少说话，逸九这位大少爷说不定他倒愿意去演电影呢！"种种都有一点落伍的老卢嘲笑着翩翩年少的朋友出气。

青纱长衫的女人和她朋友吃完了，站了起来。男的手托着女人的臂腕，无声地绕过他们三人的茶桌前面，走出门去。老卢、逸九注意到女人有秀美的腿，稳健的步履。两人的融洽，在不言不语中流露出来。

"他们是甜心！"

"愿有情人都成眷属。"

"这女人算好看不？"

三个人同时说出口来，个个有所感触。

午后的热，由窗口外嘘①进来，三个朋友吃下许多清凉的东西，不知做什么好。

"电影院去，咱们去研究一回什么'人生问题''社会问题'吧？"逸九望着桌上的空杯，催促着卢、孟两个走，心里仍然浮着琼的影子。活泼、美丽、健硕，全幻灭在死的幕后，时间一样地向前，计量着死的实在。像今天这样偶尔的回忆，就算是证实琼有过活泼生命的唯一的证据。

东安市场门口的洋车像放大的一串蚂蚁，头尾衔接着放在街沿。杨三已不在他寻常停车的地方。

"区里去，好，区里去！咱们到区里说个理去！"就是这样，王康和杨三到底结束了殴打，被两个巡警弹压下来。

刘太太打着油纸伞，端正地坐在洋车上，想金裁缝太不小心了，今天这件绸衫下摆仍然不合适，领口也太小，紧得透不了气，想不到今天这样热，早知道还不如穿纱的去。裁缝赶做的活总要出点毛病。实甫现在脾气

---

① 嘘：火或蒸气的热力熏炙。

更坏一点，老嫌女人们麻烦。每次有个应酬你总要听他说一顿的。今天张老太太做整寿，又不比得寻常的场面可以随便……

对面来了身着浅蓝色衣服的年轻小姐，极时髦的装束使刘太太睁大了眼注意了。

"刘太太哪里去？"蓝衣小姐笑了笑，远远地招呼她一声过去了。

"人家的衣服怎么如此合适！"刘太太不耐烦地举着花纸伞。

"呜呜——呜呜——"汽车的喇叭响得震耳。

"打住。"洋车夫紧抓车把，缩住车身前冲的趋势。汽车过去后，由刘太太车旁走出一个巡警，带着两个粗人：一根白绳由一个的臂膀系到另一个的臂上。巡警执着绳端，板着脸走着。一个粗人显然是车夫，手里仍然拉着空车，嘴里咕噜着。很讲究的车身，各件白铜都擦得发亮，后面铜牌上还镌着"卢"字。这又是谁家的车夫，闹出事让巡警拉走。刘太太恨恨地一想车夫们爱肇事的可恶，反正他们到区里去少不了东家设法把他们保出来的……

"靠里！……靠里！"威风的刘家车夫是不耐烦挤在别人车后的——老爷是局长，太太此刻出去阔绰地应酬，洋车又是新打的，两盏灯发出银光……哗啦一下，靠手板在另一个车边擦一下，车已猛冲到前头走了。刘太太的花油纸伞在日光中摇摇荡荡地迎着风，顺着街心溜向北去。

胡同口酸梅汤摊边刚走开了三个挑夫。酸凉的一杯水，短时间地给他们愉快，六只泥泞的脚仍然踏着滚烫的马路行去。卖酸梅汤的老头儿手里正在数着几十枚铜元，一把小鸡毛帚夹在腋下。他翻上两颗黯淡的眼珠，看看过去的花纸伞，知道这是到张家去的客人。他想今天为着张家做寿，客人多，他们的车夫少不得来摊上喝点凉的解渴。

"两吊……三吊！……"他动着他的手指，把一叠铜元收入摊边美人牌香烟的纸盒中。不知道今天这冰够不够使用的，他翻开几重荷叶和一块灰黑色的破布，仍然用着他黯淡的眼珠向瓷缸里的冰块端详了一会儿。"天不热，喝的人少，天热了，冰又化得太快！"事情哪一件不有为难的地方，他叹口气再翻眼看看过去的汽车。汽车轧起一阵尘土，笼罩着老人和他的摊子。

寒暑表中的水银从早起上升，一直过了九十五度[①]的黑线上。喜棚底下比较荫凉的一片地面上曾聚过各种各色的人物，丁大夫也是其间一个。

丁大夫是张老太太的内侄孙，德国学医刚回来不久，麻利，漂亮，现在社会上已经有了声望，和他同席的都借着他是医生的缘故，拿北平市卫生问题做谈料，什么鼠疫、伤寒、预防针、微菌，全在吞咽八宝冬瓜、瓦块鱼、锅贴鸡、炒虾仁中间讨论过。

"贵医院有预防针，是好极了。我们过几天要来麻烦请教了。"说话的以为如果微菌听到他有打预防针的决心也皆气馁了。

"欢迎，欢迎。"

厨房送上一碗凉菜。丁大夫踌躇之后决意放弃吃这碗菜的权利。

小孩们都抢了盘子边上放的小冰块，含到嘴里嚼着玩，其他客喜欢这凉菜的也就不少。天实在热！

张家几位少奶奶装扮得非常得体，头上都戴朵红花，表示对旧礼教习尚仍然相当遵守的。在院子中盘旋着做主人，各人心里都明白自己今天的体面。好几个星期前就顾虑到的今天，她们所理想到的今天的各种成功，

[①] 九十五度：指华氏温度，约等于35.9℃。

已然顺序地在眼前实现。虽然为着这重要的今天，各人都轮流着觉得受过委屈，生过气，用过心思和手腕，将就过许多不如意的细节。

老太太颤巍巍地喘息着，继续维持着她的寿命。杂乱模糊的回忆在脑子里浮沉。兰兰七岁的那年……送阿旭到上海医病的那年真热……生四宝的时候在湖南，于是生育，病痛，兵乱，行旅，婚娶，没秩序、没规则地纷纷在她记忆下掀动。

"我给老太太拜寿，您给回一声吧。"

这又是谁的声音？这样大！老太太睁开打瞌睡的眼，看一个浓妆的妇人对她鞠躬问好。刘太太——谁又是刘太太，真是的！今天客人太多了，好吃劲。老太太扶着赵妈站起来还礼。

"别客气了，外边坐吧。"二少奶伴着客人出去。

谁又是这刘太太……谁？……老太太模模糊糊地又做了一些猜想，望着门槛又堕入各种的回忆里去。

坐在门槛上的小丫头寿儿，看着院里的石榴花出神。她巴不得酒席可以快点开完，底下的人们可以吃中饭，她肚子实在饿得慌。一早眼睛所接触的，大部分几乎全是可口的食品，但是她仍然是饿着肚子，坐在老太太这屋的门槛上等候呼唤。她极想再到前院去看看热闹，但为想到上次被打的情形，只得竭力忍耐。在饥饿中，有一桩事她仍然没有忘掉她的高兴。因为老太太的整寿，大少奶给她一副银镯。虽然为着摇背而酸乏的手臂懒得转动，她仍不时得意地举起手来，晃摇①着她的新镯子。

午后的太阳斜到东廊上，后院子暂时沉睡在静寂中。幼兰在书房里和

---

① 晃摇：摇动。

羽哭着闹脾气：

"你们都欺侮我，上次赛球我就没有去看。为什么要去？反正人家也不欢迎我……慧石不肯说，可是我知道你和阿玲在一起玩得上劲。"抽噎的声音微微地由廊上传来。

"等会儿客人进来了不好看……别哭……你听我说……绝对没有这么回事的。咱们是亲表①谁不知道我们亲热，你是我的兰，永远、永远是我最爱最爱的……你信我……"

"你在哄骗我，我……我永远不会再信你的了……"

"你又来伤我，你心狠……"

声音微下去，也和缓了许多，又过了一些时候，才有轻轻的笑语声。小丫头仍然饿得慌，仍然坐在门槛上没有敢动，她听着小外孙小姐和羽孙少爷老是吵嘴，哭哭啼啼的，她不懂。一会儿他们又笑着一块儿由书房里出来。

"我到婆婆②的里间洗个脸去。寿儿你给我打盆洗脸水去。"

寿儿得着打水的命令，高兴地站起来。什么事也比坐着等老太太睡醒都好一点。

"别忘了晚饭等我一桌吃。"羽说完大步地跑出去。

后院顿时又堕入闷热的静寂里；柳条的影子画上粉墙，太阳的红比得上胭脂。墙外天蓝蓝的没有一片云，像戏台上的布景。隐隐地送来小贩叫卖的声音——卖西瓜的——卖凉席的，一阵一阵。

---

① 亲表：表亲，泛指亲戚。
② 婆婆：对老年妇女的一种称呼，包括丈夫的母亲、外祖母、祖母、曾祖母。此处指外祖母，即外婆。

挑夫提起力气喊他的孩子找他的媳妇。天快要黑下来，媳妇还坐在门口纳鞋底子，赶着那一点天亮再做完一只。一个月她当家的要穿两双鞋子，有时还不够的。方才当家的回家来说不舒服，睡倒在炕上，这半天也没有醒。她放下鞋底又走到旁边一家小铺里买点生姜，说几句话儿。

继续着呻吟，挑夫开始感到苦痛，不该喝那冰凉东西，早知道这大暑天，还不如喝口热茶！迷惘中他看到茶碗、茶缸，施茶的人家，碗、碟、果子杂乱地绕着大圆篓，他又像看到张家的厨房。不到一刻他肚子里像纠麻绳一般痛，发狂的呕吐使他沉入严重的症候里和死神搏斗。

挑夫媳妇失了主意，喊孩子出去到药铺求点药。那边时常夏天是施暑药的……

邻居积渐知道挑夫家里出了事，看过报纸的说许是霍乱，要扎针的。张秃子认得大街东头的西医丁家，他披上小褂子，一边扣钮子，一边跑。丁大夫的门牌挂得高高的，新漆的两扇大门紧闭着。张秃子找着电铃死命地按，又在门缝里张望了好一会儿，才有人出来开门。什么事？什么事？门房望着张秃子生气，张秃子看着丁宅的门房说："劳驾——劳驾您大爷，我们'街坊'李挑子中了暑，托我来行点药。"

"丁大夫和药房先生'出份子去了'，没有在家，这里也没有旁人，这事谁又懂得？！"门房吞吞吐吐地说，"还是到对门益年堂打听吧。"大门已经差不多关上。

张秃子又跑了，跑到益年堂，听说一个孩子拿了暑药已经走了。张秃子是信教的，他相信外国医院的药，他又跑到那边医院里打听，等了半天，说那里不是施医院①，并且也不收传染病的，医生晚上也都回家了，助手没有上边的话不能随便走开的。

"最好快报告区里，找卫生局的人。"管事的告诉他，但是卫生局又在哪里……

到张秃子失望地走回自己院子里的时候，天已经黑了下来，他听见李大嫂的哭声知道事情不行了。院里瓷罐子里还放出浓馥的药味。他顿一下脚："咱们这命苦的……"他已在想如何去捐募点钱，收殓他朋友的尸体。叫孝子挨家去磕头吧！

天黑了下来，张宅跨院里更热闹，水月灯底下围着许多孩子，看变戏法的由袍子里捧出一大缸金鱼，一盘子"王母蟠桃"献到老太太面前。孩子们都凑上去验看金鱼的真假。老太太高兴地笑。

大爷熟识捧场过的名伶自动地要送戏，正院前边搭着戏台，当差的忙着拦阻外面杂人往里挤，大爷由上海回来，两年中还是第一次——这次碍着母亲整寿的面，不回来太难为情。这几天行市不稳定，工人们听说很活动，本来就不放心走开，并且厂里的老赵靠不住，大爷最记挂……

看到院里戏台上正开场，又看廊上的灯，听听厢房各处传来的牌声、风扇声并汽水声，大爷知道一切都圆满地进行，明天事完了，他就可以走了。

"伯伯上哪儿去？"游廊对面走出一个清秀的女孩。他怔住了看，慧石——是他兄弟的女儿，已经长得这么大了？大爷伤感着看他早死兄弟的遗腹女儿——她长得实在像她爸爸……实在像她爸爸……

---

① 施医院：基督教会在华开办的医院，声称免费为教徒和愿意信教的人治病（只收挂号费，不收医药费），其实治病只是一种吸引民众的手段，真正的目的是通过施医布教。

"慧石，是你。长得这样俊，伯伯快认不得了。"

慧石只是笑，笑。大伯伯还会说笑话，她觉得太料想不到的事，同时她像被电击一样，触到伯伯眼里蕴藏的怜爱，一股心酸抓紧了她的嗓子。

她仍只是笑。

"哪一年毕业？"大伯伯问她。

"明年。"

"毕业了到伯伯那里住。"

"好极了。"

"喜欢上海不？"

她摇摇头："没有北平好。可是可以找事做，倒不错。"

伯伯走了，容易伤感的慧石急忙回到卧室里，想哭一哭，但眼睛湿了几回，也就不哭了，又在镜子前抹点粉笑了笑；她喜欢伯伯对她的那和蔼的态度。妈常常不满伯伯和伯母，常说些他们不高兴的话，但她自己却总觉得喜欢这伯伯的。

也许是骨肉关系有种不可思议的亲热，也许是因为感激知己的心，慧石知道她更喜欢她这伯伯了。

厢房里电话铃响。

"丁宅呀，找丁大夫说话？等一等。"

丁大夫的手气不坏，刚和了一牌三翻，他得意地站起来接电话："知道了，知道了，回头就去叫他派车到张宅来接。什么？要暑药的？发痧中暑？叫他到平济医院去吧。"

"天实在热，今天中暑的一定不少。"五少奶坐在牌桌上抽烟，等丁大夫打电话回来。"下午两点的时候刚刚九十九度（华氏度，相当于三十七点二二摄氏度）啦！"她睁大了眼表示严重。

"往年没有这么热，九十九度的天气在北平真可以的了。"一个客人摇了摇檀香扇，急着想坐庄。

咯突二声，丁大夫将电话挂上。

报馆到这时候积渐热闹，排字工人流着汗在机器房里忙着。编辑坐到公事桌上面批阅新闻。本市新闻由各区里送到，编辑略略将张宅名伶送戏一节细细看了看，想到方才同太太在市场吃冰淇淋后，遇到街上的打架，又看看那段厮打的新闻，于是很自然地写着"西四牌楼三条胡同卢宅车夫杨三……"新闻里将杨三和王康的争斗形容得非常动听，一直到了"扭区成讼"。

再看一些零碎，他不禁注意到"挑夫霍乱数小时毙命"一节，感到白天去吃冰淇淋是件不聪明的事。

杨三在热臭的拘留所里发愁，想着主人应该得到他出事的消息了，怎么还没有设法来保他出去。王康则在又一间房子里喂臭虫，苟且地睡觉。

"……哪儿呀，我卢宅呀，请王先生说话……"老卢为着洋车被扣已经打了好几个电话了，在晚饭桌上他听着太太的埋怨……那杨三真是太没有样子，准是又喝醉了，三天两回闹事。

"……对啦，找王先生有要紧事。出去饭局了么？回头请他给卢宅来个电话！别忘了！"

这大热晚上难道闷在家里听太太埋怨？杨三又没有回来，还得出去雇车，老卢不耐烦地躺在床上看报，一手抓起一把蒲扇赶开蚊子。

第二辑　叹人生

蛛丝和梅花

真真地就是那么两根蛛丝,由门框边轻轻地牵到一枝梅花上。就是那么两根细丝,迎着太阳光发亮……再多了,那还像样么?一个摩登家庭如何能容蛛网在光天白日里作怪,管它有多美丽,多玄妙,多细致,够你对着它联想到一切自然、造物的神工和不可思议处;这两根丝本来就该使人脸红,且在冬天够多特别!可是亮亮的,细细的,倒有点像银,也有点像玻璃制的细丝,委实不算讨厌。尤其是它们那么洒脱风雅,偏偏那样有意无意地斜着搭在梅花的枝梢上。

你向着那丝看,冬天的太阳照满了屋内,窗明几净,每朵含苞的、开透的、半开的梅花在那里挺秀吐香,情绪不禁迷茫缥缈地充溢心胸,在那刹那的时间中振荡。同蛛丝一样细弱和不必需,思想开始抛引出去:由过去牵到将来,意识的,非意识的,由门框梅花牵出宇宙,浮云沧波踪迹不定。是人性、艺术,还是哲学,你也无暇计较,你不能制止你情绪的充溢,思想的驰骋,蛛丝梅花竟然是瞬息可以千里!

好比你是蜘蛛,你的周围也有你自织的蛛网,细致地牵引着天地,不怕多少次风雨来吹断它,你不会停止了这生命上基本的活动。此刻……

"一枝斜好,幽香不知甚处"①……

拿梅花来说吧,一串串丹红的结蕊缀在秀劲的傲骨上,最可爱,最可赏,等半绽将开地错落在老枝上时,你便会心跳!梅花最怕开;开了便没话说。索性残了,沁香拂散同夜里炉火都能成了一种温存的凄清。

记起了,也就是说到梅花、玉兰。初是有个朋友说起初恋时玉兰刚开完,天气每天地暖,住在湖旁,每夜跑到湖边林子里走路,又静坐幽僻石上看隔岸灯火,感到好像仅有如此虔诚地孤对一片泓碧寒星远市,才能把心里情绪抓紧了,放在最可靠最纯净的一撮思想里,始不至于亵渎了或是惊着那"瘖寐思服"的人儿。那是极年轻的男子初恋的情景——对象渺茫高远,反而近求"自我的"郁结深浅——他问起少女的情绪。

就在这里,忽记起梅花。一枝两枝,老枝细枝,横着,虬着,描着影子,喷着细香;太阳淡淡的金色铺在地板上;四壁琳琅,书架上的书和书签都像在发出言语;墙上小对联记不得是谁的集句;中条是东坡的诗。你敛住气,简直不敢喘息,踮起脚,细小的身形嵌在书房中间,看残照当窗,花影摇曳,你像失落了什么,有点迷惘。又像"怪东风着意相寻",有点儿没主意!浪漫,极端的浪漫。"飞花满地谁为扫?"你问,情绪风似的吹动,卷过,停留在惜花上面。再回头看看,花依旧嫣然不语。"如此娉婷,谁人解看花意",你更沉默,几乎热情地感到花的寂寞,开始怜花,把同情统统诗意地交给了花心!

---

① 出自宋代赵以夫的《孤鸾(梅)》。上阕为:"江南春早,问江上寒梅,占春多少。自照疏星冷,只许春风到。幽香不知甚处,但迢迢、满汀烟草。"下阕为:"回首谁家竹外,有一枝斜好。记当年、曾共花前笑。念玉雪襟期,有谁知道。唤起罗浮梦,正参横月小。凄凉更吹塞管,漫相思,鬓华惊老。待觅西湖半曲,对霜天清晓。"

这不是初恋，是未恋，正自觉"解看花意"的时代。情绪的不同，不只是男子和女子有分别，东方和西方也甚有差异。情绪即使根本相同，情绪的象征，情绪所寄托、所栖止的事物却常常不同。水和星子同西方情绪的联系，早就成了习惯。一颗星子在蓝天里闪，一流冷涧倾泻一片幽愁[①]的平静，便激起他们诗情的波涌，心里甜蜜地、热情地便唱着由那些鹅羽的笔锋散下来的"她的眼如同星子在暮天里闪"，或是"明丽如同单独的那颗星，照着晚来的天"，或"多少次了，在一流碧水旁边，忧愁倚下她低垂的脸"。

惜花、解花太东方，亲昵自然，含着人性的细致是东方传统的情绪。

此外年龄还有尺寸，一样是愁，却跃跃似喜，十六岁时的，微风零乱，不颓废，不空虚，踏着理想的脚充满希望，东方和西方却一样。人老了，脉脉烟雨，愁吟或牢骚多折损诗的活泼。大家如香山、稼轩、东坡、放翁的白发华发，很少不梗在诗里，至少是令人不快。话说远了，刚说是惜花，东方老少都免不了这嗜好，这倒不论老的雪鬓曳杖，深闺里也就攒眉千度。

最叫人惜的花是海棠一类的"春红"，那样娇嫩明艳，开过了残红满地，太招惹同情和伤感。但在西方即使也有和我们同样的花，也还缺乏我们的廊庑庭院。有了"庭院深深深几许"，才有一种庭院里特有的情绪。如果李易安的"斜风细雨"底下不是"重门须闭"，也就不"萧条"得那样深沉可爱；李后主的"终日谁来"也一样地别有寂寞滋味。看花更须庭院，深深锁在里面认识，不时还得有轩窗栏杆，给你一点凭藉，虽然也用

[①] 幽愁：忧愁；暗愁。唐代白居易《琵琶行》中有"别有幽愁暗恨生，此时无声胜有声"的诗句。

不着"十二栏杆倚遍"那么慵弱无聊。

当然旧诗里伤愁太多;一首诗竟像一张美的证券,可以照着市价去兑现!所以庭花、乱红、黄昏、寂寞太滥,诗常失却诚实。西洋诗,恋爱总站在前头,或是"忘掉",或是"记起",月是为爱,花也是为爱,即使全是真情,也未尝不太腻味①。就以两边好的来讲。拿他们的月光同我们的月色比,似乎是月色滋味深长得多。花更不用说了;我们的花"不是预备采下缀成花球,或花冠献给恋人的",却是一树一树绰约的,个性的,自己立在情人的地位上接受恋歌的。

所以未恋时的对象最自然的是花,不是因为花而起的感慨——十六岁时无所谓感慨——仅是刚说过的自觉解花的情绪,寄托在那清丽无语的上边,你心折②它绝韵孤高,你为花动了感情,实说你同花恋爱,也未尝不可——那惊讶狂喜也不减于初恋。还有那凝望,那沉思……

一根蛛丝!记忆也同一根蛛丝,搭在梅花上就由梅花枝上牵引出去,虽未织成密网,这诗意的前后,也就是相隔十几年的情绪的联络。

午后的阳光仍然斜照,庭院阒然③,离离疏影,房里窗棂和梅花依然伴和成为图案,两根蛛丝在冬天还可以算为奇迹,你望着它看,真有点像银,也有点像玻璃,偏偏那么斜挂在梅花的枝梢上。

二十五年④新年漫记

---

① 腻味:腻烦。

② 心折:心服,折服。

③ 阒(qù)然:形容寂静的样子。

④ 二十五年:指民国二十五年,即一九三六年。

一片阳光

放了假，春初的日子松弛下来。将午未午时候的阳光，橙黄的一片，由窗棂横浸到室内，晶莹地四处射。我有点发怔，习惯地在沉寂中惊讶我的周围。我望着太阳那湛明的体质，像要辨别它那交织绚烂的色泽，追逐它那不着痕迹的流动。看它洁净地映到书桌上时，我感到桌面上平铺着一种恬静，一种精神上的豪兴，情趣上的闲逸；抑或所谓"窗明几净"，那里默守着神秘的期待，漾开诗的气氛。那种静，在静里似可听到那一处琤琮的泉流，和着仿佛是断续的琴声，低诉着一个幽独者自误的音调。看到这同一片阳光射到地上时，我感到地面上花影浮动，暗香吹拂左右，人随着晌午的光霭花气在变幻，那种动，柔谐婉转有如无声的音乐，令人悠然轻快，不自觉地脱落伤愁。至多，在舒扬理智的客观里使我偶一回头，看看过去幼年记忆步履所留的残迹，有点儿惋惜时间；微微怪时间不能保存情绪，保存那一切情绪所曾流连的境界。

倚在软椅上不但奢侈，也许更是一种过失，有闲的过失。但东坡的辩护"懒者常似静，静岂懒者徒"，不是没有道理。如果此刻不倚榻上而"静"，则方才情绪所兜的小小圈子便无条件地失落了去！人家就不可惜它，自己却实在不能不感到这种亲密的损失的可哀。

就说它是情绪上的小小旅行吧，不走并无不可，不过走走未始不是更好。归根说，我们活在这世上到底最珍惜一些什么？果真珍惜万物之灵的人的活动所产生的种种，所谓人类文化？这人类文化到底又靠一些什么？我们怀疑或许就是人身上那一撮精神同机体的感觉，生理心理所共起的情感所激发出的一串行为，所聚敛的一点智慧——那么一点点人之所以为人的表现。宇宙万物客观的本无所可珍惜，反映在人性上的山川草木禽兽才开始有了秀丽，有了气质，有了灵犀。反映在人性上的人自己更不用说。没有人的感觉、人的情感，即便有自然，也就没有自然的美，质或神方面更无所谓人的智慧，人的创造，人的一切生活艺术的表现！这样说来，谁该鄙弃①自己感觉上的小小旅行？为壮壮自己的胆子，我们更该相信唯其人类有这类情绪的驰骋，实际的世间才赓续着产生我们精神所寄托的文物精萃。

此刻我竟可以微微一咳嗽，乃至于用播音的圆润口调说：我们既然无疑地珍惜文化，即尊重盘古到今种种的艺术——无论是抽象的思想的艺术，或是具体的驾驭天然材料另创的非天然形象——则对于艺术所由来的渊源，那点点人的感觉，人的情感智慧（统称人的情绪），又当如何地珍惜才算合理？

但是情绪的驰骋，显然不是诗或画或任何其他艺术建造的完成。这驰骋此刻虽占了自己生活的若干时间，却并不在空间里占任何一个小小的位置！这个情形自己需完全明了。此刻它仅是一种无踪迹的流动，并无栖身的形体。它或含有各种或可捉摸的质素②，但是好奇地探讨这个质素而具体要表现它的差事，无论其有无意义，除却本人外，别人是无能为力的。我

---

① 鄙弃：因厌恶而轻视、嫌弃。
② 质素：因子，成分。

此刻为着一片清婉①可喜的阳光，分明自己在对内心交流变化的各种联想发生一种兴趣的注意，换句话说，这好奇与兴趣的注意已是我此刻生活的活动。一种力量又迫着我来把握住这个活动而设法表现它，这不易抑制的冲动，或即所谓艺术冲动也未可知！只记得冷静的杜工部散散步，看看花，也不免会有"江上被花恼不彻，无处告诉只颠狂"的情绪上的一片紊乱！玲珑煦暖的阳光照人面前，那美的感人力量就不减于花，不容我生硬地自己把情绪分划②为有闲与实际的两种而权其轻重，然后再决定取舍的。我也只有情绪上的一片紊乱。

　　情绪的旅行本是偶然的事，今天一开头并为着这片春初晌午的阳光，现在也还是为着它。房间内有两种豪侈的光常叫我心绪紧张如同花开，趁着感觉的微风，深浅零乱于理智的枝叶中间。一种是烛光，高高的台座，长垂的烛泪，熊熊的红焰，当帘幕四下时各处光影掩映。那种闪烁、明艳，雅有古意，明明是画中景象，却含有更多诗的成分。另一种便是这初春晌午的阳光，到时候有意无意大片地洒落满室，那些窗棂、栏板、几案、笔砚浴在光蔼中，一时全成了静物图案；再有红蕊细枝点缀几处，室内更是轻香浮溢，叫人俯仰全触到一种灵性。

　　这种说法怕有点会发生误会，我并不是说这片阳光射入室内，需要笔砚花香那些儒雅的托衬才能动人，我的意思倒是：室内顶寻常的一些供设，只要一片阳光这样又幽娴③又洒脱地落在上面，一切都会带上另一种

---

① 清婉：清越婉转。
② 分划：划分。
③ 幽娴：幽远高雅。

动人的气息。

这里要说到我最初认识的一片阳光。那年我六岁，记得是刚刚出了水珠以后——水珠即寻常水痘，不过我家乡的话叫它作水珠。当时我很喜欢那美丽的名字，忘却它是一种病，因而也觉到一种神秘的骄傲。只要人过我窗口问问"出水珠么"，我就感到一种荣耀。那个感觉至今还印在脑子里。也为这个缘故，我还记得病中奢侈的愉悦心境。虽然同其他多次的害病一样，那次我仍然是孤独地被囚禁在一间房屋里休养的。那是我们老宅子里最后的一进房子；白粉墙围着小小的院子，北面一排三间，当中夹着一个开敞的厅堂。我病在东头娘的卧室里，西头是婶婶的住房。娘同婶永远要在祖母的前院里行使她们女人们的职务的，于是我常是这三间房屋唯一留守的主人。

在那三间屋子里病着，那经验是难堪的。时间过得特别慢，尤其是在日中毫无睡意的时候。起初，我仅集注我的听觉在各种似脚步，又不似脚步的上面。猜想着，等候着，希望着人来。间或听听隔墙各种琐碎的声音，由墙基底下传达出来又消敛了去。过一会儿，我就不耐烦了——不记得是怎样的，我就蹑①着鞋，挨着木床走到房门边。房门向着厅堂斜斜地开着一扇，我便扶着门框好奇地向外探望。

那时大概刚是午后两点钟光景，一张刚开过饭的八仙桌，异常寂寞地立在当中。桌下一片由厅口处射进来的阳光，泄泄融融②地倒在那里。一个绝对悄寂的周围伴着这一片无声的金色的晶莹，不知为什么，忽使我六

---

① 蹑（niè）：踩。
② 泄泄融融：形容和乐舒畅。

岁孩子的心里起了一次极不平常的振荡。

　　那里并没有几案花香等美术的布置，只是一张极寻常的八仙桌。如果我的记忆没有错，那上面在不多时间以前，是刚陈列过咸鱼、酱菜一类极寻常俭朴的午餐的。小孩子的心却呆了。或许两只眼睛倒张大一点，四处地望，似乎在寻觅一个问题的答案。为什么那片阳光美得那样动人？我记得我爬到房内窗前的桌子上坐着，有意无意地望望窗外，院里粉墙疏影同室内那片金色和煦绝然不同趣味。顺便我翻开手边娘梳妆用的旧式镜箱，又上下摇动那小排状抽屉同那刻成花篮形的小铜坠子，不时听雀跃过枝清脆的鸟语。心里却仍为那片阳光隐着一片模糊的疑问。

　　时间经过二十多年，直到今天，又是这样的一泄阳光，一片不可捉摸、不可思议流动的而又恬静的瑰宝，我才明白我那问题是永远没有答案的。事实上仅是如此：一张孤独的桌，一角寂寞的厅堂，一只灵巧的镜箱，或窗外断续的鸟语，和水珠——那美丽小孩子的病名——便凑巧永远同初春沉静的阳光整整复斜斜地成了我回忆中极自然的联想。

窗子以外

话从哪里说起？等到你要说话，什么话都是那样渺茫地找不到个源头。

此刻，就在我眼帘底下是坐着的四个乡下人的背影：一个头上包着黯黑的白布，两个褪色的蓝布，又一个光头。他们支起膝盖，半蹲半坐地在溪沿的短墙上休息。每人手里一件简单的东西：一个是白木棒，一个篮子，那两个在树荫底下我看不清楚。无疑地他们已经走了许多路，再过一刻，抽完一筒旱烟以后，是还要走许多路的。兰花烟的香味频频随着微风，袭到我官觉上来，模糊中还有几段山西梆子的声调，虽然他们坐的地方是在我廊子的铁纱窗以外。

铁纱窗以外，话可不就在这里了。永远是窗子以外，不是铁纱窗就是玻璃窗，总而言之，窗子以外！

所有的活动的颜色，声音，生的滋味，全在那里的，你并不是不能看到，只不过是永远地在你窗子以外罢了。多少百里的平原土地，多少区域的起伏的山峦，昨天由窗子外映进你的眼帘，那是多少生命日夜在活动着的所在；每一根青的什么麦黍，都有人流过汗；每一粒黄的什么米粟，都有人吃去；其间还有的是周折，是热闹，是紧张！可是你则并不一定能看见，因为那所有的周折，热闹，紧张，全都在你窗子以外展演着。

在家里吧，你坐在书房里，窗子以外的景物本就有限。那里两树马缨，几棵丁香；榆叶梅横出一大枝；海棠因为缺乏阳光，每年只开个两三朵——叶子上满是虫蚁吃的创痕，还卷着一点焦黄的边；廊子幽秀地开着扇子式的六边形的格子窗，透过外院的日光，外院的杂音。什么送煤的来了，偶然你看到一个两个被煤炭染成黔黑①的脸；什么米送到了，一个人捐着一大口袋在背上，慢慢踱过屏门②；还有自来水、电灯、电话公司来收账的，胸口斜挂着皮口袋，手里推着一辆自行车；更有时厨子来个朋友了，满脸的笑容，"好呀，好呀"地走进门房；什么赵妈的丈夫来拿钱了，那是每月一号一点都不差的，早来了你就听到两个人嘟嘟哝哝争吵的声浪。那里不是没有颜色，声音，生的一切活动，只是他们和你总隔个窗子——扇子式的，六边形的，纱的，玻璃的！

你气闷了把笔一搁说，这叫作什么生活！你站起来，穿上不能算太贵的鞋袜，但这双鞋和袜的价钱也就比——想它做什么，反正有人每月的工资，一定只有这价钱的一半乃至于更少。你出去雇洋车了，拉车的嘴里讨的价钱当然是要比时价高得多，难道你就傻子似的答应下来？不，不，三十二子，拉就拉，不拉，拉倒！心里也明白，如果真要充内行，你就该说，二十六子，拉就拉——但是你好意思争！

车开始辗动了，世界仍然在你窗子以外。长长的一条胡同，一个个大门紧紧地关着。就是有开的，那也只是露出一角，隐约可以看到里面有南

---

① 黔黑：染黑。黔，黑。
② 屏门：中国传统建筑中遮隔内外院或遮隔正院或跨院的门，一般用于垂花门的后檐柱、室内明间后金柱间、大门后檐柱、庭院内的随墙门上，因起屏风作用，故称屏门。

瓜棚子，底下一个女的，坐在小凳上缝缝做做的；另一个，抓住还不能走路的小孩子，伸出头来喊那过路卖白菜的。至于白菜是多少钱一斤，那你是听不见了，车子早已拉得老远，并且你也无须知道的。在你每月的费用之中，伙食是一定占去若干的。在那一笔伙食费里，白菜又是多么小的一个数。难道你知道了门口卖的白菜多少钱一斤，你真把你哭丧着脸的厨子叫来申斥一顿，告诉他每一斤白菜他多开了你一个"大子儿"？

车越走越远了，前面正碰着粪车，立刻你拿出手绢来，皱着眉，把鼻子蒙得紧紧的，心里不知怨谁好。怨天做的事太古怪，好好的美丽的稻麦却需要粪来浇！怨乡下人太不怕臭，不怕脏，发明那么两个篮子，放在鼻前手车上，推着慢慢走！你怨市里行政人员不认真办事，如此脏臭不卫生的旧习不能改良，十余年来对这粪车难道真无办法？为着强烈的臭气隔着你窗子还不够远，因此你想到社会卫生事业如何还办不好。

路渐渐好起来，前面墙高高的是个大衙门。这里你简直不只隔个窗子，这一带高高的墙是不透风的。你不懂里面有多少办事员，办的都是什么事；多少浓眉大眼的，对着乡下人做买卖的吃喝诈取；多少个又是脸黄黄的可怜虫，混半碗饭分给一家子吃。自欺欺人，里面天天演的到底是什么把戏？但是如果里面真有两三个人拼了命在那里奋斗，为许多人争一点便利和公道，你也无从知道！

到了热闹的大街了，你仍然像在特别包厢里看戏一样，本身不曾也不必参加那出戏；倚在栏杆上，你在审美地领略，你有的是一片闲暇。但是如果这里洋车夫问你在哪里下来，你会吃一惊，仓促不知所答。生活所最必需的你并不缺乏什么，你这出来就也是不必需的活动。

偶一抬头，看到街心和对街铺子前面那些人，他们都是急急忙忙的，在时间金钱的限制下采办他们生活所必需的。两个女人手忙脚乱地在监督着店里的伙计称秤。二斤四两。二斤四两的什么东西，且不必去管，反正由那两个女人的认真的神气上面看去，必是非同小可、性命交关的货物。并且如果称得少一点时，那两个女人为那点吃亏的分量必定感到重大的痛苦；如果称得多时，那伙计又知道这年头那损失在东家方面真不能算小。于是那两边的争持是热烈的，必需的，大家声音都高一点；女人脸上呈块红色，头发披下了一缕，又用手抓上去；伙计则维持着客气，口里嚷着："错不了，错不了！"

热烈的，必需的，在车马纷纭的街心里，忽然由你车边冲出来两个人——男的，女的，各各提起两脚快跑。这又是干什么的？你心想。电车正在拐大弯。那两人原就追着电车，由轨道旁边擦过去，一边追着，一边向电车上卖票的说话。电车是不容易赶的，你在洋车上真不禁替那街心里奔走赶车的担心。但是你也知道如果这趟没赶上，他们就可以在街旁站个半点来钟，那些宁可盼穿秋水不雇洋车的人，也就是因为他们的生活而必须计较和节省到洋车同电车价钱上那相差的数目。

此刻洋车跑得很快，你心里继续着疑问你出来的目的，到底采办一些什么必需的货物。眼看着男男女女挤在市场里面，门首出来一个进去一个，手里都是持着包包裹裹，里边虽然不会全是他们当日所必需的，但是如果当中夹着一盒稍微奢侈的物品，则亦必是他们生活中间闪着亮光的一个愉快！你不是听见那人说么？里面草帽，一块八毛五，贵倒贵点，可是"真不赖！"他提一提帽盒向着打招呼的朋友，他摸一摸他那剃得光整的脑袋，微笑充满了他全个脸。那时那一点迸射着光闪的愉快，当然地归属于他享受，没有一点疑问。因为天知道，这一年中他多少次地克己省俭，使他赚来这一次美满的、大胆的奢侈！

那点子奢侈在那人身上所发生的喜悦，在你身上却完全失掉作用，没有闪一星星亮光的希望！你想，整年整月你所花费的，和你那窗子以外周围的生活程度一比较，严格算来，可不都是非常靡费的用途？每奢侈一次，你心上只有多难过一次。所以车子经过的那些玻璃窗口，只有使你更惶恐，更空洞，更怀疑，前后彷徨不着边际。并且看了店里那些形形色色的货物，除非你真是傻子，难道不晓得它们多半是由哪一国工厂里制造出来的！奢侈是不能给你愉快的，它只有要加增你的戒惧烦恼。每一尺好看点的纱料，每一件新鲜点的工艺品！

你诅咒着城市生活，不自然的城市生活！检点行装说，走了，走了，这沉闷没有生气的生活，实在受不了，我要换个样子过活去。健康的旅行既可以看看山水古刹的名胜，又可以知道点内地淳朴的人情风俗。走了，走了，天气还不算太坏，就是走他一个月六礼拜也是值得的。

没想到不管你走到哪里，你永远免不了坐在窗子以内的。不错，许多时髦的学者常常骄傲地带上"考察"的神气，架上科学的眼镜偶然走到哪里一个陌生的地方瞭望，但那无形中的窗子是仍然存在的。不信，你检查他们的行李，有谁不带着罐头食品、帆布床，以及别的证明你还在你窗子以内的种种零星用品。你再摸一摸他们的皮包，那里短不了有些钞票；一到一个地方，你有的是一个提梁的小小世界。不管你的窗子朝向哪里望，所看到的多半则仍是在你窗子以外，隔层玻璃，或是铁纱！隐隐约约你看到一些颜色，听到一些声音。如果你私下满足了，那也没有什么，只是千万别高兴起说什么接触了、认识了若干事物人情，天知道那是罪过！洋鬼子们的一些浅薄，千万学不得。

你是仍然坐在窗子以内的，不是火车的窗子，汽车的窗子，就是客栈逆旅的窗子，再不然就是你自己无形中习惯的窗子，把你搁在里面。接触和认识实在谈不到，得天独厚的闲暇生活先不容你。一样是旅行，如果你背上掮的不是照相机而是一点做买卖的小血本，你就需要全副的精神来走路：你得留神投宿的地方；你得计算一路上每吃一次烧饼和几颗沙果的钱；遇着同行战战兢兢地打招呼，互相捧出诚意，遇着困难时好互相关照帮忙；到了一个地方你是真带着整个血肉的身体到处碰运气，紧张的境遇不容你不奋斗，不与其他奋斗的血和肉的接触，直到经验使得你认识。

前日公共汽车里一列辛苦的脸，那些谈话，里面就有很多生活的分量。陕西过来做生意的老头和那旁坐的一股客气，是不得已的；由交城下车的客人执着红粉包纸烟递到汽车行管事手里也是有多少理由的，穿棉背心的老太婆默默地挟住一个蓝布包袱、一个钱包，是在用尽她的全副本领的。果然到了冀村，她错过站头，还亏别个客人替她要求车夫，将汽车退行两里路，她还不大相信地望着那村站，口里噜苏[①]着这地方和上次如何两样了。开车的一面发牢骚一面爬到车顶替老太婆拿行李。经验使得他有一种涵养，行旅中少不了有认不得路的老太太，这个道理全世界是一样的，伦敦警察之所以特别和蔼，也是从迷路的老太太、孩子们身上得来的。

话说了这许多，你仍然在廊子底下坐着，窗外送来溪流的喧响，兰花

---

① 噜苏：啰唆。

烟气味早已消失，四个乡下人这时候当已到了上流"庆和义"磨坊前面。昨天那磨坊里的伙计很好笑地满脸挂着面粉，让你看着磨坊的构造；坊下的木轮，屋里旋转着的石碾，又在高低的院落里，来回看你所不经见的农具在日影下列着。院中一棵老槐、一丛鲜艳的杂花、一条曲曲折折引水的沟渠，伙计和气地说闲话。他用着山西口音，告诉你，那里一年可出五千多包的面粉，每包的价钱约略两块多钱。又说这十几年来，这一带因为山水忽然少了，磨坊关闭了多少家，外国人都把那些磨坊租去作他们避暑的别墅。惭愧的你说，你就是住在一个磨坊里面。他脸上堆起微笑，让面粉一星星在日光下映着，说认得认得，原来你所租的磨坊主人，一个外国牧师，待这村子极和气，乡下人和他还都有好感情。

这真是难得了，并且好感的由来还有实证。就是那一天早上你无意中出去探古寻胜，这一省山明水秀，古刹寺院动不动就是宋辽的原物。走到山上一个小村的关帝庙里，看到一个铁铎，刻着万历年号，原来是万历赐予这村里庆成王的后人的，不知怎样流落到卖古董的手里。七年前让这牧师买去，晚上打着玩，嘹亮的钟声被村人听到，急忙赶来打听，要凑原价买回，情辞恳切。说起这是他们吕姓的祖传宝物，绝不能让它流落出境，这牧师于是真个把铁铎还了他们，从此便在关帝庙神像前供着。

这样一来你的窗子前面便展开了一张浪漫的图画，打动了你的好奇，管它是隔一层或两层窗子，你也忍不住要打听点底细，怎么明庆成王的后人会姓吕？这下子文章便长了。

如果你的祖宗是皇帝的嫡亲弟弟，你是不会，也不愿忘掉的。据说庆成王是永乐皇帝的弟弟，这赵庄村里的人都是他的后代。不过就是因为他们记得太清楚了，另一朝的皇帝都有些老大不放心，雍正间诏命他们改姓，由姓朱改为姓吕，但是他们还有用二十字排行的方法，使得他们不会弄错他们是这一脉子孙。

这样一来你就有点心跳了，昨天你雇来那打水洗衣服的不也是赵庄村来的，并且还姓吕！果然那土头土脑圆脸大眼的少年是个皇裔贵族，真是有失尊敬了。那么这村子一定穷不了，但事实上则不见得。

田亩一片，年年收成也不坏。家家户户门口有特种围墙，像个小小堡垒——当时防匪用的。屋子里面有大漆衣柜衣箱，柜门上白铜擦得锃亮；炕上棉被红红绿绿也颇鲜艳。可是据说关帝庙里已有四年没有唱戏了，虽然戏台还高巍巍地对着正殿。村子这几年穷了，有一位王孙告诉你，唱戏太花钱，尤其是上边使钱。这里到底是隔个窗子，你不懂了，一样年年好收成，为什么这几年村子穷了？只模模糊糊听到什么军队驻了三年多等，更不懂的是，村民想在一年辛苦后娱乐娱乐，关帝庙里唱唱戏，得上面使钱？既然隔个窗子听不明白，你就识趣点别尽管问了。

隔着一个窗子你还想明白多少事？昨天雇来吕姓少年倒水，今天又学洋鬼子东逛西逛，跑到下面养有鸡羊、上面挂有"武魁"匾额的人家，让他们用你不懂得的乡音招呼你吃茶，炕上坐，坐了半天出到门口，和那送客的女人周旋客气了一回，才恍然大悟，她就是替你倒脏水洗衣裳的吕姓王孙的妈，前天晚上还送饼到你家来过！

这里你迷糊了。算了算了！你简直老老实实地坐在你窗子里得了，窗子以外的事，你看了多少也是枉然，大半你是不明白，也不会明白的。

山西通信

第二辑　叹人生

××××：

居然到了山西，天是透明的蓝，白云更流动得使人可以忘记很多的事，单单在一点什么感情底下，打滴溜转；更不用说到那山山水水，小堡垒，村落，返照着夕阳的一角庙、一座塔！景物是美得到处使人心慌心痛。

我是没有出过门的，没有动身之前不容易动，走出来之后却就不知道如何流落才好。旬日来眼看去的都是图画，日子都是可以歌唱的古事。黑夜里在山场里看河南来到山西的匠人，围住一个大红炉子打铁，火花和铿锵的声响，散到四围黑影里去。微月中步行寻到田垄废庙，划一根取灯[①]偷偷照看那瞭望观音的脸，一片平静。几百年来，没有动过感情的，在那一闪光底下，倒像挂上一缕笑意。

我们因为探访古迹走了许多路；在种种情形之下感慨到古今兴废。在草丛里读碑碣，在砖堆中间偶然碰到菩萨的一只手一个微笑，都是可以激动起一些不平常的感觉来的。乡村的各种浪漫的位置，秀丽天真；中间人

[①] 取灯：我国古代的一种引火之物，史书称之为"取灯"。把松树或杉树枝条削成小木片，然后将硫磺涂在木片顶端，很像现在的火柴。清代末年，西方火柴传到中国后，人们习惯称之为"洋取灯"。

物维持着老老实实的鲜艳颜色，老的扶着拐杖，小的赤着胸背，沿路上点缀的，尽是他们明亮的眼睛和笑脸。由北平城里来的我们，东看看，西走走，夕阳背在背上，真和掉在另一个世界里一样！云块，天，和我们之间似乎失掉了一切障碍。我乐时就高兴地笑，笑声一直散到对河对山，说不定哪一个林子，哪一个村落里去！我感觉到一种平坦，竟许是辽阔，和地面恰恰平行着舒展开来，感觉的最边沿的边沿，和大地的边沿，永远赛着向前伸……

我不会说，说起来也只是一片疯话，人家不耐烦听。让我描写一些实际情形我又不大会，总而言之，远地里，一处田亩有人在工作，上面青的、黄的、紫的，分行地长着；每一处山坡上，有人在走路，放羊，迎着阳光，背着阳光，投射着转动的光影；每一个小城，前面站着城楼，旁边睡着小庙，那里又托出一座石塔，神和人，都服帖地、满足地守着他们那一角天地。近地里，则更有的是热闹，一条街里站满了人，孩子头上梳着三个小辫子的、四个小辫子的，乃至于五六个小辫子的，衣服简单到只剩一个红肚兜，上面隐约也总有他妈妈挑[①]的两三朵花！

娘娘庙前面树荫底下，你又能阻止谁来看热闹？教书先生出来了，军队里的兵卒拉着马过来了，几个女人娇羞地手拉着手，也扭着来站在一边了，小孩子争着挤，看我们照相、拉皮尺量平面，教书先生帮我们拓碑文。说起来这个那个庙，都是年代可久了，什么时候盖的，谁也说不清了！说话之人来得太多，我们的工作实在发生困难了，可是我们大家都顶高兴的，小孩子一边抱着饭碗吃饭，一边睁着大眼看，一点儿也不松懈。

---

① 挑：刺绣方法，用针挑起经线或纬线，把针上的线从底下穿过去。

我们走时总是一村子的人来送的，儿媳妇指着说给老婆婆听，小孩们跑着还要跟上一段路。开栅镇、小相村、大相村，哪一处不是一样的热闹。看到北齐天保三年（五五二年）造像碑，我们不小心地漏出一个惊异的叫喊，他们乡里弯着背的老点儿的人，就也露出一个得意的微笑，知道他们村里的宝贝，居然吓着这古怪的来客了。"年代多了吧？"他们骄傲地问。"多了多了，"我们高兴地回答，"差不多一千四百年了。""呀，一千四百年！"我们便一齐骄傲起来。

我们看看这里金元重修的、那里明季重修的殿宇，讨论那式样做法的特异处，塑像的神气、手势，天就渐渐黑下来。嘴里觉到渴，肚里觉到饿，才记起一天的日子圆圆整整地就快结束了。回来躺在床上，绮丽鲜明的印象仍然挂在眼睛前边，引导着种种适意的梦，同时晚饭上所吃的菜蔬果子，便给养充实着我们明天的精力，直到一大颗太阳，红红地照在我们的脸上。

彼 此

朋友又见面了，点点头笑笑，彼此晓得这一年不比往年，彼此是同增了许多经验。个别地说，这时间中每一人的经历虽都有特殊的形相，含着特殊的滋味，需要个别的情绪来分析来描述。

综合地说，这许多经验却是一整片仿佛同式同色、同大小、同分量的迷惘。你触着那一角，我碰上这一头，归根还是那一片迷惘笼罩着彼此。七月——这两字就如同史歌的开头那么有劲！八月、九月带来了那狂风。后来……后来过了年——那无法忘记的除夕！又是那一月、二月、三月。到了七月，再接再厉地又到了年夜。现在又是一月、二月在开始……谁记得最清楚，这串日子是怎样地延续下来，生活如何地变？想来彼此都不会记得过分清晰，一切都似乎在迷离中旋转，但谁又会忘掉那么切肤的重重忧患的网膜？

经过炮火或流浪的洗礼，变换又变换的日月，难道彼此脸上没有一点记载这经验的痕迹？但是当整一片国土纵横着创痕，大家都是"离散而相失兮……去故乡而就远"，自然"心婵媛而伤怀兮，眇不知其所跖"，脸上所刻那几道并不使彼此惊讶，所以还只是笑笑好。口角边常添几道酸甜的纹路，可以帮助彼此咀嚼生活。何不默认这一点：在迷惘中人最应该有笑，这种的笑，虽然是敛住神经，敛住肌肉，仅是毅力的后背，它却是必需的，如同保护色对于许多生物，是必需的一样。

那一晚在××江心，某一来船的甲板上，热臭的人丛中，他记起他那时的困顿饥渴和狼狈。旋绕他头上的却是那真实倒如同幻象，幻象又成了真实的狂敌杀人的工具——敏捷而近代型的飞机——美丽得像鱼像鸟……这里黯然的一掬笑是必需的，因为同样的另外一个人懂得那原始的骤然唤起纯筋肉反射作用的恐怖。他也正在想那时他在××站台上露宿，天上有月，左右有人，零落如同被风雨摧落后的落叶，瑟缩地蜷伏着，他们心里都在回味那一天他们所初次尝到的敌机的轰炸！谈话就可以这样无限制地延长，因为现在都是这样的记忆——比这更辛辣苦楚的——在各人心里真是太多了！随便提起一个大家所熟悉的都会或商埠的地名，随之全会涌起怎样的一个最后印象！

再说初入一个陌生城市的一天——这经验现在又多普遍——尤其是在夜间，这里就把个别的情形和感触除外，在大家心底曾留下的还不是一剂彼此都熟识的清凉散？苦里带涩，那滋味侵入脾胃时，小小的冷噤会轻轻在背脊上爬过，用不着丝毫锐性的感伤！也许他可以说他在那夜进入某某城内时，看到一列小店门前凄怆的灯，黄黄地发出奇异的晕光，使他嗓子里如梗着刺，感到一种发紧的触觉。你所记得的却是某一个车站后面黯白的煤气灯射到陌生的街心里，使你心里好像失落了什么。

那陌生的城市，在地图上指出时，你所经过的同他所经过的也可以有极大的距离，你同他当时的情形也可以完全地不相同。但是在这里，个别的异同似乎非常之不相干；相干的仅是你我会彼此点头，彼此会意，于是也会彼此地笑笑。

七月在卢沟桥与敌人开火以后，纵横中国土地上的脚印密密地衔接起来，更加增了中国地域广漠的证据。每个人参加过这广漠地面上流转的大韵律的，对于尘土和血，两件在寻常不多为人所理会的、极寻常的天然质素，现在每人在他个别的角度，对它们都发生了莫大亲切的认识。每一寸土，每一滴血，这种话，已是可接触、可把持的十分真实的事物，不仅是一句话一个"概念"而已。

　　在前线的前线，兴奋和疲劳已掺拌着尘土和血另成一种生活的形体魂魄。睡与醒中间，饥与食中间，生和死中间，距离短得几乎不存在！生活只是一股力，死亡（只是）一片沉默的恨，事情简单得无可再简单。尚在生存着的，继续着那力，死去的也继续堆积成更大的恨。恨又生力，力又变恨，惘惘地却勇敢地循环着，其他一切则全是悬在这两者中间悲壮热烈地穿插。

　　在后方，事情却没有如此简单，生活仍然缓弛地伸缩着；食宿生死间的距离恰像黄昏的长影，长长的，尽向前引伸，像要扑入夜色，同夜融成一片模糊。在日夜宽泛的循环里于是穿插反更多了，真是天地无穷，人生长勤。生之穿插零乱而琐屑，完全无特殊的色泽或轮廓，更不必说英雄气息的壮烈成分。斑斑点点仅像小血渍凝在生活上，在你最不经意中烙印生活。如果你有志不让生活在小处窳败①，逐渐减损，由锐而钝，由张而弛，你就得更感谢那许多极平常而琐碎的磨擦，无日无夜地透过你的神经、肌肉或意识。这种时候，叹息是悬起了，因一切虽然细小，却绝非从前所熟识的感伤。每件经验都有它粗壮的真实，没有叹息的余地。口边那酸甜的

---

① 窳（yǔ）败：败坏；腐败。

纹路是实际哀乐所刻划而成，是一种坚忍韧性的笑。因为生活既不是简单的火焰时，它本身是很沉重的，需要韧性的支持，需要产生这韧性支持的力量。

现在后方的问题，是这种力量的源泉在哪里？绝不可凭着平日均衡的理智——那是不够的，天知道！尤其是在这时候，情感就在皮肤底下"踊跃其若汤"，似乎它所需要的是超理智的冲动！现在后方被缓的生活、紧的情感，两面磨擦得愁郁无快，居戚戚而不可解。每个人都可以苦恼而又热情地唱"终长夜之曼曼兮，掩此哀而不去"，或"宁溘死而流亡兮，不忍为此之常愁"！支持这日子的力量在哪里呢？你我或生或死，就算不检讨它的意义以自大，也还需要一点结实的凭借才好。

我认得一个人，很寻常地过着国难日子的寻常人，写信给他朋友说，他的嗓子虽然总是那么干哑，他却要哑着嗓子私下告诉他的朋友：他感到无论如何在这时候，他为这可爱的老国家带着血活着，或流着血或不流着血死去，他都觉得荣耀；异于寻常的，他现在对于生与死都必然感到满足。这话或许可以在许多心弦上叩起回响，我常思索这简单朴实的情感是从哪里来的。信念？像一道泉流透过意识，我开始明了理智同热血的冲动以外，还有个纯真的力量的出处。信心产生力量，又可储蓄力量。

信仰坐在我们中间多少时候了，你我可曾觉察到？信仰所给予我们的力量不也正是那坚忍韧性的倔强？我们都相信，我们只要都为它忠贞地活着或死去，我们的大国家自会永远地向前迈进，由一个时代到又一个时代。我们在这生是如此艰难，死是这样容易的时候，彼此仍会微笑点头的缘故也就在这里吧。现在生活既这样地彼此患难同味，这信心自是我们此时最主要的联系，不信你问他为什么仍这样硬朗地活着，他的回答自然也是你的回答，如果他也问你。

信仰坐在我们中间多少时候了？那理智和热情都不能代替的信心！

思索时许多事在思流的过程中，总是那么晦涩，明了时自己都好笑所想到的是那么简单明显的事实！此时我拭下额汗，差不多可以意识到自己口边的纹路，我尊重那酸甜的笑，因为我明白，它是力量。

话不用再说了，现在一切都是这么彼此（一致），这么共同（感受），个别的情绪这么不相干。当前的艰苦不是个别的，而是普遍的，充满整个民族，整个时代！我们今天所叫作生活的，过后它便是历史。客观地说，无疑我们彼此所熟识的艰苦正在展开一个大时代。所以别忽略了我们现在彼此地点点头，而且最好让我们共同酸甜的笑纹有力地、坚韧地横过历史。

第三辑　话创作

惟其是脆嫩

活在这非常富于刺激性的年头里，我敢喘一口气说，我相信一定有多数人成天里为观察听闻到的牵动了神经，从跳动而有血裹着的心底下累积起各种的情感，直冲出嗓子，逼成了语言到舌头上来。这自然丰富的累积，有时更会倾溢出少数人的唇舌，再奔进到笔尖上，另具形式变成在白纸上驰骋的文字。这种文字便全是我们这个时代的出产，大家该千万珍视它！

现在，无论在哪里，假如有一个或多种的机会，我们能把许多这种自然触发出来的文字，交出给同时代的大众见面，因而或能激动起更多方面、更复杂的情感，和由这情感而形成更多方式的文字；一直造成了一大片丰富而且有力的创作的田壤、森林、江山……产生结结实实的我们这个时代特有的表情和文章；我们该不该诚恳地注意到这机会或能造出的事业，各人将各人的一点点心血献出来尝试？

假使，这里又有了机会联聚起许多人，为要介绍许多方面的文字……更进而研讨文章的质的方面；或指出以往文章的历程，或讲究到各种文章上比较的问题，进而无形地讲究到程度和标准等问题……我又敢相信，在这种情况下定会发生更严重鼓励写作的主动力。使创作界增加问题，或许。惟其是增加了问题，才助益到创造界的活泼和健康。文艺绝不是蓬勃丛生的野草。

我们可否直爽地承认一桩事？创作的鼓动时常要靠着刊物把它的成绩布散出去吹风，晒太阳，和时代的读者把晤的。被风吹冷了，太阳晒萎了，固然是常有的事。被读者所欢迎，所冷淡，或误会，或同情，归根应该都是激动创造力的药剂！至于，一来就高举趾，二来就气馁的作者，每个时代都免不了有他们起落的踪迹。这个与创作界主体的展动只成枝节问题。哪一个创作兴旺的时代缺得了介绍、散布作品的刊物，同那或能同情或不了解的读者？

作品是不能不与时代见面的，虽然作者的名姓，则并不一定。伟大作品没有和本时代见面，而被他时代发现珍视的固然有，但也只是偶然例外的事。希腊悲剧是在几万人面前唱演的；莎士比亚的戏更是街头巷尾的粗人都看得到的。到有刊物时代的欧洲，更不用说，一首诗文出来人人争买着看，就是中国在印刷艰难的时候，也是什么"传诵一时"，什么"人手一抄"等……

创作的主力固在心底，但逼迫着这只有时间性的情绪语言而留它在空间里的，却常是刊物这一类的鼓励和努力所促成。

现走遍人间是能刺激起创作的主力。尤其在中国，这种日子，哪一副眼睛看到了些什么，舌头底下不立刻紧急地想说话，乃至于歌泣！如果创作界仍然有点消沉寂寞的话——努力的少，尝试的稀罕——那或是有别的缘故使然。我们问：能鼓励创作界的活跃性的是些什么？刊物是否可以救济这消沉？努力过刊物的诞生的人们，一定知道刊物又时常会因为别的复杂原因而夭折。它常是极脆嫩的孩儿……那么有创作冲动的笔锋，努力于刊物诞生的手臂，此刻何不联在一起，再来一次合作，逼着创造界又挺出一个新鲜的萌芽！管它将来能不能成田壤，成森林，成江山，一个萌芽是一个萌芽。脆嫩？惟其是脆嫩，我们大家才更要来爱护它。

这时代是我们特有的，结果我们单有情感而没有表现这情绪的艺术，眼看着后代人笑我们是黑暗时代的哑子，没有艺术，没有文章，乃至于怀疑到我们有没有情感！

回头再看到祖宗流传下来的那神气的衣钵，怎不觉得惭愧！说世乱，杜老头子过的是什么日子！辛稼轩当日的愤慨当使我们同情！……何必诉，诉不完。难道现在我们这时代没有形形色色的人物，喜剧悲剧般的人生作题？难道我们现时没有美丽，没有风雅，没有丑陋、恐慌，没有感慨，没有希望？！难道连经历这些天灾战祸，我们都不会描述，身受这许多刺骨的辱痛，我们都不会愤慨高歌迸出一缕滚沸的血流？！

难道我们真麻木了不成？难道我们这时代的语辞真贫穷得不能达意？难道我们这时代真没有学问真没有文章？！朋友们努力挺出一根活的萌芽来，记着这个时代是我们的。

究竟怎么一回事

写诗究竟是怎么一回事?

写诗,或可说是要抓紧一种一时闪动的力量,一面跟着潜意识浮沉,摸索自己内心所萦回、所着重的情感——喜悦,哀思,忧怨,恋情,或深,或浅,或缠绵,或热烈;又一方面顺着直觉,认识、辨味眼前或记忆里官感所触遇的意象——颜色,形体,声音,动静,或细致,或亲切,或雄伟,或诡异;再一方面又追着理智探讨、剖析、理会这些不同性质,不同分量,流转不定的情感意象所互相融会,交错策动而发生的感念;然后以语言文字(运用其声音、意义)经营,描画,表达这内心的意象、情绪,理解在同时间或不同时间里,适应或矛盾的所共起的波澜。

写诗,或又可说是自己情感的、主观的所体验了解到的,和理智、客观所体察辨别到的,同时达到一个程度,腾沸横溢,部分宾主地相互起了一种作用,由于本能的冲动,凭着一种天赋和灵巧,驾驭一串有声音、有图画、有情感的言语,来表现这内心与外物息息相关的联系,及其所发生的悟理或境界。

写诗,或又可说是若不知其所以然地、灵巧地、诚挚地在传译给理想的同情者,自己内心所流动的情感穿过繁复的意象时,被理智所窥探而由直觉与意识分着记取的符箓!一方面似是惨淡经营——至少是专诚致意,一方面似是借力于平时不经意的准备,"下笔有神"地妙手偶然拈来;忠于情感,又忠于意象,更忠于那一串刹那间内心整体闪动的感悟。

写诗,或又可说是经过若干潜意识的酝酿,突如其来地在生活意识中意识到那么凑巧的一顷刻小小时间;凑巧地、灵异地、不能自已地流动着一片浓挚或深沉的情感,敛聚着重重繁复演变的情绪,或更凝入一种单纯超卓的意境,而又本能地迫着你要刻画一种适合的表情。这表情积极的,像要流泪叹息或歌唱欢呼、舞蹈演述;消极的,又像要幽独静处、沉思自语。换句话说,这两者合一,便是一面要天真奔放,热情地自白去邀请同情和了解,同时又要寂寞沉默,孤僻地自守来保持悠然自得的完美和严肃!

在这一个凑巧的一顷刻小小的时间中(着重于那凑巧的),你的所有直觉、理智、官感、情感、记忆和幻想,独立的及交互的都砰①出它们不平常的敏锐、紧张、雄厚、壮阔及深沉。在它们潜意识的流动——独立的或融会之间——如出偶然而又不可避免地涌上一闪感悟和情趣——或即所谓灵感——或是亲切地对自我的得失悲欢;或辽阔地对宇宙自然;或智慧地对历史人性。这一闪悟或是混沌朦胧,或是透彻明晰。像光同时能照耀洞察,又能揣摩包含你的所有已经尝味,还在尝味,及幻想尝味的"生"的种种形色质量,且又活跃着其间错综重叠于人于我的意义。

这感悟情趣的闪动——灵感的脚步——来得轻时,好比潺潺清水婉转流畅,自然地洗涤、浸润一切事物情感,倒影映月,梦残歌罢,美感地旋起一种超实际的权衡轻重,可抒成慷慨缠绵千行的长歌,可留下如幽咽

---

① 砰:撞击。

微叹般的三两句诗词。愉悦的心声，轻灵的心画，常如啼鸟落花，清风满月，夹杂着情绪的缤纷；泪痕巧笑，奔放轻盈，若有意若无意地遗留在各种言语文字上。

但这感悟情趣的闪动，若激越澎湃来得强时，可以如一片惊涛飞沙，由大处见到纤微，由细弱的物体看它变动，宇宙人生，幻若苦谜。一切又如经过烈火燃烧锤炼，分散、减化成为纯净的芒焰①气质，并处所有情感意象于空幻，神秘，变移无定，或不减不变于绝对、永恒的玄哲境域里去，卓越隐奥，与人性、情理遥远得好像隔成距离。身受者或激昂通达，或禅寂淡远，将不免挣扎于超情感、超意象，乃至于超言语、以心传心的创造。隐晦迷离，如禅偈玄诗，变不可抑制的托生在那与幻想境界几不适宜的文字上，估定其生存权。

写诗……

总而言之，天知道究竟写诗是怎么一回事。在写诗的时候，或者是"我知道，天知道"；到写了之后，最好学 Browning（布朗宁）不避嫌疑地自讥地只承认"天知道"，天下关于写诗的笔墨官司便都省了。

我们仅听到写诗人自己说一阵奇异的风吹过，或是一片澄清的月色，一个惊讶，一次心灵的振荡，便开始他写诗的尝试，迷于意境、文字、音乐的搏斗，但是究竟这灵异的风和月，心灵的振荡和惊讶是什么？是不是仍未可以追踪到内心直觉的活动，到潜意识后面那错综交流的情感与意象，那意识上理智的感念思想，以及要求表现的本能冲动？灵异的风和月所指的当是外界的一种偶然现象，同时也是指诗人内心活动的一种引火

---

① 芒焰：指星的光芒。

线。诗人说话没有不打比喻的。

我们根本早得承认诗是不能脱离象征比喻存在的。在诗里情感依附在意象上，求较具体的表现；意象则必须明晰地或沉着地、恰当地烘托情感，表征含义。如果这还需要解释，常识的，我们可以问：在一个意识的或直觉的官感、情感、理智同时并重的一个时候，要一两句简约的话来代表一堆重叠交错的外表和内心情绪思想所发生的微妙的联系，而同时又不失却原来的情感质素分量，是不是容易或可能的事？一个比喻或一种象征在字面或事物上可以极简单，而同时可以带着字面事物以外的声音、颜色、形状，引起它们与其他事物关系的联想。这个办法可以多方面地来辅助每句话确实的含义，而又增加情感、理智每方面的刺激和满足，道理甚为明显。

无论什么诗都从不会脱离比喻和象征，或比喻、象征式的言语。诗中意象多不是寻常纯客观的意象。诗中的云霞星宿，山川草木，常有人性的情感，同时内心人性的感触反又变成外界的体象，简明浅现隐奥繁复各有不同的。但是诗虽不能缺乏比喻、象征，象征、比喻却不是诗。

诗的源泉，上面已经说过，是意识与潜意识地融会交流错综的情感意象和概念所促成；无疑地，诗的表现必是一种形象、情感、思想合一的语言。但是这种语言，不能仅是语言，它又须是一种理解感念的传达。它同时须不断传译情感，描写现象，诠释感悟。它不是形体而须创造形体、颜色；它是声音，却最多仅要留着长短节奏。最要紧的是按照疾徐高下和有限的铿锵音调，依附着一串单独或相联的字义上边，它须给直觉意识、情感理智以整体的快惬。

因为相信诗是这样繁难的一列多方面条件的满足，我们不能不怀疑到纯净意识的、理智的或可以说是"技术的"创造或所谓"工"之绝无能为。诗之所以发生，就不叫它做灵感的来临，主要的亦在那一闪力量突如其来，或灵异的一刹那的"凑巧"，将所有繁复的"诗的因素"都齐集荟萃于一俄顷偶然的时间里。所以诗的创造或完成，主要亦当在那灵异的、凑巧的、偶然的活动一部分属意识，一部分属直觉意识，更多一部分属潜意识的所谓"不以文而妙"的"妙"。理智情感，明晰隐晦都不失之过偏。意象瑰丽迷离，转又朴实平淡，像是纷纷纭纭不知所从来，但飘忽中若有必然的元素可寻，理解玄奥繁难，也像是纷纷纭纭莫名所以。但错杂里又是斑驳分明，情感穿插联系其中，若有若无，给草木气候，给热情颜色。一首好诗在一个会心的读者前边有时真会是个奇迹！但是伤感、流丽、铺张的意象，涂饰的情感，用人工连缀起来，疏忽地看去，也未尝不像是诗。故作玄奥渊博，颠倒意象，堆砌起重重理喻的诗，也可以赫然惊人一下。

写诗究竟是怎么一回事，真是惟有天知道得最清楚！读者与作者，读者与读者，作者与作者，关于诗的意见，历史告诉我传统的是要永远地差别分歧，争争吵吵到无尽时。因为老实地说，谁也不知道写诗是怎么一回事的，除却这篇文字所表示的，勉强以抽象的许多名词、具体的一些比喻来捉摸描写那一种特殊的直觉活动，献出一个极不能令人满意的答案。

设计和幕后困难问题

自从小剧院公演《软体动物》以来，剧刊上关于排演这剧的文章已有好几篇，一个没有看到这场公演的人读到这些文章，所得的印象是：（一）赵元任先生的译本大成功；（二）公演的总成绩极好，大受欢迎；（三）演员表演成绩极优，观众异常满意；（四）设计或是布景不满人望，受了指摘；（五）设计和幕后有许多困难处，所以布景（根据批评人所说）"凑合敷衍"一点，（根据批评人所说）"处处很将就些"了。

公平地说，凡做一桩事没有不遇困难的。我们几乎可以说，事的本身就是种种困难的综合，而我们所以用以对付、解决这些困难的，便是"方法""技巧"和"艺术创作"。排演一场戏，和做一切别的事情一样，定有许多困难的。对待这些困难，而完成这个戏的排演，便是演戏者的目的。排演一个规模极大的营业性质的戏，和排演一个"爱美""小剧院公演"的戏，都有它的不同的困难。各有各的困难，所以各有各的对待方法、技巧和艺术。可是无论规模大小的戏，它们的目标，（有一个至少）是相同的。这目标，不说是"要观众看了满意"，因为这话说出来许要惹祸的，多少艺术家是讲究表达他的最高理想，不肯讲迎合观众的话。所以换过来说，这目标，是要表达他的理想到最高程度为止，尽心竭力来解决、对待凡因这演剧所发生的种种困难，到最圆满的程度为止，然后拿出来贡献给观众评阅鉴赏，这话许不会错的。

观众的评判是对着排演者拿出来的成绩下的，排演中间所经过的困难苦处，他们是看不见的，也便不原谅的（除非明显的限制阻碍，如地点和剧团之大小贫富）。一方面，凡去看"爱美"剧社或"小剧院"等组织演剧的人，不该期待极周全奢丽的设计、张罗，不用说的。一方面，演者无论是多小，经费多窘的小团体、小剧院，也不该以为幕后有种种困难苦处，便是充分理由，可以"处处将就""敷衍"的。并且除非有不得已的地方，绝不要向观众要求原谅或同情。道理是：成绩上既有了失败，要求原谅和同情定不会有补助于这已有失败点的成绩的。假如演戏演到一半台上倒下一面布景，如果倒的原因是极意外的不幸，那么自然要向观众声明的；如果那是某助手那一天起晚了没有买到钉子只用了绳子，而这绳子又不甚结实的话，这幕后的困难便不成立。讲到幕后，那是无论哪一个幕后都是困难到万分的。拿一方戏台来作种种人生缩影的背景，不管这个戏台比那一个大多少，设备好多少，那也不过百步五十步之比，问题是一样会有的。用几个人来管许多零零碎碎的物件，一会儿搬上一会儿搬下，一定是麻烦的。

余上沅先生在其《〈软体动物〉的舞台设计》一篇文章和陈治策先生在《幕后》里都重复提到他们最大的苦处"借"的问题。设计人件件东西不够，要到各处"借"，是件苦痛事情！那是不可否认的，但是谈到"布景艺术是个'借'的艺术"，这个恐怕不止中国现在如此，或者他们小剧院这次如此，实在可以说到处都是如此，不过程度有些高下罢了。所谓"道具"显然有许多阔绰的剧院常常自制，而租（即花费钱财的借）、买、借的时候却要占多数。试想戏剧是人生的缩影,时代、地点、种族、社会阶级之种种不同,哪有一个剧团有偌大宝库里面万物尽有地储起来待用?哪一个剧团愿意如此浪费,每次演戏用的特别东西都去购制起来堆着?结果是每次所用道具凡是可以租借的便当然租去。租与借的分别是很少的,在精力方面,一样是去物色、商量、接洽等麻烦。除却有几个大城市有专门"租道具"的地力,恐怕世界上哪一个地方演戏,后台设计布景的人都少不了要跑腿到硬化或软化了的。我记得在耶鲁大学戏院的时候我帮着布景,一幕美国中部一个老式家庭的客厅,有一个"三角架",我和另一个朋友足足走了三天,足迹踏遍纽海芬①全城,走问每家木器铺的老板,但是每次他都笑了半天,说:现在哪里还有地方找这样一件东西!(虽然在中国"三角架"——英文原名"Whatnot"——还是一件极通行的东西。)耶鲁(大学戏院)是个经济特别宽裕的剧院,每次演的戏也都是些人生缩影,并不神奇古怪,可是哪一次布景,我们少了跑腿去东求西借的?戏院主任贝克老头儿,每次公演完戏登台都会对观众来一个绝妙要求,便是要东西。东西中最需要的(是什么)?鞋!因为外国鞋的式样最易更改戏的时代,又常常是十年前五十年前这种不够古代的古装,零碎的服饰道具真难死人了。这个小节妙在如果全对了,观众里几乎没有人注意到的,可是你一借,那就有了热闹了!所以我以为小剧院诸位朋友不应该太心焦,以为"借"东西是你们特有的痛苦。

陈治策先生又讲到另几种苦处,但是归纳起来似乎都在东西不齐全和"乱七八糟",还有时间似乎欠点从容。戏台设计在戏剧艺术中占据极重要

---

① 纽海芬:今译为"纽黑文"。美国康涅狄格州的第二大城市,世界著名的耶鲁大学坐落于此。

的地位，导演之外，权威最大的便是"设计图稿"的。排演的规矩是为了简单，许多纠纷图样一经审定（导演和设计师磋商之后），便是绝对标准。各方面（指灯光、服装、道具、着色、构造各组）在可能范围内要绝对服从的。那么所有困难设计师得比别人先知道，顺着事势①，在经费、舞台以及各种的限制内，设计可以实现的最圆满的布置法，关于形式、色彩，等等，尤宜先拟就计划，以备实行布景时按序进行的。陈先生所讲的幕后细节中，所给我的印象是他们并没有计划，只是将要的东西的部位定出，临时"杂凑"借来填入，不知道事实是否如此？这印象尤其是陈先生提到"白布单子"一节。

台上的色彩不管经济状况如何，我认为绝对可以弄到调和有美术价值的。沙发软到什么地步，我们怕要受限于金钱和事势，颜色则容易得多了，弄到调和不该是办不到的。我对于"白布单"并不单是因为它像协和病房，却是因此我对于他们台上的色调发生很大疑心。照例台上不用白色东西的，除非极特别原因故意用它。因为白色过显，会"跳出来打在你眼上"（说句外国土话），所以台上的白色实际上全是"茶色"，微微地带点蜜黄色的，有时简直就是放在茶里泡一会儿拿来用。（也许他们已经如此办了，恕我没有看这戏，只能根据剧刊上的文章来讨论）。绘画也是本着这原则，全画忌唐突的白色，尤其是在背景里，并且这白单子是要很接近白太太的东西，它一定会无形中扰乱观众对于白太太聚精会神的注意，所以不止在美术上欠调和，并且与表演大有妨碍。

话已经说太多，实在正经问题没有讨论起一点，只好留之将来，有机

---

① 事势：事情的趋势；事态。

会和小剧院诸位细细面谈。他们幕后和设计最大的困难我认为还是协和礼堂的戏台太矮不适用，我自己在那里吃过一次大苦，所以非常之表同情。还有一节便是配光问题，可是这次他们没提起，我又没看到戏，现在也不必提了。关于戏台一节，以建筑师的眼光看来，既盖个礼堂可以容二三百人的，何在乎省掉那几尺的地面和材料，只用一个讲台？我诚实地希望将来一切学校凡修礼堂的不要在这一点上省起来，而多多地给后台一点布景的机会，让"爱美"的学生团体或别人租用礼堂演戏的痛痛快快。

余上沅先生在文章（七月十二日）中提到"台左，有法国式的玻璃窗通花园，像不像玻璃，是不是法国式"他们"不敢担保"，像不像玻璃我不在场不敢说，据一个到场的朋友说他没有注意到。是不是"法国式"问题，我却敢作担保，因为建筑上所谓"法国窗"（或译为"法国式窗"）是指玻璃框到地的"门"而言（法国最多），那一天台上的"窗"的确是"门"，可以通到"花园"的，所以我敢担保它是个"法国窗"。玻璃不玻璃问题，后来陈治策先生倒提到"糊上玻璃纸开窗时呼啦呼啦响"。"玻璃纸"是什么我不知道，不过玻璃窗不用玻璃或铁丝纱而又不响的有很多很经济的法子，倒可以试用的。

其余的都留到以后和小剧院的诸位面谈吧。

又据赵元任的夫人说第二次又公演时，布景已较前圆满多多，布景诸位先生受观众评议后如此虚心，卖力气，精神可佩，我为小剧院高兴。

《文艺丛刊小说选》题记

《大公报·文艺副刊》出了一年多，现在要将这第一年中属于创造的短篇小说提出来，选出若干篇，印成单行本供给读者更方便地阅览。这个工作的确该使认真的作者和读者两方面全都高兴。

这里篇数并不多，人数也不多，但是聚在一个小小的选集里也还结实饱满，拿到手里可以使人充满喜悦的希望。

我们不怕读者读过了以后，这燃起的希望或者又会黯淡下去变成失望。因为这失望竟许是不可免的，如果读者对创造界诚恳地抱着很大的理想，心里早就叠着不平常的企望。但只要是读者诚实的反应，我们都不害怕。因为这里是一堆作者老实的成绩，合起来代表一年中创造界一部分的试验，无论拿什么标准来衡量它，断定它的成功或失败，谁也没有一句话说的。

现在姑且以编选人对这多篇作品所得的感想来说，供读者浏览评阅这本选集时（作为）一种参考，简单的就是底下的一点意见。

如果我们取鸟瞰的形式来观察这个小小的局面，至少有一个最显著的现象展现在我们眼下。这些作品在题材的选择上似乎有个很偏的倾向：那就是趋向农村或少受教育分子或劳力者的生活描写。这倾向并不偶然，说得好一点，是我们这个时代对于他们——农人与劳力者——有浓重的同情和关心；说得坏一点，是一种盲从趋时的现象。但最公平地说，还是上面的两个原因都有一点关系。描写劳工社会、乡村色彩已成一种风气，且在文艺界也已有一点成绩。初起的作家，或个性不强烈的作家，就容易不自觉地因袭种种已有眉目的格调下笔。尤其是在我们这时代，青年作家都很难过自己在物质上的享用优越于一般少受教育的民众，便很自然地要认识乡村的穷苦，对偏僻的内地发生兴趣，反倒撇开自己所熟识的生活不写。拿单篇来讲，许多都写得好，还有些写得特别精彩的。但以创造界全盘试验来看，这种偏向表示贫弱，缺乏创造力量。并且为良心的动机而写作，那作品的艺术成分便会发生疑问。我们希望选集在这一点上可以显露出这种创造力的缺乏，或艺术性的不纯真，刺激作家们自己更有个性，更热诚地来刻画这多面错综复杂的人生，不拘泥于任何一个角度。

除却上面对题材的偏向以外，创造文艺的认真却是毫无疑问的。前一时代在流畅文字的烟幕下，刻薄地以讽刺个人博取流行幽默的小说，现已无形地摈出努力创造者的门外，衰灭下去几至绝迹。这个情形实在是值得我们作者和读者额手相庆[①]的好现象。

在描写上，我们感到大多数所取的方式是写一段故事，或以一两个人物为中心，或以某地方一桩事发生的始末为主干，单纯地发展与结束。这也是比较薄弱的手法。这个我们疑惑或是许多作者误会了短篇的限制，把它的可能性看得过窄的缘故。生活大胆的断面，这里少有人尝试，剖示贴己生活的矛盾也无多少人认真地来做。这也是我们中间的一种遗憾。

关于这些短篇技巧的水准、平均的程度，编选人却要不避嫌疑地提出请读者注意。无疑地，在结构上，在描写上，在叙事与对话的分配上，多

---

① 额手相庆：把手举到额头上说庆幸的话。指由衷地表示庆幸、庆贺、高兴等。

数作者已有很成熟自然的运用。生涩幼稚和冗长散漫的作品，在新文艺早期毫无愧色地散见于各种印刷物中，现在已完全敛迹。通篇的连贯，文字的经济，着重点的安排，颜色图画的鲜明，已成为极寻常的标准。在各篇中我们相信读者一定还不会不觉察到那些好处的，为着那些地方就给了编选人以不少愉快和希望。

最后，如果不算离题太远，我们还要具体地讲一点我们对于作者所写作品的见解。作品最主要处是诚实。诚实的重要还在题材的新鲜、结构的完整、文字的流丽之上。即作品需诚实于作者客观所明了、主观所体验的生活。小说的情景即使整个是虚构的，内容的情感却全得借力于逼真的、体验过的情感，毫不能用空洞虚假来支持着伤感的"情节"！所谓诚实并不是作者必须实际地经历过在作品中所提到的生活，而是凡在作品中所提到的生活，的确都是作者在理智上所极明了，在感情上极能体验得出的情景或人性。许多人因是自疚生活方式不新鲜，而故意地选择了一些特殊浪漫而自己并不熟识的生活来做题材，然后敲诈自己有限的幻想力去铺张出自己所没有的情感，来骗取读者的同情。这种创造既然是浪费文字来夸张虚伪的情景和伤感，那些认真的读者要从文艺里充实生活认识人生的，自然要感到十分不耐烦和失望的。

生活的丰富不在生存方式种类的多与少，如做过学徒，又拉过洋车，去过甘肃又走过云南，却在客观的观察力与主观的感觉力同时地锐利敏捷，能多面地明了及尝味所见、所听、所遇的种种不同的情景；还得理会到人在生活上互相的关系与牵连，固定的与偶然的中间所起戏剧式的变化；最后更得有自己特殊的看法及思想、信仰或哲学。

一个生活丰富者不在客观地见过若干事物，而在能主观地激发很复杂、很不同的情感，和能够同情于人性的许多方面的人。

所以一个作者，在运用文字的技术学问外，必须是能立在任何生活上面，能在主观与客观之间，感觉和了解之间，理智上进退有余，情感上横溢奔放，记忆与幻想交错相辅，到了真即是假，假即是真的程度，他的笔下才现着活力真诚，他的作品才会充实伟大，不受题材或文字的影响，而能持久普遍地动人。

这些道理，读者比作者当然还要明白点，所以作品的估价永远操在认真的读者手里，这也是这个选集不得不印书，献与它的公正的评判者的一个原因。

和平礼物

在北京举行的亚洲及太平洋区域和平会议的繁重而又细致的筹备工作中，活跃着一个小小部分，那就是在准备着中国人民献给和平代表们的礼物，作为代表们回国以后的纪念品。

经过艺术工作者们热烈的讨论、设计和选择，决定了四大种类礼物。

第一类是专为这次会议而设计的特别的纪念物两种：一是华丽而轻柔的丝质彩印头巾；一是充满节日气氛的刺绣和"平金①"的女子坎肩。这两种礼物都有象征和平的图案；都是以飞翔的和平白鸽为主题；图案富于东方格调，色彩鲜明，极为别致。

第二类是道地的中国手工艺品，是出产在北京的几种特种手工艺品，如景泰蓝、镶嵌漆器、"花丝"银饰物、细工绝技的象牙刻字和挑花手绢等。

还有两类：一是各种精印画册；一是文学创作中的名著。画册包括年画集、民间剪纸窗花、敦煌古代壁画的复制画册和老画家与新画家的创作选集等。文学名著包括获得斯大林奖金的三部荣誉作品。

这些礼物中的每一件都渗透和充满着中国人民对和平的真挚的愿望。

---

① 平金：汉族刺绣传统针法之一，主要运用于苏绣。属于条纹绣的一种。用金线在绣面上盘出图案，适宜绣制花卉和水浪等花样，绣品光亮、平匀、齐整，具有华美、富丽的装饰效果。

由巨大丰富的画册，到小巧玲珑的银丝的和平鸽子胸针，到必须用放大镜照着看的象牙米粒雕刻的毕加索的和平鸽子，和鸽子四周的四国文字的"和平"字样，无一不是一种和平的呼声。这呼声似乎在说："和平代表们珍重，珍重，纪念着你们这次团结争取和平的光荣会议，继续奋斗吧。不要忘记正在和平建设、拯救亚洲和世界和平的中国人民。看，我们辛勤劳动的一双双的手是永远愿为和平美好的生活服务的。不论我们是用笔墨写出的，颜色画出的，刀子刻出的，针线绣出的，或是用各种工艺材料制造的，它们都说明一个愿望：我们需要和平。代表们，把我们五亿人民保卫和平的意志传达给亚洲及太平洋各岸的你们祖国里的人民吧。"

我们选定了北京的手工艺品作为礼品的一部分，也是有原因的。中国工艺的卓越的"功夫"，在世界上古今著名，但这还不是我们选择它的主要原因。我们选择它是因为新中国成立以后，我们新图案设计的兴起，代表了我们新社会在艺术方面一股新生的力量。它在工艺方面正是剔除封建糟粕、恢复民族传统的一支文化生力军。这些似乎平凡的工艺品，每件都确是既代表我们的艺术传统，又代表我们蓬勃气象的创作。我们有很好的理由拿它们来送给为和平而奋斗的代表们。

这些礼品中的景泰蓝图案，有出自汉代刻玉纹样，有出自敦煌北魏藻井和隋唐边饰图案，也有出自宋锦草纹、明清彩瓷的。但这些都是经过融会贯通，要求达到体型和图案的统一性的。在体型方面，我们着重轮廓线的柔和优美和实用方面相结合，如台灯，如小圆盒，都是经过用心处理的。在色彩方面，我们要对比活泼而设色调和，要取得华贵而安静的总效果,向敦煌传统看齐的。这些都是一反过去封建没落时期的繁琐、堆砌、不健康的工艺作风的。所以这些也说明了我们是努力发扬祖国艺术的幸福人民。我们渴望的就是和平的世界。

在景泰蓝制作期间,工人同志们的生产态度更说明了这问题。当他们知道了他们所承担的工作跟和平有关时,他们的情绪是那么高涨,他们以高度的热诚来对待他们手中那一系列繁重的掐丝、点蓝和打磨的工作。过去"慢工出细活"的思想,完全被"找窍门"的热情所代替。他们不断地缩短制作过程,又自动地加班和缩短午后的休息时间,提早完成了任务。在瑞华等五个独立作坊中,由于工人们工作的积极和认真,使珐琅质地特别匀净,图案的线纹和颜色都非常准确。工人们说:我们的生活一天比一天美满,我们要保证我们和平幸福的生活,承制和平礼品是我们最光荣的任务。当和平宾馆的工人们在一层楼一层楼地建筑上去的时候,这边景泰蓝的工人们也正在一个盒子、一个烟碟上点着珐琅,或脚蹬转轮、目不转睛地打磨着台灯座,心里也只有一个念头:"是的,我们要过和平的日子。这些美丽的纪念品,无论它们是银丝胸针还是螺钿漆盒,无论上面是安静的莲花还是飞舞的鸽子,它们都是在这种酷爱和平的情绪下完成的。它们是'不简单'的;这些中国劳动人民所积累的智慧的结晶,今天为全世界人民光明的目的——和平而服务了。"

礼品中还应该特别详细介绍的是丝质彩印头巾的图案和刺绣坎肩的制作过程。

头巾的图案本身,就有重要的历史意义。这个彩色图案是由敦煌千佛洞内北魏时代天花上取来应用的。我们对它的内容只加以简单的变革,将内心主题改为和平鸽子后，它就完全适合于我们这次的特殊用途了。有意义的是：它上面的花纹就是一千多年前，亚洲几个民族在文化艺术上和平交流的记录；西周北魏的"忍冬叶"草纹就是古代西域伊兰语系民族送给我们的——来自中亚细亚的影响。中间的大莲花是我们邻邦印度民族在艺术图案上宝贵的赠礼。莲瓣花纹今天在我国的雕刻图案中已极普遍地应用着，我们的亚洲国家的代表们一定都会认出它们的来历的。这些花样里还有来自更遥远的希腊的，它们是通过波斯（伊朗）和犍陀罗[①]而来到我国的。

这个图案在颜色上比如土黄、石绿、赭红和浅灰蓝等美妙的配合，也是受过许多外来影响之后，才在中国生根的。以这个图案作为保卫亚洲和世界和平的纪念物是再巧妙、再适当没有的。三位女青年赶完了这个细致的图样之后，兴奋得说不出话来。她们曾愉快地做过许多临摹工作，但这次向着这样光荣的目的赶任务，使她们感到像做了和平战士一样的骄傲。

在刺绣坎肩的制作过程中，由镶边到配色都是工人和艺术工作者集体创造的记录。永合成衣铺内，两位女工和四位男工，都是热情高涨地用尽一切力量，为和平礼品工作。他们用套裁方法，节省下材料，增产了八件成品。在二十天的工作中，他们每天都是由早晨七点工作至深夜十二点。只有一次因为等衣料，工作中断过两小时。参加这次工作的刺绣业工作者共来自十七家独立的生产店铺，原来每日十小时的工作都增至十四至十六小时，共

[①] 犍陀罗：公元前六世纪已经存在的南亚次大陆国家，为列国时代十六大国之一。犍陀罗国的核心区域包括今巴基斯坦东北部和阿富汗东部。由于地处欧亚大陆的连接点上，在世界文明发展史上有着重要作用。

完成了二百十六只鸽子。绣工和金线平金都做得非常整齐。这一百零八件坎肩因不同绣边，不同颜色的处理，每一件都不同而又都够得上称为一件优秀的艺术品。三年来我们欢庆节日正要求有像这一类美丽服装的点缀，青年男女披上金绣彩边的坎肩会特别显出东方民族的色彩。但更有意思的是世界上许多国家的男女都用绣花坎肩，如西班牙、匈牙利与罗马尼亚等；此外在我国的西南与西北地区，男子们也常穿革制背心，上面也有图案。

和平战士们，请接受这份小小的和平礼品吧，这是中国劳动人民送给你们的一点小小的纪念品。

第四辑　谈建筑

我们的首都

中山堂

我们的首都是这样多方面的伟大和可爱,每次我们都可以从不同的事物来介绍和说明它,来了解和认识它。我们的首都是一个最富于文化建筑的名城;从文物建筑来介绍它,可以更深刻地感到它的伟大与罕贵。下面这个镜头就是我要在这里首先介绍的一个对象。

它是中山公园内的中山堂。你可能已在这里开过会,或因游览中山公园而认识了它;你也可能是没有来过首都而希望来的人,愿意对北京有个初步的了解。让我来介绍一下吧,这是一个愉快的任务。

这个殿堂的确不是一个寻常的建筑物;就是在这个满是文物建筑的北京城里,它也是极其罕贵的一个。因为它是这个古老的城中最老的一座木构大殿,它的年龄已有五百三十岁了。它是十五世纪二十年代的建筑,是明朝永乐年间王室由南京重回北京建都时所造的许多建筑物之一,也是明初工艺最旺盛的时代里,我们可尊敬的无名工匠们所创造的、保存到今天的一个实物。

这个殿堂过去不是帝王的宫殿,也不是佛寺的经堂;它是执行中国最原始宗教中祭祀仪节而设的坛庙中的享殿。中山公园过去是"社稷坛"，就是祭土地和五谷之神的地方。

凡是坛庙都用柏树林围绕，所以环境优美，成为现代公园极好的基础。社稷坛全部包括中央一广场，场内一方坛，场四面有短墙和棂星门；短墙之外，三面为神道，北面为享殿和寝殿；它们的外围又有红围墙和美丽的券洞门。正南有井亭，外围古柏参天。

中山堂的外表是个典型的大殿。白石镶嵌的台基和三道石阶，朱漆合抱的并列立柱，精致的门窗，青绿彩画的阑额，由于综错木材所组成的斗拱和檐椽等所造成的建筑装饰，加上黄琉璃巍然耸起，微曲的坡顶，都可说是典型的但也正是完整而美好的结构。它比例的稳重，尺度的恰当，也恰如它的作用和它的环境所需要的。它的内部不用天花顶棚，而将梁架斗拱结构全部外露，即所谓"露明造"的格式。我们仰头望去，就可以看见每一块结构的构材处理得有如装饰画那样美丽，同时又组成了巧妙的图案。当然，传统的青绿彩绘也更使它灿烂而华贵。但是明初遗物的特征是木材的优良（每柱必是整料，且以楠木为主）和匠工砍削榫卯的准确，这些都不是在外表上的显著之点，而是属于它内在的品质的。

中国劳动人民所创造的这样一座优美、雄伟的建筑物，过去只供封建帝王愚民之用，现在回到了人民的手里，它的效能，充分地被人民使用了。一九四九年八月，北京市第一届人民代表会议就是在这里召开的。两年多来，这里开过各种会议百余次。这大殿是多么恰当地用作各种工作会议和报告的大礼堂！而更巧的是同社稷坛遥遥相对的太庙，也已用作首都劳动人民的文化宫了。

北京市劳动人民文化宫

北京市劳动人民文化宫是首都人民所熟悉的地方。它在天安门的左侧，同天安门右侧的中山公园正相对称。它所占的面积很大，南面和天安门在一条线上，北面背临着紫禁城前的护城河，西面由故宫前的东千步廊起，东面到故宫的东墙根止，东西宽度恰是紫禁城的一半。这里是四百零八年以前（明嘉靖二十三年，一五四四年）劳动人民所辛苦建造起来的一所规模宏大的庙宇。它主要是由三座大殿、三进庭院所组成；此外，环绕着它的四周的，是一片蓊郁古劲的柏树林。

这里过去称作"太庙"，只是沉寂地供着一些死人牌位和一年举行几次皇族的祭祖大典的地方。新中国成立以后，一九五○年国际劳动节，这里的大门上挂上了毛主席亲笔题的匾额——"北京市劳动人民文化宫"，它便活跃起来了。在这里面所进行的各种文化娱乐活动经常受到首都劳动人民的热烈欢迎，以至于这里林荫下的庭院和大殿里经常挤满了人，假日和举行各种展览会的时候，等待入门的行列有时一直排到天安门前。

在这里，各种文化娱乐活动是在一个特别美丽的环境中进行的。这个环境的特点有二：

一、它是故宫中工料特殊精美而在四百多年中又丝毫未被伤毁的一个完整的建筑组群。

二、它的平面布局是在祖国的建筑体系中，在处理空间的方法上最卓越的例子之一。不但是它的内部布局爽朗而紧凑，在虚实起伏之间构成一个整体，并且它还是故宫体系总布局的一个组成部分，同天安门、端门和午门有一定的关系。如果我们从高处下瞰，就可以看出文化宫是以一个广庭为核心，四面建筑物环抱，北面是建筑的重点。它不单是一座单独的殿堂，而是前后三殿：中殿与后殿都各有它的两厢配殿和前院；前殿特别雄大，有两重屋檐，三层石基，左右两厢是很长的廊庑，像两臂伸出抱拢着前面的广庭。南面的建筑很简单，就是入口的大门。在这全组建筑物之外，环绕着两重有琉璃瓦饰的红墙，两圈红墙之间，是一周苍翠的老柏树林。南面的树林是特别大的一片，造成浓荫，和北头建筑物的重点恰相呼应。它们所留出的主要空间就是那个可容万人以上的广庭，配合着两面的廊子。这样的一种空间处理，是非常适合于户外的集体活动的。这也是我们祖国建筑的优良传统之一。这种布局与中山公园中社稷坛部分完全不同，但在比重上又恰是对称的。如果说社稷坛是一个四条神道由中心向外展开的坛（仅在北面有两座不高的殿堂），文化宫则是一个由四面殿堂廊庑围拢起来的庙。这两组建筑物以端门前庭为锁钥，和午门、天安门是有机地联系着的。在文化宫里如果我们由下往上看，不但可以看到北面重檐的正殿巍然而起，并且可以看到午门。午门五凤楼的一角正成了它的西北面的背景，早晚云霞，金瓦翚飞①，气魄的雄伟，给人极深刻的印象。

故宫三大殿

北京城里的故宫中间，巍然崛起的三座大宫殿是整个故宫的重点，

---

① 翚（huī）飞：形容宫殿高峻壮丽。

紫禁城内建筑的核心。以整个故宫来说，那样庄严宏伟的气魄，那样富于组织性，又富于图画美的体形风格，那样处理空间的艺术，那样的工程技术、外表轮廓和平面布局之间的统一的整体，无可否认的，它是全世界建筑艺术的绝品。它是一组伟大的建筑杰作，它也是人类劳动创造史中放出异彩的奇迹之一。我们有充足的理由，为我们这"世界第一"而骄傲。

三大殿的前面有两段作为序幕的布局，是值得注意的。第一段，由天安门，经端门到午门，两旁长列的"千步廊"是个严肃的开端。第二段在午门与太和门之间的小广场，更是一个美丽的前奏。这里一道弧形的金水河，河上五道白石桥，在黄瓦红墙的气氛中，北望太和门的雄劲，这个环境适当地给三殿做了心理准备。

太和、中和、保和三座殿是前后排列着同立在一个庞大而崇高的工字形白石殿基上面的。这种台基过去称"殿陛"，共高二丈，分三层，每层有刻石栏杆围绕，台上列铜鼎等。台前石阶三列，左右各一列，路上都有雕镂隐起的龙凤花纹。这样大尺度的一组建筑物，是用更宏大尺度的庭院围绕起来的。广庭气魄之大是无法形容的。庭院四周有廊庑，太和与保和两殿的左右还有对称的楼阁和翼门，四角有小角楼。这样的布局是我国特有的传统，常见于美丽的唐宋壁画中。

三殿中，太和殿最大，也是全国最大的一个木构大殿。横阔十一间，进深五间，外有廊柱一列，整个殿内外立着八十四根大柱。殿顶是重檐的"庑殿式"，中国传统建筑屋顶形式之一。由四个倾斜的屋面、一条正脊（平脊）和四条斜脊组成。瓦顶全部用黄色的琉璃瓦，光泽灿烂，同蓝色天空相辉映。底下彩画的横额和斗拱、朱漆柱、金琐窗，同白石阶基也作了强烈的对比。这个殿建于康熙三十六年（一六九七年），已有二百五十五岁，而结构整严，完好如初。内部渗金①盘龙柱和上部梁藻井上的彩画虽稍剥落，但仍然华美动人。

中和殿在工字基台的中心，平面为正方形，宋元工字殿当中的"柱廊"竟蜕变而成了今天的亭子形的方殿。屋顶是单檐"攒尖顶"，"攒尖顶"有多种形式，其共同点是顶部都有一个集中点，即"宝顶"。上端用渗金圆顶为结束。此殿是清初顺治三年（一六四六年）的原物，比太和殿又早五十余年。

保和殿立在工字形殿基的北端，东西阔九间，每间尺度又都小于太和殿。上面是"歇山式"。"歇山式"是中国传统建筑屋顶形式之一，由四个倾斜的屋面、一条正脊、四条垂脊、四条戗脊和两侧倾斜屋面上部转折成垂直的三角形墙面组成，形成两坡和四坡屋顶的混合形式。殿顶，它是明万历的"建极殿"原物，未经破坏或重建的。至今上面童柱②上还留有"建极殿"标识。它是三殿中年寿最老的，已有五百三十七年的历史。

三大殿中的两殿，一前一后，中间夹着略为低小的单位所造成的格局，是它美妙的特点。要用文字形容三殿是不可能的，而同时因环境之大，摄影镜头很难把握这三殿全部的雄姿。深刻的印象，必须亲自进到那动人的环境中，才能体会得到。

---

① 渗金：以金粉或金箔装饰物体。
② 童柱：汉族建筑中下端不落地（柱下脚常落在梁背上），上端承托梁枋等构件的矮柱。功用与重檐金柱相同。

北海公园

在二百多万人口的城市中，尤其是在布局谨严、街道笔直、建筑物主要都左右对称的北京城市，会有像北海这样一处水阔天空、风景如画的环境据在城市的心脏地带，实在令人料想不到，使人惊喜。初次走过横亘在北海和中海之间的金鳌玉𬟽桥的时候，望见隔水的景物，真像一幅画面，给人的印象尤为深刻。耸立在水心的琼华岛，山巅白塔，林间楼台，受晨光或夕阳的渲染，景象非凡特殊。湖岸石桥上的游人或水面的小船，处处也都像在画中。池沼园林是近代城市的肺腑，借以调节气候，美化环境，休息精神；北海风景区对全市人民的健康所起的作用是无法衡量的。北海在艺术和历史方面的价值都是很突出的，但更可贵的还是在它今天回到了人民手里，成为人民的公园。

我们重视北海的历史，因为它也就是北京城历史重要的一段。它是今天的北京城的发源地。远在辽代（十一世纪初），琼华岛的地址就是一个著名的台，传说是"萧太后台"。到了金朝（十二世纪中），统治者在这里奢侈地为自己建造郊外离宫：凿大池，改台为岛，移北宋名石筑山，山巅建美丽的大殿。元忽必烈攻破中都，曾住在这里。元建都时，废中都旧城，选择了这离宫地址作为他的新城——大都皇宫的核心，称北海和中海为太液池。元的三个宫分立在两岸，水中前有"瀛洲圆殿"，就是今天的团城，北面有桥通"万岁山"，就是今天的琼华岛。岛立太液池中，气势雄壮，山巅广寒殿居高临下，可以远望西山，俯瞰全城，是忽必烈的主要宫殿，也是全城最突出的重点。明毁元三宫，建造今天的故宫以后，北海和中海的地位便不同了，也不那样重要了。统治者把两海改为游宴的庭园，称作"内苑"。广寒殿废而不用，明万历时坍塌。清初开辟南海，增修许多庭园建筑，北海北岸和东岸都有个别幽静的单位。北海面貌最显著的改变是在清顺治八年（一六五一年），在琼华岛广寒殿旧址上建造了今天所见的西藏式白塔。岛正南半山殿堂也改为佛寺，由石阶直升上去，遥对团城。这个景象到今天已保持整整三百年了。

北海布局的艺术手法是继承宫苑创造幻想仙境的传统，所以它以琼华岛仙山楼阁的姿态为主：上面是台殿亭馆；中间有岩洞石室；北面游廊环抱，廊外有白石栏楯①，长达三百米，中间漪澜堂，上起轩楼为远帆楼，和北岸的五龙亭隔水遥望，互见缥缈，是本着想象的仙山景物而安排的。湖心本植莲花，其间有画舫来去。北岸佛寺之外，还作小西天，又受有佛教画的影响。其他如桥亭堤岸，多少是模拟山水画意。北海的布局是有着丰富的艺术传统的。它的曲折有趣、多变化的景物，也就是它最得游人喜爱的因素。同时更因为它的水面宏阔，林岸较深，尺度大，气魄大，最适合于现代青年假期中的一切活动：划船、滑水、登高远眺，北海都有最好的条件。

天　坛

天坛在北京外城中轴线的东边，占地差不多四千亩，有两重红色围墙围绕着。墙内茂密参天的老柏树，远望是一片苍郁的绿荫。由这树林中高

---

① 栏楯（shǔn）：栏杆。

高耸出深蓝色伞形的琉璃瓦顶,它是三重檐子的圆形大殿的上部,尖端上闪耀着涂金宝顶。这是祖国一个特殊的建筑物,世界闻名的天坛祈年殿。由南方到北京来的火车进入北京城后,车上的人都可以从车窗中见到这个景物。它是许多人对北京文物建筑最先的一个印象。

天坛是过去封建主每年祭天和祈祷丰年的地方,是封建的愚民政策和迷信的产物;但它也是过去辛勤的劳动人民用血汗和智慧所创造出来的一种特殊美丽的建筑类型,今天有着无比的艺术和历史价值。

天坛的全部建筑分成简单的两组,安置在平舒开朗的环境中,外周用深深的树林围护着。南面一组主要是祭天的大坛(称做"圜丘")和一座不大的圆殿(称"皇穹宇")。北面一组就是祈年殿和它的后殿——皇乾殿、东西配殿和前面的祈年门。这两组相距约六百米,有一条白石大道相连。两组之外,重要的附属建筑只有向东的"斋宫"一处。外面两周的围墙,在平面上南边一半是方的,北边一半是半圆形的。这是根据古代"天圆地方"的说法而建筑的。

圜丘是祭天的大坛,平面正圆,全部白石砌成;分三层,高约一丈六尺;最上一层直径九丈,中层十五丈,底层二十一丈。每层有石栏杆绕着,三层栏板共合成三百六十块,象征"周天三百六十度"。各层四面都有九步台阶。这座坛全部尺寸和数目都用一、三、五、七、九的"天数"或它们的倍数,是最典型的封建迷信结合的要求。但在这种苛刻条件下,智慧的劳动人民却在造形方面创造出一个艺术杰作。这座洁白如雪、重叠三层的圆坛,周围环绕着玲珑像花边般的石刻栏杆,形体是这样的美丽,它永远是个可珍贵的建筑物,点缀在祖国的地面上。

圜丘北面棂星门外是皇穹宇。这座单檐的小圆殿的作用是存放神位木牌（祭天时请到圜丘上面受祭，祭完送回）。最特殊的是它外面周绕的围墙，平面作成圆形，只在南面开门。墙面是精美的磨砖对缝，所以靠墙内任何点，向墙上低声细语，他人把耳朵靠近其他任何一点，都可以清晰地听到。人们都喜欢在这里做这种"声学游戏"。

祈年殿是祈谷的地方，是个圆形大殿，三重蓝色琉璃瓦檐，最上一层上安金顶。殿的建筑用内外两周的柱，每周二十根，里面更立四根"龙井柱"。圆周十二间都安格扇门，没有墙壁，庄严中呈显玲珑。这殿立在三层圆坛上，坛的样式略似圜丘而稍大。

天坛部署的规模是明嘉靖年间制定的。现存建筑中，圜丘和皇穹宇是清乾隆八年（一七四三年）所建。祈年殿在清光绪十五年（一八八九年）雷火焚毁后，又在第二年（一八九〇年）重建。祈年门和皇乾殿是明嘉靖二十四年（一五四五年）原物。现在祈年门梁下的明代彩画是罕有的历史遗物。

颐和园

在中国历史中，城市近郊风景特别好的地方，封建主和贵族豪门等总要独霸或强占，然后再加以人工的经营来作他们的"禁苑"或私园。这些著名的御苑、离宫、名园，都是和劳动人民的血汗和智慧分不开的。他们凿了池或筑了山，建造亭台楼阁，栽植了树木花草，布置了回廊曲径、桥梁水榭，在许许多多巧妙的经营与加工中，才把那些离宫或名园提到了高度艺术的境地。现在，这些可宝贵的祖国文化遗产，都已回到人民手里了。

北京西郊的颐和园，在著名的圆明园被帝国主义侵略军队毁了以后，是中国四千年封建历史里保存到今天的最后的一个大"御苑"。颐和园周围十三华里，园内有山有湖。倚山临湖的建筑单位大小数百，最有名的长廊，东西就长达一千几百尺，共计二百七十三间。

颐和园的湖、山基础，是经过金、元、明三朝所建设的。清朝规模最大的修建开始于乾隆十五年（一七五〇年），当时本名清漪园，山名万寿，湖名昆明。公元一八六〇年，清漪园和圆明园同遭英法联军毒辣的破坏。前山和西部大半被毁，只有山巅琉璃砖造的建筑和"铜亭"得免。

前山湖岸全部是光绪十四年（一八八八年）所重建。那时西太后那拉氏专政，为自己做寿，竟挪用了海军造船费来修建，改名颐和园。

颐和园规模宏大，布置错杂，我们可以分成后山、前山、东宫门、南湖和西堤等四大部分来了解它。

第一部分后山，是清漪园所遗留下的艺术面貌，精华在万寿山的北坡和坡下的苏州河。东自"赤城霞起"关口起，山势起伏，石路回转，一路在半山经"景福阁"到"智慧海"，再向西到"画中游"。

一路沿山下河岸，处处苍松深郁或桃树错落，是初春清明前后游园最好的地方。山下小河（或称后湖）曲折，忽狭忽阔；沿岸模仿江南风景，故称"苏州街"，河也名"苏州河"。

正中北宫门入园后，有大石桥跨苏州河上，向南上坡是"后大庙"旧址，今称"须弥灵境"。这些地方今天虽已剥落荒凉，但环境幽静，仍是颐和园最可爱的一部分。

东边"谐趣园"是仿无锡惠山园的风格，当中荷花池，四周有水殿曲廊，极为别致。西面通到前湖的小苏州河，岸上东有"买卖街"，俨如江南小镇（现已不存）。更西的长堤垂柳和六桥是仿杭州西湖六桥建设的。这些都是模仿江南山水的一个系统的造园手法。

第二部分前山湖岸上的布局，主要是排云殿、长廊和石舫。排云殿在南北中轴线上。这一组由临湖一座牌坊起，上到排云殿，再上到佛香阁；倚山建筑，巍然耸起，是前山的重点。

佛香阁是八角攒尖顶的多层建筑物，立在高台上，是全山最高的突出点。这一组建筑的左右还有"转轮藏"和"五方阁"等宗教建筑物。附属于前山部分的还有半山上几处别馆如"景福阁""画中游"等。

沿湖的长廊和中线成丁字形；西边长廊尽头处，湖岸转北到小苏州河，傍岸处就是著名的"石舫"，名"清晏舫"。前山着重侈大、堂皇富丽，和清漪园时代重视江南山水的曲折大不相同；前山的安排，是"仙山蓬岛"的格式，略如北海琼华岛，建筑物倚山层层上去，成一中轴线，以高耸的建筑物为结束。湖岸有石栏和游廊。对面湖心有远岛，以桥相通，也如北海团城。只是岛和岸的距离甚大，通到岛上的十七孔桥，不在中线，而由东堤伸出，成为远景。

第三部分是东宫门入口后的三大组主要建筑物：一是向东的仁寿殿，它是理事的大殿；二是仁寿殿北边的德和园，内中有正殿、两廊和大戏台；三是乐寿堂，在德和园之西。这是那拉氏居住的地方。堂前向南临水有石台石阶，可以由此上下船。

这些建筑拥挤繁复，像城内府第，堵塞了入口，向后山和湖岸的合理路线被建筑物阻挡割裂。今天游园的人，多不知有后山，进仁寿殿或德和园之后，更有迷惑在院落中的感觉，直到出了荣寿堂西门，到了长廊，才豁然开朗，见到前面湖山。这一部分的建筑物为全园布局上的最大弱点。

第四部分是南湖岛和西堤。岛有五处，最大的是月波楼一组，或称龙王庙，有长桥通东堤。其他小岛非船不能达。西堤由北而南成一弧线，分数段，上有六座桥。这些都是湖中的点缀，为北岸的远景。

天宁寺塔

北京广安门外的天宁寺塔，是北京城内和郊外的寺塔中完整立着的一个最古的建筑纪念物。这个塔是属于一种特殊的类型：平面作八角形，砖筑实心，外表主要分成高座、单层塔身和上面的多层密檐三部分。

座是重叠的两组须弥座，每组中间有一道"束腰"，用"间柱"分成格子，每格中刻一浅龛，中有浮雕，上面用一周砖刻斗拱和栏杆，故极富于装饰性。座以上只有一单层的塔身，托在仰翻的大莲瓣上，塔身四正面有拱门，四斜面有窗，还有浮雕力神像等。

塔身以上是十三层密密重叠着的瓦檐。第一层檐以上，各檐中间不露塔身，只见斗拱；檐的宽度每层缩小，逐渐向上递减，使塔的轮廓成缓和的弧线。塔顶的"刹"是佛教的象征物，本有"覆钵"和很多层"相轮"，但天宁寺塔上只有宝顶，不是一个"刹"，而十三层密檐本身却有了"相轮"的效果。

这种类型的塔，轮廓甚美，全部稳重而挺拔。层层密檐的支出使檐上的光和檐下的阴影构成一明一暗；重叠而上，和素面塔身起反衬作用，是最引人注意的宜于远望的处理方法。

中间塔身略细，约束在檐以下，座以上，特别显得窈窕。座的轮廓也因有伸出和缩紧的部分，更美妙有趣。塔座是塔底部的重点，远望清晰伶俐；近望则见浮雕的花纹、走兽和人物，精致生动，又恰好收到最大的装饰效果。它是砖造建筑艺术中的极可宝贵的处理手法。

分析和比较祖国各时代各类型的塔，我们知道南北朝和隋的木塔的形状，但实物已不存。唐代遗物主要是砖塔，都是多层方塔，如西安的大雁塔和小雁塔。唐代虽有单层密檐塔，但平面为方形，且无须弥座和斗拱，如嵩山的永泰寺塔。中原山东等省以南，山西省以西，五代以后虽有八角塔，而非密檐，且无斗拱，如开封的"铁塔"。

在江南，五代两宋虽有八角塔，却是多层塔身的，且塔身虽砖造，每层都用木造斗拱和木檩托檐，如苏州虎丘塔、罗汉院双塔等。检查天宁寺塔的每一细节，我们今天可以确凿地断定它是辽代的实物，清代石碑中说它是"隋塔"是错误的。

这种单层密檐的八角塔只见于河北省和东北。最早有年月可考的都属于辽金时代（十一至十三世纪），如房山云居寺南塔北塔、正定青塔、通州塔、辽阳白塔寺塔等。但明清还有这形制的塔，如北京八里庄塔。从它们分布的地域和时代看来，这类型的塔显然是契丹民族（满族祖先的一支）的劳动人民和当时移居辽区的汉族工匠们所合力创造的伟绩，是他们对于祖国建筑传统的一个重大贡献。

天宁寺塔经过这九百多年的考验，仍是一座完整而美丽的纪念性建筑，它是今天北京最珍贵的艺术遗产之一。

北京近郊的三座"金刚宝座塔"

——西直门外五塔寺塔、德胜门外西黄寺塔和香山碧云寺塔

北京西直门外五塔寺的大塔，形式很特殊——它是建立在一个巨大的台子上面，由五座小塔所组成的，佛教术语称这种塔为"金刚宝座塔"。它是模仿印度佛陀伽蓝的大塔建造的。

金刚宝座塔的图样，是公元一四一三年（明永乐十一年）西番班迪达来中国时带来的。永乐帝朱棣，封班迪达做大国师，建立大正觉寺——即五塔寺——给他住。到了公元一四七三年（明成化九年）便在寺中仿照中印度式样，建造了这座金刚宝座塔。清乾隆时代又仿照这个类型，建造了另外两座。一座就是现在德胜门外的西黄寺塔，另一座是香山碧云寺塔。这三座塔虽同属于一个格式，但每座各有很大变化，和中国其他的传统风格结合而成。它们具体地表现出祖国劳动人民灵活运用外来影响的能力，他们有大胆变化、不限制于模仿的创造精神。在建筑上，这样主动地吸收外国影响和自己民族形式相结合的例子是极值得注意的。同时，介绍北京这三座塔并指出它们显著的异同，也可以增加游览者对它们的认识和兴趣。

五塔寺在西郊公园北面约二百米处。它的大台高五丈，上面立五座密

檐的方塔，正中一座高十三层，四角每座高十一层。中塔的正南，阶梯出口的地方有一座两层檐的亭子，上层瓦顶是圆的。大台的最底层是个须弥座，座之上分五层，每层伸出小檐一周，下雕并列的佛龛，龛和龛之间刻菩萨立像。最上层是女儿墙，也就是大台的栏杆。这些上面都有雕刻，所谓"梵花、梵宝、梵字、梵像"。大台的正门有门洞，门内有阶梯藏在台身里，盘旋上去，通到台上。

这塔全部用汉白玉建造，密密地布满雕刻。石里所含铁质经过五百年的氧化，呈现出淡淡的橙黄的颜色，非常温润而美丽。过于繁琐的雕饰本是印度建筑的弱点，中国匠人却创造了自己的适当的处理。他们智慧地结合了祖国的手法特征，努力控制了凹凸深浅的重点。每层利用小檐的伸出和佛龛的深入，做成阴影较强烈的部分，其余全是极浅的浮雕花纹，这样便纠正了一片杂乱繁缛的感觉。

西黄寺塔，也称做班禅喇嘛净化城塔，建于清乾隆四十四年（一七七九年）。这座塔的形式和大正觉寺塔一样，也是五座小塔立在一个大台上面。所不同的，在于这五座塔本身的形式。它的中央一塔为西藏式的喇嘛塔（如北海的白塔），而它的四角小塔，却是细高的八角五层的经幢；并且在平面上，四小塔的座基突出于大台之外，南面还有一列石阶引至台上。中央塔的各面刻有佛像、草花和凤凰等，雕刻极为细致富丽，四个幢一层主要素面刻经，上面三层刻佛经与莲瓣。全组呈窈窕玲珑的印象。

碧云寺塔和以上两座又都不同。它的大台共有三层，底下两层是月台，各有台阶上去。最上层做法极像五塔寺塔，刻有数层佛龛，阶梯也藏在台身内。但它上面五座塔之外，南面左右还有两座小喇嘛塔，所以共有七座塔了。

这三处仿中印度式建筑的遗物，都在北京近郊风景区内。同式样的塔，国内只有昆明官渡镇有一座，比五塔寺塔更早了几年。

鼓楼、钟楼和什刹海

北京城在整体布局上，一切都以城中央一条南北中轴线为依据。这条中轴线以永定门为南端起点，经过正阳门、天安门、午门、前三殿、后三殿、神武门、景山、地安门一系列的建筑重点，最北就结束在鼓楼和钟楼那里。北京的钟楼和鼓楼不是东西相对，而是在南北线上一前一后的两座高耸的建筑物。北面城墙正中不开城门，所以这条长达八公里的南北中线的北端就终止在钟楼之前。这个伟大气魄的中轴直穿城心的布局是我们祖先杰出的创造。鼓楼面向着广阔的地安门大街，地安门是它南面的"对景"，钟楼峙立在它的北面，这样三座建筑便合成一组庄严的单位，适当地作为这条中轴线的结束。

鼓楼是一座很大的建筑物，第一层雄厚的砖台上开着三个发券的门洞。上面横列五间重檐的木构殿楼，整体轮廓强调了横亘的体形。钟楼在鼓楼后面不远，是座直立耸起、全部砖石造成的建筑物；下层高耸的台，每面只有一个发券门洞。台上钟亭也是每面一个发券的门。全部使人有雄浑坚实地矗立的印象。钟、鼓两楼在对比中，一横一直，形成了和谐美妙的组合。明朝初年智慧的建筑工人和当时"打图样"的师父们就这样朴实、大胆地创造了自己市中心的立体标志，充满了中华民族特征的不平凡的风格。

钟、鼓楼西面（可）俯瞰什刹海和后海。这两个"海"是和北京的历史分不开的。它们和北海、中海、南海是一个系统的五个湖沼。十二世纪中建造"大都"的时候，北海和中海被划入宫苑（那时还没有南海），什刹海和后海留在市区内。当时有一条水道由什刹海经现在的北河沿、南河沿、六国饭店出城通到通州，衔接到运河。江南运到的粮食便在什刹海卸货，那里船帆桅杆十分热闹，它的重要性正相同于我们今天的前门车站。到了明朝，水源发生问题，水运只到东郊，什刹海才丧失了作为交通终点的身份。尤其难得的是它外面始终没有围墙把它同城区阻隔，正合乎近代最理想的市区公园的布局。

海的四周本有十座佛寺，因而得到"什刹"的名称。这十座寺早已荒废。清朝末年，这里周围是茶楼、酒馆和杂耍场子等。但湖水逐渐淤塞，虽然夏季里香荷一片，然而水质污秽、蚊虫滋生已威胁到人民的健康。新中国成立后人民自己的政府首先疏浚全城水道系统，将什刹海淘深，砌了石岸，使它成为一片清澈的活水，又将西侧小湖改为可容四千人的游泳池。两年来那里已成为劳动人民夏天中最喜爱的地点。垂柳倒映，隔岸可遥望钟楼和鼓楼，它已真正地成为首都的风景区，并且这个风景区还正在不断地建设中。

在全市来说，由地安门到钟、鼓楼和什刹海，是城北最好的风景区的基础。现在鼓楼上面已是人民的第一文化馆，小海已是游泳池，又紧接北海。这一个美好环境，由钟、鼓楼上远眺更为动人。不但如此，首都的风景区是以湖沼为重点的，水道的连接将成为必要。什刹海若予以发展，将来可能以金水河为纽带把它同颐和园的昆明湖连接起来。那样，人们将可以在假日里从什刹海坐着小船经由美丽的西郊，直达颐和园了。

雍和宫

北京城内东北角的雍和宫，是二百十几年来北京最大的一座喇嘛寺院。喇嘛教是蒙藏两族所崇奉的宗教，但这所寺院因为建筑的宏丽和佛像雕刻等的壮观，一向都非常著名，所以游览首都的人们，时常来到这里参观。

这一组庄严的大建筑群，是过去汉族的建筑工人以自己传统的建筑结构技术来适应喇嘛教的需要所创造的一种宗教性的建筑类型，就如同汉族的工人曾以本民族的传统方法和民族特征解决过伊斯兰教的清真寺或基督教的礼拜堂的需要一样。这寺院的全部是一种符合特殊实际要求的艺术创造，在首都的文物建筑中间，它是不容忽视的一组建筑遗产。

雍和宫的大布局紧凑而有秩序，全部由南北一条中轴线贯穿着。由最南头的石牌坊起到琉璃花门是一条"御道"——也像一个小广场。两旁十几排向南并列的僧房就是喇嘛们的宿舍。由琉璃花门到雍和门是一个前院，这个前院有古槐的幽荫，南部左右两角立着钟楼和鼓楼，背部左右有两座八角的重檐亭子，更北的正中就是雍和门。雍和门规模很大，才经过修缮油饰。由此北进共有三个大庭院、五座主要的大殿阁。第一院正中的主要大殿称做雍和宫，它的前面中线上有碑亭一座和一个雕刻精美的铜香炉，两边配殿围绕到它后面一殿的两旁，规模极为宏壮。

全寺最值得注意的建筑物是第二院中的法轮殿，其次便是它后面的万佛楼。它们的格式都是很特殊的。法轮殿主体是七间大殿，但它的前后又各出五间抱厦，使平面成十字形。殿的瓦顶上面突出五个小阁，一个在正脊中间，两个在前坡的左右，两个在后坡的左右。每个小阁的瓦脊中间又立着一座喇嘛塔。由于宗教上的要求，五塔寺金刚宝座塔的形式很巧妙地这样组织到纯粹中国式的殿堂上面，成了中国建筑中一个特殊的例子。

万佛楼在法轮殿后面，是两层重檐的大阁。阁内部中间有一尊五丈多高的弥勒佛大像，穿过三层藻井，佛像头部在最上一层的屋顶底下。据说这个像的全部是由一整块檀香木雕成的。更特殊的是万佛楼的左右另有两座两层的阁，从这两阁的上层用斜廊——所谓飞桥——和大阁相联系。这是敦煌唐朝画中所常见的格式，今天还有这样一座存留着，是很难得的。

雍和宫最北部的绥成殿是七间，左右楼也各是七间，都是两层的楼阁，在我们的最近建设中，我们极需要参考本国传统的楼屋风格，从这一组两层建筑物中，是可以得到许多启示的。

故　宫

北京的故宫现在是首都的故宫博物院。故宫建筑的本身就是这博物院中最重要的历史文物。它综合形体上的壮丽、工程上的完美和布局上的庄严秩序，成为世界上一组最优异、最辉煌的建筑纪念物。它是我们祖国多少年来劳动人民智慧和勤劳的结晶，它有无比的历史和艺术价值。全宫由

"前朝"和"内廷"两大部分组成,四周有城墙围绕,墙下是一周护城河,城四角有角楼,四面各有一门:正南是午门,门楼壮丽称五凤楼;正北称神武门;东西两门称东华门、西华门,全组统称"紫禁城"。隔河遥望红墙、黄瓦、宫阙、角楼的任何一角都是宏伟秀丽,气象万千。

前朝正中的三大殿是宫中前部的重点,阶陛三层,结构崇伟,为建筑造形的杰作。东侧是文华殿,西侧是武英殿,这两组与太和门东西并列,左右衬托,构成三殿前部的格局。

内廷是封建皇帝和他的家族居住和办公的部分。因为是所谓皇帝起居的地方,所以借重了许多严格部署的格局和外表形式上的处理来强调这独夫的"至高无上"。因此内廷的布局仍是采用左右对称的格式,并且在部署上象征天上的星宿等等。例如内廷中间乾清、坤宁两宫就是象征天地,中间过殿名交泰,就取"天地交泰"之义。乾清宫前面的东西两门名日精、月华,象征日月。后面御花园中最北一座大殿——钦安殿,内中还供奉着"玄天上帝"的牌位。故宫博物院称这部分作"中路",它也就是前三殿中轴线的延续,也是全城中轴的一段。

"中路"两旁两条长夹道的东西,各列六个宫,每三个为一路,中间有南北夹道。这十二个宫象征十二星辰。它们后部每面有五个并列的院落,称东五所、西五所,也象征众星拱辰之义。十二宫是内宫眷属"妃嫔皇子"等的住所,它们和中间的后三殿就是紫禁城后半部分的核心。现在博物院称东西六宫等为"东殿"和"西殿",按日轮流开放。西六宫曾经改建,储秀和翊坤两宫之间增建一殿,成了一组。长春和太极之间也添建一殿,成为一组,格局稍变。东六宫中的延禧,曾参酌西式改建"水晶宫"而未成。

三路之外的建筑是比较不规则的。主要的有两种：一种是在中轴两侧，东西两路的南头，十二宫前面的重要宫殿。西边是养心殿一组，它正在"外朝"和"内廷"之间偏东的位置上，是封建主实际上日常起居的地方。中轴东边与它约略对称的是斋宫和奉先殿。这两组与乾清宫的关系就相等于文华、武英两殿与太和殿的关系。另一类是核心外围规模较十二宫更大的宫。这些宫是建筑给封建主的母后居住的。每组都有前殿、后寝、周围廊子、配殿、宫门等。西边有慈宁、寿康、寿安等宫，其中夹着一组佛教庙宇雨花阁，规模极大，总称为"外西路"。东边的"外东路"只有直串南北、范围巨大的宁寿宫一组。它本是玄烨（康熙）的母亲所居，后来弘历（乾隆）将政权交给儿子，自己退老住在这里，曾增建了许多繁缛巧丽的亭园建筑，所以称为"乾隆花园"。它是故宫后部核心以外最特殊也最奢侈的一个建筑组群，且是清代日趋繁琐的宫廷趣味的代表作。

故宫后部虽然"千门万户"，建筑密集，但它们仍是有秩序的布局。中轴之外，东西两侧的建筑物也是以几条南北轴线为依据的。各轴线组成的建筑群以外的街道形成了细长的南北夹道。主要的东一长街和西一长街的南头就是通到外朝的"左内门"和"右内门"，它们是"内廷"和"前朝"联系的主要交通线。

除去这些"宫"与"殿"之外，紫禁城内还有许多服务单位如上驷院、御膳房和各种库房及值班守卫之处。但威名煊赫的南书房和军机处等宰相大臣办公的地方，实际上只是乾清门旁边几间廊庑房舍。军机处还不如上驷院里的一排马厩！封建帝王残酷地驱役劳动人民为他建造宫殿，养尊处优，享乐排场无所不至，而即使是对待他的军机大臣也仍如奴隶。这类事实可由故宫的建筑和布局反映出来。紫禁城全部建筑也就是最丰富的历史材料。

闲谈关于古代建筑的一点消息

在这整个民族和他的文化，均在挣扎着他们垂危的运命的时候，凭你有多少关于古代艺术的消息，你只感到说不出口的难受！艺术是未曾脱离过一个活泼的民族而存在的；一个民族衰败湮没，他们的艺术也就跟着消沉僵死。知道一个民族在过去的时代里，曾有过丰富的成绩，并不保证他们现在仍然在活跃繁荣的。

但是反过来说，如果我们到了连祖宗传留下的家产都没有能力清理或保护，乃至于让家里的至宝毁坏散失，或竟拿到旧货摊上变卖；这现象却又恰恰证明我们这做子孙的没有出息，智力德行已经都到了不能再堕落的田地。睁着眼睛向旧有的文艺喝声："去你的，咱们维新了，革命了，用不着再留丝毫旧有的任何智识或技艺了。"这话不但不通，简直是近乎无赖！

话是不能说到太远，题目里已明显地提过有关于古建筑的消息在这里，不幸我们的国家多故，天天都是迫切的危难临头，骤听到艺术方面的消息似乎觉得有点不合时宜，但是，相信我——上边已说了许多——这也是我们当然会关心的一点事，如果我们这民族还没有堕落到不认得祖传宝贝的田地。

这消息简单地说来，就是新近有几个死心眼的建筑师，放弃了他们盖洋房的好机会，卷了铺盖到各处测绘几百年前他们同行中的先辈，用他们当时的一切聪明技艺，所盖惊人的伟大建筑物。在我投稿的时候，（他们）正在山西应县辽代的八角五层木塔前边。

山西应县的辽代木塔，说来容易，听来似乎也平淡无奇，不值得心多跳一下，眼睛睁大一分。但是公元一〇五六年到现在，算起来是整整的八百七十七年。古代完全木构的建筑物高到二百八十五尺，在中国也就剩这一座独一无二的应县佛宫寺塔了。比这塔更早的木构已经专家看到，加以认识和研究的，在国内的只不过五处而已。

中国建筑的演变史在今日还是个谜，将来如果有一天，我们有相当的把握写部建筑史时，那部建筑史也就可以像一部最有趣味的侦探小说，其中主要的人物给侦探以相当方便和线索的，不是那几座现存的最古遗物。现在唐代木构在国内还没找到一个，而宋代所刊营造法式又还有困难不能完全解释的地方，这距唐不久，离宋代全盛时代还早的辽代，居然遗留给我们一些顶呱呱的木塔、高阁、佛殿、经藏，帮我们抓住前后许多重要的关键，这在几个研究建筑的死心眼的人看来，已是了不起的事了。

我最初对于这应县木塔似乎并没有太多的热心，原因是思成自从知道了有这塔起，对于这塔的关心，几乎超过他自己的日常生活。早晨洗脸的时候，他会说"上应县去不应该是太难吧"。吃饭的时候，他会说"山西都修有顶好的汽车路了"。走路的时候，他会忽然间笑着说："如果我能够去测绘那应州塔，我想，我一定……"他话常常没有说完，也许因为太严重的事怕语言亵渎了，最难受的一点是他根本还没有看见过这塔的样子，连一张模糊的相片或翻印件都没有见到！

有一天早上，在我们少数信件之中，我发现有一个纸包，寄件人的住址却是山西应县××斋照相馆！这才是侦探小说有趣的一页——原来他想了这么一个方法——写封信"探投山西应县最高等照相馆"，弄到一张应州木塔的相片。我只得笑着说阿弥陀佛，他所倾心的幸而不是电影明星！这照相馆的索价也很新鲜，他们要一点北平的信纸和信笺作酬金，据说因为应县没有南纸店。

时间过去了三年，让我们来夸他一句"有志者事竟成"吧，这位思成先生居然在应县木塔前边——何止，竟是上边，下边，里边，外边——绕着测绘他素仰的木塔了。

通讯（一）

……大同工作已完，除了华严寺外都颇详尽，今天是到大同以来最疲倦的一天，然而也就是最近于首途应县的一天了，十分高兴。明晨七时由此搭公共汽车赴岱岳，由彼换轿车"起早"，到即电告。你走后我们大感工作不灵，大家都用愉快的意思回忆和你各处同作的畅顺，悔惜你走得太早。我也因为想到我们和应塔特殊的关系，悔不把你硬留下同去瞻仰。家里放下许久实在不放心，事情是绝对没有办法，可恨。应县工作约四五日可完，然后再赴×县……

通讯（二）

昨晨七时由大同乘汽车出发，车还新，路也平坦，有时竟走到每小时五十里的速度，十时许到岱岳。岱岳是山阴县一个重镇，可是雇车费了两个钟头才找到，到应县时已八点。

离县二十里已见塔，由夕阳返照中见其闪烁，一直看到它成了剪影，那算是我对于这塔的拜见礼。在路上因车摆动太甚，稍稍觉晕，到后即愈。县长养有好马，回程当借匹骑走，可免受晕车苦罪。

……

今天正式地去拜见佛宫寺塔，绝对的 overwhelming（无法抗拒——编者注），好到令人叫绝，喘不出一口气来半天！

塔共有五层，但是下层有副阶（注：重檐建筑之次要一层，宋式谓之副阶），上四层，每层有平坐，实算共十层。因梁架斗拱之不同，每层须量俯视、仰视、平面各一，共二十个平面图要画！塔平面是八角，每层须做一个正中线和一个斜中线的断面。斗拱不同者三四十种，工作是意外地繁多，意外地有趣，未来前的"五天"工作预算恐怕不够太多。

塔身之大，实在惊人，每面三开间，八面完全同样。我的第一个感触，便是可惜你不在此，同我享此眼福，不然我真不知你要几体投地地倾倒！回想在大同善化寺暮色里同向着塑像瞠目结舌的情形，使我愉快得不愿忘记那一刹那人生稀有的由审美本能所触发的悦感。尤其是同几个兴趣同样的人在同一个时候沉浸在那悦感里面。士能忘情时那句"如果元明以后有此精品，我的刘字倒挂起来了"，我时常还听得见。这塔比起大同诸殿更加雄伟，单是那高度已可观，士能很高兴他竟听我们的劝说没有放弃这一处，同来看看，虽然他要不待测量先走了。

应县是一个小小的城，是一个产盐区，在地下掘下不深就有咸水，可以煮盐，所以是个没有树的地方，在塔上看全城，只数到十四棵不很高的树！

工作繁重，归期怕要延长很多，但一切吃住都还舒适，住处离塔亦不远，请你放心……

通讯（三）

士能已回，我同莫君留此详细工作，离家已将一月却似更久。想北平正是秋高气爽的时候。非常想家！

相片已照完，十层平面全量了，并且非常精细，将来誊画正图时可以省事许多。明天起，量斗拱和断面，又该飞檐走壁了。我的腿已有过厄运，所以可以不怕。现在做熟了，希望一天可做两层，最后用仪器测各檐高度和塔刹，三四天或可竣工。

这塔真是个独一无二的伟大作品，不见此塔，不知木构的可能性到了什么程度。我佩服极了，佩服建造这塔的时代，和那时代里不知名的大建筑师、不知名的匠人。

这塔的现状尚不坏，虽略有朽裂处。八百七十余年的风雨它不动声色地承受。并且它还领教过现代文明：民国十六七年间（一九二七年——一九二八年）冯玉祥攻山西时，这塔曾吃了不少的炮弹，痕迹依然存在，这实在叫我脸红。第二层有一根泥道拱竟被打去一节，第四层内部阑额内尚嵌着一弹，未经取出，而最下层西面两檐柱都有碗口大小的孔，正穿通柱身，可谓无独有偶。此外枪孔无数，幸而尚未打倒，也算是这塔的福气。现在应县人士有捐钱重修之议，将来回平后将不免为他们奔走一番，不用说动工时还须再来应县一次。

×县至今无音信，虽然前天已发电去询问，若两三天内回信来，与大同诸寺略同则不去，若有唐代特征如人字拱、鸱尾，等等，则一步一磕头也要去的……

通讯（四）

……这两天工作颇顺利，塔第五层（即顶层）的横断面已做了一半，明天可以做完。断面做完之后，将有顶上之行，实测塔顶相轮之高；然后楼梯，栏杆，格扇的详样；然后用仪器测全高及方向；然后抄碑；然后检查损坏处，以备将来修理。我对这座伟大建筑物目前的任务，便暂时告一段落了。

今天工作将完时，忽然来了一阵"不测的风云"。在天晴日美的下午五时前后狂风暴雨，雷电交作。我们正在最上层梁架上，不由得不感到自身的危险，不单是在二百八十多尺高将近千年的木架上，而且紧在塔顶铁质相轮之下，电母风伯不见得会讲特别的交情。我们急着爬下，则见实测记录册子已被吹开，有一页已飞到栏杆上了。若再迟半秒钟，则十天的工作有全部损失的危险。我们追回那一页后，急步下楼——约五分钟——到了楼下，却已有一线骄阳，由蓝天云隙里射出，风雨雷电已全签了停战协定了。我抬头看塔仍然存在，庆祝它又避过了一次雷打的危险，在急流成渠的街道上，回到住处去。

我在此每天除爬塔外，还到××斋看了托我买信笺的那位先生。他因生意萧条，现在只修理钟表而不照相了……

这一段小小的新闻，抄用原来的通讯，似乎比较可以增加读者的兴趣，又可以保存朝拜这古塔之人工作时的印象和经过，又可以省却写这段消息的人说出旁枝的话。虽然在通讯里没讨论到结构上的专门方面，但是在那一部侦探小说里也自成一章，至少那××斋照相馆的事例颇有始有终，思成和这塔的姻缘也可算圆满。

关于这塔，我只有一桩事要加附注。在佛宫寺的全部平面布置上，这塔恰恰在全寺的中心，前有山门，钟楼、鼓楼东西两配殿，后面有桥通平台，台上还有东西两配殿和大配殿。这是个极有趣的布置，至少我们疑心古代的伽蓝有许多是如此把高塔放在当中的。

平郊建筑杂录

北平四郊近二三百年间建筑遗物极多，偶尔郊游，触目都是饶有趣味的古建。其中辽、金、元古物虽然也有，但是大部分还是明清的遗构；有的是显赫的"名胜"，有的是消沉的"痕迹"；有的按期受成群的世界游历团的赞扬，有的只偶尔受诗人们的凭吊或画家的欣赏。

这些美的所在，在建筑审美者的眼里，都能引起特异的感觉，在"诗意"和"画意"之外，还使他感到一种"建筑意"的愉快。这也许是个狂妄的说法——但是，什么叫做"建筑意"？我们很可以找出一个比较近理的定义或解释来。

顽石会不会点头，我们不敢有所争辩，那问题怕要牵涉到物理学家，但经过大匠之手泽，年代之磋磨，有些石头的确是会蕴含生气的。天然的材料经人的聪明建造，再受时间的洗礼，成美术与历史地理之和，使它不能不引起赏鉴者一种特殊的性灵的融会，神志的感触，这话或者可以算是说得通。

无论哪一个巍峨的古城楼，或一角倾颓的殿基的灵魂里，无形中都在诉说，乃至歌唱时间上漫不可信的变迁；由温文尔雅的儿女佳话，到流血成渠的杀戮，他们所给的"意"的确是"诗"与"画"的。但是建筑师要郑重地声明，那里面还有超出这"诗""画"以外的"意"存在。眼睛在接触人的智力和生活所产生的一个结构,在光影恰恰可人中,和谐的轮廓,披着风露所赐予的层层生动的色彩;潜意识里更有"眼看他起高楼,眼看他楼塌了"凭吊兴衰的感慨;偶然更发现一片,只要一片,极精致的雕纹,一位不知名匠师的手笔,请问那时的锐感,即使不叫他做"建筑意",我们也得要临时给他制造个同样狂妄的名词,是不?

建筑审美可不能势利的。大名显赫,尤其是有乾隆御笔碑石来赞扬的,并不一定便是宝贝;不见经传,湮没在人迹罕至的乱草中间的,更不一定不是一位无名英雄。以貌取人或者不可,"以貌取建"却是个好态度。北平近郊可经人以貌取舍的古建筑实不在少数。摄影图录之后,或考证它的来历,或由村老传说中推测它的过往,可以成为一个建筑师为古物打抱不平的事业和比较有意思的暑假消遣,而他的报酬便是那无穷的"建筑意"的收获。

一、卧佛寺的平面

说起受帝国主义的压迫,再没有比卧佛寺委屈的了。卧佛寺的住持智宽和尚,前年偶同我们谈天,用"叹息痛恨于桓灵"的口气告诉我,他的先师老和尚如何如何地与青年会订了合同,以每年一百元的租金,把寺的大部分租借了二十年,如同胶州湾、辽东半岛的条约一样。

其实这都怪那佛一觉睡几百年不醒,到了这危难的关头,还不起来给老和尚当头棒喝,使他早早觉悟,组织个佛教青年会西山消夏团。虽未必可使佛法感化了摩登青年,至少可借以繁荣了寿安山——不错,那山叫寿安山，又何至于等到今年五台山少些的补助，才能修葺开始残破的庙宇呢！

我们也不必怪老和尚，也不必怪青年会。其实还应该感谢青年会。要是没有青年会，今天有几个人会知道卧佛寺那样一个山窝子里的去处。在北方——尤其是北平——上学的人，大半都到过卧佛寺。一到夏天，各地的学生们，男的，女的，谁不愿意来消消夏。爬山，游水，骑驴，多么优哉游哉。据说每年夏令会总成全了许多爱人们的心愿，想不到睡觉的释迦牟尼，还能在梦中代行月下老人的职务，也真是佛法无边了。

从玉泉山到香山的马路，快近北辛村的地方，有条岔路忽然转北上坡的，正是引导你到卧佛寺的大道。寺是向南，一带山屏障似的围住寺的北面，所以寺后有一部分渐高，一直上了山脚。在最前面，迎着来人的，是寺的第一道牌楼，那还在一条柏荫夹道的前头。

当初这牌楼是什么模样，我们大概还能想象。前人做的事虽不一定都比我们强，关于这牌楼却是大概无论如何他们要比我们大方得多。现在的这座只说它不顺眼已算十分客气，不知哪一位和尚化来的酸缘，在破碎的基上，竖了四根小柱子，上面横钉了几块板，就叫它做牌楼。这算是经济萎衰的直接表现，还是宗教力渐弱的间接表现？一时我还不能答复。

顺着两行古柏的马道上去，骤然间到了上边，才看见另外的鲜明的一座琉璃牌楼在眼前。汉白玉的须弥座，三个汉白玉的圆门洞，黄绿琉璃的柱子、横额、斗拱、檐瓦。如果你相信一个建筑师的自言自语，"那是乾嘉间的做法"。至于《日下旧闻考》所记寺前为门的如来宝塔，却已不知去向了。

琉璃牌楼之内，有一道白石桥，由半月形的小池上过去。池的北面和桥的旁边都有精致的石栏杆，现在只余北面的一半，南面的已改成洋灰抹砖栏杆。这儿据说是"放生池"，里面的鱼，都是"放"的。佛寺前的池，本是佛寺的一部分，用不着我们小题大做地讲。但是池上有桥，现在虽处处可见，但它的来由却不见得十分古远。在许多寺池上，没有桥的却较占多数。至于池的半月形，也是个较近的做法，古代的池大半都是方的。池的用途多是放生，养鱼。但是刘士能先生告诉我们说南京附近有一处律宗的寺，利用山中溪水为月牙池，和尚们每斋都跪在池边吃，风雪无阻，吃完在池中洗碗。幸而卧佛寺的和尚们并不如律宗的苦行，不然放生池不唯不能放生，怕还要变成脏水坑了。

与桥正相对的是山门。山门之外，左右两旁，是钟鼓楼，从前已很破烂，今年忽然大大地修整起来。连角梁下失去的铜铎，也用二十一号的白铅铁焊上，油上红绿颜色，如同东安市场的国货玩具一样的鲜明。

山门平时是不开的，走路的人都从山门旁边的门道出入。入门之后，迎面是一座天王殿，里面供的是四天王——就是四大金刚——东西梢间各有两位对面侍立，明间面南的是光肚笑嘻嘻的阿弥陀佛，面北合十[①]站着的是韦驮。

再进去是正殿，前面是月台，月台上（在秋收的时候）铺着金黄色的老玉米，像是专替旧殿着色。正殿五间，供三位喇嘛式的佛像。据说正殿本来也有卧佛一躯，雍正还看见过，是旃檀佛像，唐太宗贞观年间的东西。却是到了乾隆年间，这位佛大概睡醒了，不知何时上哪儿去了。只剩了后殿那一位，一直睡到如今，还没有醒。

---
① 合十：佛教的一种敬礼方式，两掌在胸前对合。十，十指。

从前面牌楼一直到后殿,都是建立在一条中线上的。这个在寺的平面上并不算稀奇,罕异的却是由山门之左右,有游廊向东西,再折而向北,其间虽有方丈客室和正殿的东西配殿,但是一气连接,直到最后面又折而东西,回到后殿左右。这一周的廊,东西(连山门和后殿算上)十九间,南北(连方丈配殿算上)四十间,成一个大长方形。中间虽立着天王殿和正殿,却不像普通的庙殿,将全寺用"四合头"式前后分成几进,这是少有的。在这点上,本刊上期刘士能先生在智化寺调查记中说:"唐宋以来有伽蓝七堂之称。惟各宗略有异同,而同在一宗,复因地域环境,互相增省……"现在卧佛寺中院,除去最后的后殿外,前面各堂为数适七,虽不敢说这是七堂之例,但可借此略窥制度耳。

这种平面布置,在唐宋时代很是平常,敦煌壁画里的伽蓝都是如此布置,在日本各地也有飞鸟平安时代这种的遗例。在北平一带(别处如何未得详究),却只剩这一处唐式平面了。所以人人熟识的卧佛寺,经过许多人用帆布床"卧"过的卧佛寺游廊,是还有一点新的理由,值得游人将来重加注意的。

卧佛寺各部殿宇的立面(外观)和断面(内部结构)却都是清式中极规矩的结构,用不着细讲。至于殿前伟丽的娑罗宝树[①],和树下消夏的青年们所给予你的是什么复杂的感觉,那是各人的人生观问题,建筑师可以不必参加意见。事实极明显的,如东院几进宜于消夏乘凉;西院的观音堂总有人租住;堂前的方池——旧籍中无数记录的方池——现在已成了游泳

[①] 娑(suō)罗宝树:常绿乔木,高可达50余米,叶子长卵形,花淡黄色,树脂有香气。原产于印度。相传释迦牟尼涅槃于娑罗双树间,故而佛寺中多有种植。

池，更不必赘述或加任何的注解。

"凝神映性"的池水，用来做锻炼身体之用，在青年会道德观之下，自成道理——没有康健的身体，焉能有康健的精神？——或许！或许！但怕池中的微生物杂菌不甚懂事。

池的四周原有精美的白石栏杆，已拆下叠成台阶，做游人下池的路。不知趣的、容易伤感的建筑师，看了又一阵心酸。其实这不算稀奇，中世纪的教皇们不是把古罗马时代的庙宇当石矿用，采取那石头去修"上帝的房子"吗？这台阶——栏杆——或也不过是将原来离经叛道"崇拜偶像者"的迷信废物，拿去为上帝人道尽义务。"保存古物"，在许多人听去当是一句迂腐的废话。"这年头！这年头！"每个时代都有些人在没奈何时，喊着这句话出出气。

二、法海寺门与原先的居庸关

法海寺在香山之南，香山通八大处马路的西边不远。一个很小的山寺，谁也不会上那里去游览的。寺的本身在山坡上，寺门却在寺前一里多远的山坡底下。坐汽车走过那一带的人，怕绝对不会看见法海寺门一类无系轻重的东西的。骑驴或走路的人，也很难得注意到在山谷碎石堆旁的那一点小建筑物。尤其是由远处看，它的颜色和背景非常相似。因此看见过法海寺门的人，我敢相信一定不多。

特别留意到这寺门的人，却必定有。因为这寺门的形式是与寻常的极不相同：有圆拱门洞的城楼模样，上边却顶着一座喇嘛式的塔——一个缩小的北海白塔。这奇特的形式，不是中国建筑里所常见。

这圆拱门洞是石砌的。东面门额上题着"敕赐法海禅寺"，旁边陪着一行"顺治十七年夏月吉日"的小字。西面额上题着三种文字，其中看得懂的中文是"唵巴得摩乌室尼渴华麻列吽癹吒"，其他两种或是满蒙各占其一个。走路到这门下，疲乏之余，读完这一行题字也就觉得轻松许多！

门洞里还有隐约的壁画，顶上一部分居然还勉强剩出一点颜色来。由门洞西望，不远处便是一座石桥，微拱地架过一道山沟，接着一条山道直通到山坡上寺的本身。

门上那座塔的平面略似十字形而较复杂。立面分多层，中间束腰石色较白，刻着生猛的浮雕狮子。在束腰上枋以上，各层重叠像阶级，每级每面有三尊佛像。每尊佛像带着背光，成一浮雕薄片，周围有极精致的琉璃边框。佛像脸上不带色釉，眉目口鼻均伶俐秀美，全脸大不及寸余。座上便是塔的圆肚，塔肚四面四个浅龛，中间坐着浮雕造像，刻工甚俊。龛边亦有细刻。更上是相轮（或称刹），刹座刻做莲瓣，外廓微做盆形，底下还有小方十字座。最顶尖上有仰月的教徽。仰月徽去夏还完好，今秋已掉下。据乡人说是八月间大风雨吹掉的，这塔的破坏于是又进了一步。

这座小小带塔的寺门，除门洞上面一圈砖栏杆外，完全是石造的。这在中国又是个少有的例子。现在塔座上斜长着一棵古劲的柏树，为塔门增了不少的苍姿，更像是做它的年代的保证。为塔门保存计，这种古树似要移去的。怜惜古建的人到了这里真是彷徨不知所措；好在在古物保存如许不周到的中国，这忧虑未免神经过敏！

法海寺门的特点却并不在上述诸点——石造及其年代等等，主要的却是他的式样与原先的居庸关相类似。从前居庸关上本有一座塔的，但因倾颓已久，无从考其形状。不想在平郊竟有这样一个发现。虽然在《日下旧闻考》里法海寺只占了两行不重要的位置；一句轻描淡写的"门上有小塔"，在研究居庸关原状的立脚点看来，却要算个重要的材料了。

三、杏子口的三个石佛龛

由八大处向香山走，出来不过三四里，马路便由一处山口里开过。在山口路转第一个大弯，向下直趋的地方，马路旁边，微偻的山坡上，有两座小小的石亭。其实也无所谓石亭，简直就是两座小石佛龛。两座石龛的大小稍稍不同，而它们的背面却同是不客气地向着马路。因为它们的前面全是向南，朝着另一个山口——那原来的杏子口。

在没有马路的时代，这地方才不愧称作山口。在深入三四十尺的山沟中，一道唯一的蜿蜒险狭的出路；两旁对峙着两堆山，一出山口则豁然开朗，一片平原田壤海似的平铺着，远处浮出同孤岛一般的玉泉山，托住山塔。这杏子口的确有小规模的"一夫当关，万夫莫敌"的特异形势。两座石佛龛既据住北坡的顶上，对面南坡上也立着一座北向的相似的石龛，朝着这山口。由石峡底下的杏子口往上看，这三座石龛分峙两崖，虽然很小，却顶着一种超然的庄严，镶在碧澄澄的天空里，给辛苦的行人一种神异的快感和美感。

现时的马路是在北坡两龛背后绕着过去，直趋下山。因其逼近两龛，所以驰车过此地的人，绝对要看到这两个特别的石亭子的。但是同时因为这山路危趋的形势，无论是由香山西行，还是从八大处东去，谁都不愿冒险停住快驶的汽车去细看这么几个石佛龛子。于是多数过路的车客，全都遏制住好奇爱古的心，冲过去便算了。

假若作者是个细看过这石龛的人，那是因为她是例外，遏止不住她的好奇爱古的心，在冲过便算了不知多少次以后发誓要停下来看一次的。那一次也就不算路过，却是带着照相机去专程拜谒；且将车驶过那危险的山路停下，又步行到龛前后去瞻仰丰彩的。

在龛前，高高地往下望着那刻着几百年车辙的杏子口石路，看一个小泥人大小的农人挑着担过去，又一个带朵鬓花的老婆子夹着黄色包袱，弯着背慢慢地踱过来，才能明白这三座石龛本来的使命。如果这石龛能够说话，它们或不能告诉得完它们所看过经过杏子口底下的图画——那时一串骆驼正在一个跟着一个地穿出杏子口转下一个斜坡。

北坡上这两座佛龛是并立在一个小台基上，它们的结构都是由几片青石片合成——每面墙是一整片，南面有门洞，屋顶每层檐一片。西边那座龛较大，平面一米余见方，高约两米。重檐，上层檐四角微微翘起，值得注意。东面墙上有历代的刻字，跑着的马，人脸的正面，等等。其中有几个年月人名，较古的有"承安五年四月二十三日到此"和"至元九年六月十五日□□□贾智记"。承安是金章宗的年号，五年是公元一二〇〇年。至元九年是元世祖的年号，元顺帝的至元到六年就改元了，所以是公元一二七二年。这小小的佛龛，至迟也是金代遗物，居然在杏子口受了七百多年以上的风雨，依然存在。当时巍然顶在杏子口北崖上的神气，现在被煞风景的马路贬到盘坐路旁的谦抑①；但它们的老资格却并不因此减损，那种倚老卖老的倔强，差不多是傲慢冥顽了。西面墙上有古拙的画——佛像和马。那佛像的样子，骤看竟像美洲土人的 Totam Pole（图腾柱）。

龛内有一尊无头趺坐②的佛像，虽像身已裂，但是流利的衣褶纹，还有南宋时期的遗风。台基上东边的一座较小，只有单檐，墙上也没字画。龛内有小小无头像一躯，大概是清代补作的。这两座都有苍绿的颜色。台基前面有宽二米长四米余的月台，上面的面积勉强可以叩拜佛像。南崖上只有一座佛龛，大小与北崖上小的那座一样。三面作为墙壁的石片已成纯厚的深黄色，像纯美的烟叶，西面刻着双钩的"南"字，南面"无"字，东面"佛"字，都是直径约八十厘米。北面开门，里面的佛像已经不见了。

这三座小龛，虽不能说是真正的建筑遗物，也可以说是与建筑有关的小品。不止诗意、画意都很充足，"建筑意"更是丰富，实在值得停车一览。至于走下山坡，到原来的杏子口里往上真正瞻仰这三龛本来庄严峻立的形势，更是值得。

关于北平掌故的书里，还未曾发现有关于这三座石佛龛的记载。好在对于它们年代的审定，因有墙上的刻字，已没有什么难题。所可惜的是它们渺茫的历史无从参考出来，为我们的研究增些趣味。

---

① 谦抑：谦逊。
② 趺（fū）坐：佛教徒盘腿端坐，左脚放在右腿上，右脚放在左腿上。

平郊建筑杂录（续）[1]
——天宁寺塔建筑年代之鉴别问题

一年来，我们在内地各处跑了些路，反倒和北平生疏了许多，近郊虽近，在我们心里却像远了一些，北平广安门外天宁寺塔的研究的初稿竟然原封未动。许多地方竟未再去图影实测，一年半前所关怀的平郊胜迹，那许多美丽的塔影、城角、小楼、残碣，于是全都淡淡地委曲地在角落的初稿中尽睡着下去。

我们想国内爱好美术古迹的人日渐增加，爱慕北平名胜者更是不知凡几，或许对于如何鉴别一个建筑物的年代也常有人感到兴趣，我们这篇讨论天宁寺塔的文字或可供研究者参考。

关于天宁寺塔建造的年代，据一般人的传说及康熙、乾隆年间的碑记，多不负责地指为隋建，但依塔的式样来做实物的比较，将全塔上下各部逐件指点出来，与各时代的其他砖塔对比，再由多面引证、反证所有关于这塔的文献，谁也可以明白这塔之绝对不能是隋代原物。

国内隋唐遗建，纯木者尚未得见，砖石者亦大罕贵，但因其为佛教全盛时代，常留大规模的图画雕刻散迹于各处，如敦煌、云冈、龙门，等等，其艺术作风、建筑规模或花纹手法，则又为研究美术者所熟审[2]。宋辽

---

[1] 本文由林徽因、梁思成合撰。
[2] 熟审：熟思审处，意为反复思考，审慎筹划。

以后遗物虽有不载朝代年月的，可考者终是较多，且同时代、同式样、同一作风的遗物亦较繁伙①，互相印证比较容易。故前人泥于可疑的文献，相传某物为某代原物的，今日均不难以实物比较之方法，用科学考据之态度，重新探讨，辩证②其确实时代。这本为今日治史及考古者最重要亦最有趣的工作。

我们的《平郊建筑杂录》，本预定不录无自己图影或测绘的古迹，且均附游记，但是这次不得不例外。原因是《艺术周刊》已预告我们的文章一篇，一时因图片关系交不了卷，近日这天宁寺又尽在我们心里欠伸活动，再也不肯在稿件中间继续睡眠状态，所以决意不待细测全塔，先将对天宁寺简略的考证及鉴定提早写出，聊作我们对于鉴别建筑年代方法程序的意见，以供同好者参考。希望各处专家读者给以指正。

广安门外天宁寺塔，是属于那种特殊形式，研究塔者竟有常直称其为"天宁式"的，因为此类塔散见于北方各地，自成一派，天宁则又是其中最著者。此塔不仅是北平近郊古建遗迹之一，且是历来传说中颇多误认为隋朝建造的实物。但其塔形显然为辽金最普通的式样，细部手法亦均未出宋辽规制范围，关于塔之文献方面材料又全属于可疑一类，直至清代碑记及《顺天府志》等始以坚确口气直称其为隋建。传说塔最上一层南面有碑，关于其建造年代，将来或可在这碑上找到最确实的明证，今姑分文献材料及实物作风两方面讨论之。讨论之前，先略述今塔的形状如下。

简略说，塔的平面为八角形，立面显著地分为三部分：一、繁复之塔

---

① 繁伙：繁多，甚多。
② 辩证：辨析考证，也作辨证。

座；二、较塔座略细之第一层塔身；三、以上十三层支出的密檐。全塔砖造，高五十七点八米，合国尺十七丈有奇。

塔建于一方形大平台之上，平台之上始立八角形塔座。座甚高，最下一部分为须弥座，其束腰有壶门花饰，转角有浮雕像。此上又有镂刻着壶门浮雕之束腰一道。最上一部分为勾栏斗拱俱全之平座一围，阑上承三层仰翻莲瓣。

细微的第一层塔身立于仰莲座之上，其高度几等于整个塔座，四面有栱门及浮雕像，其他四面又各有直棂窗及浮雕像。此段塔身与其上十三层密檐是划然①成塔座以上的两个不同部分，十三层密檐中，最下一层是属于这第一层塔身的，出檐稍远，檐下斗拱亦与上层稍稍不同。上部十二层，每层仅有出檐及斗拱，各层重叠不露塔身。宽度则每层向上递减，递减率且向上增加，使塔外廓作缓和之卷杀。

塔各层出檐不远，檐下均施双栱斗拱。塔的转角为立柱，故其主要的柱头铺作，亦即为其转角铺作。在上十二层两转角间均用补间铺作两朵。唯有第一层只用补间铺作一朵。第一层斗拱与上各层做法不同之处在转角及补间均加用斜栱一道。塔顶无刹，用两层八角仰莲，上托小须弥座，座承宝珠。塔纯为砖造，内心并无阶梯可登。

历来关于天宁寺的文献，《日下旧闻考》中殆已搜集无遗，计有《神州塔传》《续高僧传》《广宏明集》《帝京景物略》《长安客话》《析津日记》《隩志》《民齐笔记》《明典汇》《冷然志》，及其他关于这塔的记载，以及乾隆年间重修天宁寺碑文及各处许多的诗（康熙年间天宁寺《礼塔碑记》

---

① 划（chǎn）然：界限分明貌。

并未在内)。所收材料虽多,但关于现存砖塔建造的年代,则除却年代最后的那个乾隆年间的碑之外,综观前代的文献中,无一句有确实性的明文记载。

不过《顺天府志》将《日下旧闻考》所集的各种记述,竟然自由草率地综合起来,以确定的语气说:"寺为元魏所造,隋为宏业,唐为天王,金为大万安,寺当元末兵火荡尽,明初重修,宣德改曰天宁,正统更名广善戒坛,后复今名……寺内隋塔高二十七丈五尺五寸……"

按:《日下旧闻》中文多重复抄袭及迷信传述,有朝代年月及实物之记载的,有下列重要的几段。

(一)《神州塔传》:"隋仁寿间幽州宏业寺建塔藏舍利。"此书在文献中年代大概最早,但传中并未有丝毫关于塔身形状、材料、位置之记述,故此段建塔的记载,与现存砖塔的关系完全是疑问的。仁寿间宏业寺建塔,藏舍利,并不见得就是今天立着的天宁寺塔,这是很明显的。

(二)《续高僧传》:"仁寿下敕召送舍利于幽州宏业寺,即元魏孝文之所造,旧号光林……自开皇末,舍利到前,山恒倾摇……及安塔竟,山动自息……"《续高僧传》,唐时书,亦为集中早代文献之一。按此则隋开皇中"安塔",但其关系与今塔如何则仍然如《神州塔传》一样,只是疑问的。

(三)《广宏明集》:"仁寿二年分布舍利五十一州,建立灵塔。幽州表云,三月二十六日,于宏业寺安置舍利……"这段仅记安置舍利的年月,也是与上两项一样地与今塔(即现存的建筑物)并无确实关系。

(四)《帝京景物略》:"隋文帝遇阿罗汉,授舍利一囊……乃以七宝函致雍岐等十三州建一塔，天宁寺其一也。塔高十三寻，四周缀铎万计……塔前一幢，书体遒美，开皇中立。"这是一部明末的书，距隋已隔许多朝代。在这里我们第一次见到隋文帝建塔藏舍利的历史与天宁寺塔串在一起的记载。据文中所述高十三寻缀铎的塔，颇似今存之塔，但这高十三寻缀铎的塔，是否即隋文帝所建，则仍无根据。

此书行世在明末，由隋至明这千年之间，除唐以外，辽、金、元对此塔既无记载，隋文帝之塔，本可几经建造而不为此明末作者所识。且六朝及早唐之塔，据我们所知道的，如《洛阳伽蓝记》所述之"胡太后塔"，及日本现存之京都法隆寺塔，均是木构。且我们所见的邓州大兴国寺仁寿二年（六〇二年）的舍利宝塔下铭，铭石圆形，亦像是埋在木塔之"塔心柱"下那块圆础下层石，这使我们疑心仁寿分布诸州之舍利塔均为隋时最普遍之木塔，这明末作者并不及见那木构原物，所谓十三寻缀铎的塔倒是今日的砖塔。至于开皇石幢，据《析津日记》（亦明人书）所载，则早已失所在。

（五）《析津日记》："寺在元魏为光林，在隋为宏业，在唐为天王，在金为大万安，宣德修之曰天宁，正统中修之曰万寿戒坛，名凡数易。访其碑记，开皇石幢已失所在，即金元旧碣亦无片石矣。盖此寺本名宏业，而王元美谓幽州无宏业，刘同人谓天宁之先不为宏业，皆考之不审也。"

《析津日记》与《帝京景物略》同为明人书，但其所载"天宁之先不为宏业"及"考之不审也"这种疑问态度与《帝京景物略》之武断恰恰相反，且作者"访其碑记"要寻"金元旧碣"，对于考据之慎重亦与《帝京景物略》不同，这个记载实在值得注意。

（六）《陬志》：不知明代何时书，似乎较以上两书稍早。文中记载："天王寺之更名天宁也，宣德十年（一四三五年）事也；今塔下有碑勒更名敕，碑阴则正统十年（一四四五年）刊行藏经敕也。碑后有尊胜陀罗尼石幢，辽重熙十七年（一○四八年）五月立。"

此段记载，性质确实之外，还有个可注意之点，即辽重熙年号及刻有此年号之实物在此轻轻提到，至少可以证明两桩事：1. 辽代对于此塔亦有过建设或增益；2. 此段历史完全不见记载，乃至于完全失传。

（七）《长安客话》："寺当元末兵火荡尽；文皇在潜邸，命所司重修。姚广孝曾居焉。宣德间敕更今名。"这段所记"寺当元末兵火荡尽，"因下文重修及"姚广孝曾居焉"等语气，似乎所述仅限于寺院，不及于塔。如果塔亦荡尽，文皇（成祖）重修时岂不还要重建塔？如果真的文皇曾重建个大塔，则作者对于此事当不只用"命所司重修"一句。且《长安客话》距元末至少已两百年，兵火之后到底什么光景，那作者并不甚了了，他的注意处在夸扬文皇在潜邸重修的事耳。

（八）《冷然志》：书的时代既晚，长篇的描写对于塔的神话式来源又已取坚信态度，更不足凭信。不过这里指出"塔前有开皇幢，或为辽重熙幢之误"。

关于天宁寺的文献，完全限于此种疑问式的短段记载。至于康熙、乾隆年间长篇的碑文，虽然说得天花乱坠，对于天宁寺过去的历史，似乎非常明白，毫无疑问之处，但其所根据的，也只是限于我们今日所知道的一把疑云般的不完全的文献材料，其确实性根本不能成立。且综观以上文献，唐以后关于塔只有明末清初的记载，中间要紧的各朝代经过，除辽重熙立过石幢，金大定易名大万安禅寺外，并无一点记述，今塔的真实历史在文献上可以说并无把握。

文献资料既如上述的不完全，不可靠，我们唯有在形式上鉴定其年代。这种鉴别法，完全赖观察及比较工作所得的经验，如同鉴定字画、金石、陶瓷的年代及真伪一样，虽有许多为绝对的，且可以用文字笔墨形容之点，也有一些是较难乃至不能言传的，只好等观者由经验去意会。

其可以言传之点，我们可以分作两大类去观察：1. 整个建筑物之形式（也可以说是图案之概念）；2. 建筑各部之手法或作风。

关于图案概念一点，我们可以分作平面及立面讨论。唐以前的塔，我们所知道的，平面差不多全作正方形。实物如西安大雁塔、小雁塔、玄奘塔，香积寺塔，嵩山永泰寺塔，及房山云居寺四个小石塔……河南、山东无数唐代或以前高僧的墓塔，如山东神通寺四门塔、灵岩寺法定塔，嵩山少林寺法玩塔，等等。刻绘如云冈、龙门石刻，敦煌壁画，等等，平面都作正方形。

我们所知的唯一的例外，在唐以前的，唯有嵩山嵩岳寺塔，平面作十二角形。这十二角形平面，不唯在唐以前是例外，就是在唐以后也没有第二个，所以它是个例外之最特殊者，是中国建筑史中之独例。

除此以外，则直到中唐或晚唐，方有非正方形平面的八角形塔出现，这个罕贵的遗物即嵩山会善寺净藏禅师塔。按禅师于天宝五年（七四六年）圆寂，这塔的兴建，绝不会在这年以前。这塔短稳古拙，亦是孤例。而比这塔还古的八角形平面塔，除去天宁寺——假设它是隋建的话——别处还未得见过。

在我们今日，觉得塔的平面或作方形，或作多角形，没甚奇特。但是一个时代的作者，大多数跳不出他本时代盛行的作风或规律以外的——建筑物尤甚——所以生在塔平面作方形的时代，能做出一个平面不作方形的塔来，是极罕有的事。

至于立面方面，我们请先看塔全个的轮廓之所以形成。天宁寺的塔，是在一个基坛之上立须弥座，须弥座上立极高的第一层，第一层以上有多层密而扁的檐。这种第一层高，以上多层扁矮的塔，最古的例当然是那十二角形的嵩山嵩岳寺塔，但除它而外，是须到唐开元以后才见有那类似的做法，如房山云居寺四小石塔。在初唐时期，砖塔的做法，多如大雁塔一类各层均等递减的。但是我们须注意，唐以前的这类上段多层密檐塔，不唯是平面全作方形，而且第一层之下无须弥座等雕饰，且上层各檐是用砖层层垒出，不施斗拱，其所呈的外表，完全是两样的。所以由平面及轮廓看来，竟可证明天宁寺塔为隋代所建之绝不可能，因为唐以前的建筑师就根本没有这种塔的观念。

至于建筑各部的手法作风，则更可以辅助着图案概念方面不足的证据，而且往往更可靠，更易于鉴别。我们不妨详细地将这塔的每个部分提出审查。

建筑各部构材，在中国建筑中所占位置最重要的莫过于斗拱。斗拱演变的沿革，差不多就可以说是中国建筑结构法演变史。在看多了的人，差不多只须一看斗拱，对一座建筑物的年代，便有七八分把握。建筑物之用斗拱，据我们所知道的，是由简而繁。砖塔石塔最古的例如北周神通寺四门塔及东魏嵩岳寺十二角十五层塔，都没有斗拱。次古的如西安大雁塔及香积寺砖塔，皆属初唐物，只用斗而无拱。与之略同时或略后者如西安兴教寺玄奘塔，则用简单的一斗三升交蚂蚱头在柱头上。直至会善寺净藏塔，我们始得见简单人字栱的补间铺作。神通寺龙虎塔建于唐末，只用双杪偷心华栱。

真正用砖石来完全模仿成朵复杂的斗拱的，至五代宋初始见，其中便是如我们所见的许多"天宁式"塔。此中年代确实的有辽天庆七年（一〇四二年）的房山云居寺南塔，金大定二十五年（一一八五年）的正定临济寺青塔，辽道宗太康六年（一〇八〇年）的涿县普寿寺塔（见本刊本期刘士能先生《河北省西部古建筑调查记略》），还有蓟县白塔，等等。在那时候还有许多砖塔的斗拱是木质的，如杭州雷峰塔、保俶塔、六和塔，等等。

天宁寺塔的斗拱，最下层平座①，用华栱两跳偷心，补间铺作多至三朵。主要的第一层，斗拱出两跳华栱，角柱上的转角铺作在太斗之旁，有附角斗，补间铺作一朵，用四十五度斜栱。这两个特点，都与大同善化寺金代的三圣殿相同。第二层以上，则每面用补间铺作两朵；补间铺作之繁重，亦与转角铺作相埒，都是出华栱两跳，第二跳偷心的。就我们所知，唐以前的建筑，不唯没有用补间铺作两朵的，而且虽用一朵，亦只极简单，纯处于辅材的地位的直斗或人字栱等而已。就斗拱看来，这塔是绝对不能早过辽宋时代的。

承托斗拱的柱额，亦极清楚地表示它的年代。我们只须一看年代确定的唐塔或六朝塔，凡是用侬柱的，如嵩岳寺塔、玄奘塔、净藏塔，都用

① 平座：指建筑物上用立柱、斗拱或只用斗拱架设起来的木构平台。

八角形（或六角？）柱，虽然有一两个用扁柱的，如大雁塔，却是显然不模仿圆或角柱形。圆形倚柱之用在砖塔，唐以前虽然不能定其必没有，而唐以后始盛行。天宁寺塔的柱，是圆的。这圆柱之上，有额枋，额枋在角柱上出头处，斫齐如辽建中所常见，蓟县独乐寺、大同下华岩寺都有如此的做法。额枋上的普柏枋①，更令人疑它年代之不能很古，因为唐以前的建筑，十之八九不用普柏枋，上文所举之许多例，率皆如此。但自宋辽以后，普柏枋已占了重要位置。这额枋与普柏枋，虽非绝对证据，但亦表示结构是辽金以后而又早于元时的极高可能性。

在天宁寺塔的四正面有圆拱门，四隅面有直棂窗。这诚然都是古制，尤其直棂窗，那是宋以后所少用。但是圆门券上，不用火焰形券饰，与大多数唐代及以前佛教遗物异其旨趣。虽然，其上浮雕璎珞宝盖略作火焰形，疑原物或照古制，为重修时所改。至于门扇上的菱花格棂，则尤非宋以前所曾见，唐五代砖石各塔的门及敦煌壁画中我们所见的都是钉门钉的板门。

栏杆的做法，又予我们以一个更狭的年代范围。现在常见的明清栏杆，都是每两栏板之间立一望柱的。宋元以前，只在每面转角处立望柱而"寻杖"特长。天宁寺塔便是如此，这可以证明它是明代以前的形制。这种栏杆均用斗子蜀柱分隔各栏板，不用明清式的荷叶墩。我们所知道的辽金塔，斗子蜀柱都做得非常清楚，但这塔已将原形失去，斗子与柱之间，只马马虎虎地用两道线条表示，想是后世重修时所改。至于栏板上的几何

---

① 普柏枋：建筑构件。放置在阑额和柱头之上承托斗拱的扁方枋木。实物最早见于唐玄奘塔上，辽宋使用渐多。

形花纹，已不用六朝隋唐所必用的特种栱字纹，而代以较复杂者。与蓟县独乐寺观音阁内栏板及大同华岩寺壁藏上栏板相同。凡此种种，莫不倾向着辽金原形而又经明清重修的表示。

平座斗拱之下，更有间柱及壸门。间柱的位置，与斗拱不相对，其上力神像当在下文讨论。壸门的形式及其起线，软弱柔圆，不必说没有丝毫六朝刚强的劲儿，就是我们所习见的宋代扁桃式壸门也还比不上其健稳。我们的推论，也以为是明清重修的结果。

至于承托这整个塔的须弥座，则上枋之下用枭混[①]，而我们所见过的须弥座，自云冈、龙门以至辽宋遗物，无一不是层层方角叠出，间或用四十五度斜角线者。枭混之用，最早也过不了五代末期，若说到隋，那更是绝不可能的事。

关于雕刻，在第一主层上，夹门立天王，夹窗立菩萨，窗上有飞天，只要将中国历代雕刻遗物略看一遍，便可定其大略的年代。由北魏到隋唐的佛像飞天，到宋辽塑像壁画，到元、明、清塑刻，刀法笔意及布局姿势，莫不清清楚楚地可以顺着源流鉴别的。

若必与隋唐的比较，则山东青州云门山、山西天龙山、河南龙门，都有不少的石刻。这些相距千里的约略同时的遗作，都有几个或许多共同之点，而绝非天宁寺塔像所有。

近来有人竟说塔中造像含有犍陀罗风，其实隋代石刻虽在中国佛教美术中算是较早期的作品，但已将南北朝时所含的犍陀罗风味摆脱得一干

[①] 枭混：装饰线角之一种，其截面为上半部呈内凹圆弧状为枭线，下半部呈外凸圆弧状为混线。有时两者连在一起使用，称为枭混线。

二净，而自成一种淳朴古拙的气息。而天宁寺塔上更是绝没有犍陀罗风味的。

至于平座以下的力神、狮子和垫栱板上的卷草①、西番莲一类的花纹，我想勉强说它是辽金的作品，还不甚够资格，恐怕仍是经过明清照原样修补。虽然各像衣褶，仍较清全盛时单纯静美，无后代繁缛云朵及俗气逼人的飘带。但窗楣上部之飞仙已类似后来常见之童子，与隋唐那些脱尽人间烟火气的飞天不能混作一谈。

综上所述，我们可以断定天宁寺塔绝对不是隋宏业寺的原塔。而在年代确定的砖塔中，有房山云居寺辽代南塔与之最相似，此外涿县普寿寺辽塔及确为辽金而年代未经记明的塔如云居寺北塔、通州塔及辽宁境内许多的砖塔，式样手法都与之相仿佛。正定临济寺金大定二十五年（一一八五年）的青塔也与之相似，但较之稍清秀。

与之采同式而年代较后者有安阳天宁寺八角五层砖塔，虽无正确的文献记其年代，但是各部作风纯是元明以后法式。北平八里庄慈寿寺塔，建于明万历四年（一五七六年），据说是仿照天宁寺塔建筑的，但是细查其各部，则斗栱、檐椽、格棂、如意头、莲瓣、栏杆（望柱极密）、平座、枭混、圭脚②——由顶至踵，无一不是明清官式则例。

所以天宁寺塔之年代，在这许多类似砖塔中比较起来，我们可暂时假定它与云居寺南塔之时代约略相同，是辽末（十二世纪初期）的作品，较

---

① 卷草：卷草纹，中国传统图案之一。多取忍冬、荷花、兰花、牡丹等花草，经处理后作"S"形波状曲线排列，构成二方连续图案，花草造型多曲卷圆润，通称卷草纹。

② 圭脚：清式须弥座的最下层部分，整个须弥座高度分为 51 等份，圭脚高度为 10 等份。

之细瘦之通州塔及正定临济寺青塔稍早，而其细部则有极晚之重修痕迹。在未得到文献方面更确实的证据之前，我们仅能如此鉴定了。

我们希望从事美术工作的同志们，对于史料之选择及鉴别须十分慎重，对于实物制度作风之认识尤绝不可少。单凭一座乾隆碑追述往事，便认为确实史料，则未免太不认真。以前的皇帝考古家尽可以自由浪漫地记述，在民国二十四年（一九三五年）以后，一个老百姓美术家说句话都得负得起责任的。

最后我们要向天宁寺塔赔罪，因为急于辩证它的建造年代，我们竟不及提到塔之现状——其美丽处，如其隆重的权衡、醇和的色斑，及其他细部上许多意外的美点。不过无论如何，天宁寺塔也绝不会因其建造时代之被证实，而减损其本身任何的价值的。喜欢写生者只要不以隋代古建、唐人作风目之，误会宣传此塔之古，则当仍是写生的极好题材。

晋汾古建筑预查纪略[①]

去夏乘暑假之便，作晋汾之游。汾阳城外峪道河，为山右绝好消夏的去处；地据白彪山麓，因神头有"马跑神泉"，自从宋太宗的骏骑蹄下踢出甘泉，救了干渴的三军，这泉水便没有停流过，千年来为沿溪数十家磨坊供给原动力，直至电气磨机在平遥创立了山西面粉业的中心，这源源清流始闲散地单剩曲折的画意。辘辘轮声既然消寂下来，而空静的磨坊，便也成了许多洋人避暑的别墅。

说起来中国人避暑的地方，哪一处不是洋人开的天地，北戴河、牯岭、莫干山……所以峪道河也不例外。其实去年在峪道河避暑的，除去一位娶英籍太太的教授和我们外，全体都是山西内地传教的洋人，还不能说是中国人避暑的地方呢。在那短短的十几天，令人大有"人何寥落"之感。

以汾阳峪道河为根据，我们曾向邻近诸县作了多次的旅行，计停留过八县地方，为太原、文水、汾阳、孝义、介休、灵石、霍县、赵城。其中介休至赵城间三百余里，因同蒲铁路正在炸山兴筑，公路多段被毁，故大半竟至徒步，滋味尤为浓厚。餐风宿雨，两周艰苦简陋的生活，与寻常都市相较，至少有两世纪的分别。我们所参诣的古构，不下三四十处，元明遗物，随地遇见，现在仅择要记述。

[①] 本文由林徽因、梁思成合撰。

汾阳县·峪道河·龙天庙

在我们住处,峪道河的两壁山崖上,有几处小小的庙宇。东崖上的实际寺,以风景幽胜著名。神头的龙王庙,因马跑泉(一名马刨泉——编者注)享受了千年的烟火,正殿前有拓黑了的宋碑,为这年代的保证,这碑也就是庙里唯一的"古物"。西岩上南头有一座关帝庙,几经修建,式样混杂,别有趣味。北头一座龙天庙,虽然在年代或结构上并无可以惊人之处,但秀整不俗,我们却可以当它作山西南部小庙宇的代表作品。

龙天庙在西岩上,庙南向,其东边立面,厢庑后背,钟楼及围墙成一长线剪影,隔溪居高临下,隐约白杨间。在斜阳掩映之中,最能引起沿溪行人的兴趣。山西庙宇的远景,无论大小都有两个特征:一是立体的组织,权衡俊美,各部参差高下,大小相依附,从任何视点望去均恰到好处;一是在山西,砖筑或石砌物,斑彩淳和,多带红黄色,在日光里与山冈原野同醉,浓艳夺人,尤其是在夕阳西下时,砖石如染,远近殷红映照,绮丽特甚。在这两点上,龙天庙亦非例外。谷中外人三十年来不识其名,但据这种印象,称这庙做"落日庙"并非无因的。

庙周围土坡上下有盘旋小路,坡孤立如岛,远距村落人家。庙前本有一片松柏,现时只剩一老松,孤傲耸立,缄默如同守卫的将士。庙门镇日闭锁,少有开时,苟①遇一老人耕作门外,则可暂借锁钥,随意出入;本来这一带地方多是道不拾遗,夜不闭户的,所谓锁钥亦只余一条铁钉及一

---

① 苟:假使;如果。

种形式上的保管手续而已。这现象竟亦可代表山西内地其他许多大小庙宇的保管情形。

庙中空无一人，蔓草晚照，伴着殿庑石级①，静穆神秘，如在画中。两厢为窑，上平顶，有砖级可登，天晴日美时，周围风景全可入览。此带山势和缓，平趋连接汾河东西区域；远望绵山峰峦，竟似天外烟霞，但傍晚时默立高处，实不禁有古原夕阳之感。近山各处全是赤土山级，层层平削，像是出自人工；农民多辟洞"穴居"，耕种其上。麦黍赤土，红绿相间成横层，每级土崖上所辟各穴，远望似平列桥洞，景物自成一种特殊风趣。沿溪白杨丛中，点缀土筑平屋小院及磨坊，更显错落可爱。

龙天庙的平面布置南北中线甚长，南面围墙上辟山门。门内无照壁，却为戏楼背面。山西中部南部我们所见的庙宇多附属戏楼，在平面布置上没有向外伸出的舞台。楼下部实心基坛，上部三面墙壁，一面开敞，向着正殿，即为戏台。台正中有山柱一列，预备挂上帷幕可分成前后台。楼左阙门②，有石级十余可上下。在龙天庙里，这座戏楼正堵截山门入口处成一大照壁。

转过戏楼，院落甚深，楼之北，左右为钟鼓楼，中间有小小牌楼，庭院在此也高起两三级划入正院。院北为正殿，左右厢房为砖砌窑屋各三间，前有廊檐，旁有砖级，可登屋顶。山西乡间穴居仍盛行，民居喜砌砖为窑（即券洞），庙宇两厢亦多砌窑以供僧侣居住。窑顶平台均可从窑外梯级上下。此点酷似墨西哥红印人之叠层土屋，有立体堆垒组织之

---

① 石级：石砌台阶。
② 阙门：我国古代设置在宫殿、城垣、陵墓、祠庙大门两侧标示地位尊崇的高层建筑物。

美。钟鼓楼也以发券的窑为下层台基，上立木造方亭，台基外亦设砖级，依附基墙，可登方亭。全建筑物以砖造部分为主，与他省木架钟鼓楼异其风趣。

正殿前廊外尚有一座开敞的过厅，紧接廊前称"献食棚"。这个结构实是一座卷棚式过廊，两山有墙而前后檐柱间开敞，没有装修及墙壁。它的功用则在名义上已很明了，不用赘述了。在别省称祭堂或前殿的，与正殿都有相当的距离，而且不是开敞的，这献食棚实是祭堂的另一种有趣的做法。

龙天庙里的主要建筑物为正殿。殿三间，前出廊，内供龙天及夫人像。按廊下清乾隆十二年（一七四七年）碑说：

龙天者，介休令贾侯也。公讳浑，晋惠帝永兴元年（三〇四年），刘元海……攻陷介休，公……死而守节，不愧青天。后人……故建庙崇祀……像神立祠，盖自此始矣。

这座小小的正殿，"前廊后无廊"，本为山西常见的做法。前廊檐下用硕大的斗拱，后檐却用极小乃至不用斗拱，将前后不均齐的配置完全表现在外面，是河北省所不经见的，尤其是在旁面看其所呈现象，颇为奇特。至于这殿，按乾隆十二年（一七四七年）"重增修龙天庙碑记"说：

按正殿上梁所志，系元季丁亥元顺帝至正七年（一三四七年）重建。正殿三小间，献食棚一间，东西厦窑二眼，殿旁两小房二间，乐楼三间。……鸠工改修，计正殿三大间，献食棚三间，东西窑六眼，殿旁东西房六间，大门洞一座……零余银备异日牌楼、钟鼓楼之费。

所以我们知道龙天庙的建筑，虽然曾经重建于元季，但是现在所见，竟全是乾、嘉增修的新构。

殿的构架，由大木上说，是悬山造，因为各檩头皆伸出到柱中线以外甚远；但是由外表上看，却似硬山造，因为山墙不在山柱中线上，而向外移出，以封护檩头。这种做法亦为清代官式建筑所无。

这殿前檐的斗拱，权衡甚大，斗拱之高，约及柱高之四分之一；斗拱之布置，亦极疏朗，当心间用补间铺作一朵，次间不用。当心间左右两柱头并补间铺作均用四十五度斜拱。柱身微有卷杀①；阑额为月梁式；普柏枋宽过阑额。

这许多特征，在河北省内唯在宋元以前建筑乃得见；但在山西，明末清初比比皆是，但细查各拱头的雕饰，则光怪陆离，绝无古代沉静的气味；两平柱上的丁头拱（清称雀替），且刻成龙头、象头等形状。殿内梁架所用梁的断面，亦较小于清代官式的规定，且所用驼峰、替木、叉手等结构部分，都保留下古代的做法而在清式中所不见的。全殿最古的部分是正殿匾牌。这牌的牌首、牌带、牌舌，皆极奇特，与古今定制都不同，不知是否原物，虽然牌面的年代是确无可疑的。

---

① 卷杀：古建术语，宋代栱、梁、柱等构件端部作弧形（其轮廓由折线组成），形成柔美而有弹性的外观，称为卷杀。

第四辑　谈建筑

汾阳县·大相村·崇胜寺

由太原至汾阳的公路上，将到汾阳时，便可望见路东南百余米处耸起一座庞大的殿宇，出檐深远，四角用砖筑立柱支着，引人注意。由大殿之东，进村之北门，沿寺东墙外南行颇远，始到寺门。

寺规模宏敞，连山门一共六进。山门之内为天王门，天王门内左右为钟鼓楼，后为天王殿，天王殿之后为前殿、正殿（毗卢殿）及后殿（七佛殿）。除去第一进院之外，每院都有左右厢庑，在平面布置上，完全是明清以后的式样，而在构架上，则差不多各进都有不同的特征，明初至清末各种的式样都有代表"列席"。在建筑本身以外，正殿廊前放着一造像碑，为北齐天保三年（五五二年）物。

天王殿正中弘治元年（一四八八年）碑说：

大相里横枕卜山之下……古来舍刹稽自大齐天保三年（五五二年），大元延祐四年（一三一七年）……奉敕建立后殿，增饰慈尊，额题崇胜禅寺，于是而渐成规模……大明宣德庚戌五年（一四三〇年），功竖中殿，廊庑翼如；周植树千本。……大明成化乙未十一年（一四七五年）……构造天王殿，伽蓝宇祠，堂室俱备。

按现在情形看，天王殿与中殿之间尚有前殿，天王殿前尚有钟楼鼓楼，为碑文中所未及。而所"植树千本"，则一根也不存在了。山门三间，最平淡无奇；檐下用一斗三升斗拱，权衡甚小，但布置尚疏朗。

天王门三间，左右挟以斜照壁及掖门。斗拱权衡颇大，布置亦疏朗，每间用补间铺作二朵，角柱微生起[①]，乍看确有古风。但是各拱昂头上过甚的雕饰，立刻表示其较晚的年代。天王门内部梁架都用月梁，但因前后廊子均异常地浅隘，故前后檐部斗拱的布置都有特别的结构，成为一个有趣的断面。前面用两列斗拱，高下不同，上下亦不相列；后檐却用垂莲柱，使檐部伸出墙外。

钟鼓楼 天王门之后，左右为钟鼓楼，其中钟楼结构精巧，前有抱厦，顶用十字脊，山花向前，甚为奇特。天王殿五间，即成化十一年（一四七五年）所建，弘治元年（一四八八年）碑，就立在殿之正中；天王像四尊，坐在东西梢间内。斗拱颇大，当心间用补间铺作两朵，次梢间用一朵，雄壮有古风。

前殿五间，大概是崇胜寺最新的建筑物，斗拱用品字式，上交托角替，垫栱板前罗列着全副博古，雕工精细异常，不唯是太琐碎了，而且是违反一切好建筑上结构及雕饰两方面的常规的。

前殿的东西配殿各三间，亦有几处值得注意之点。在横断面上，前后是不均齐的，如峪道河龙天庙正殿一样，"前廊后无廊"，而前廊用极大的斗拱，后廊用小斗拱，使侧面呈不均齐象。斗拱布置亦疏朗，每间用补间铺作一朵。出跳虽只一跳，在昂下及泥道拱下，却用替木式的短拱普柏枋

[①] 生起：古建术语，指屋宇檐柱的角柱比当心间的两柱高2到12寸，其余檐柱也依势逐渐升高的一种建筑方式。具有限制木构架位移、优化各构件的受力、提高结构的整体性和稳定性的作用，可明显减小檐柱的倾覆弯矩，使木构架更稳定。

承托，如大同华严寺海会殿及应县木塔顶层所见；但在此短拱拱头，又以极薄小之翼形栱相交，都是他处所未见。

最奇特的乃在阑额与柱头的连接法，将阑额两端斫去一部，使额之上部托在柱头之上，下部与柱相交，是以一构材而兼阑额及普柏枋两者的功用的。阑额之下，托以较小的枋，长尽梢间，而在当心间插出柱头作角替，也许是《营造法式·卷五》所谓"绰幕方"一类的东西。

正殿（毗卢殿）大概是崇胜寺内最古的结构，明弘治元年（一四八八年）碑所载建于宣德庚戌五年（一四三〇年）的中殿即指此。殿是硬山造，"前廊后无廊"，前檐用硕大的斗拱，前后亦不均齐。斗拱布置，每间只用补间铺作一朵。前后各出两跳，单杪[①]单下昂，重栱造，昂尾斜上，以承上一缝槫。当心间补间铺作用四十五度斜栱。阑额甚小，上有很宽的普柏枋，一切尚如古制。当心间两柱，八角形，这种柱常见于六朝隋唐的砖塔及石刻，但用木的，这是我们所得见唯一的例。檐出颇远，但只用椽而无飞椽，在这种大的建筑物上还是初见。

前廊西端立北齐天保三年（五五二年）任敬志等造像碑，碑阳造像两层，各刻一佛二菩萨，额亦刻佛一尊。上层龛左右刻天王，略像龙门两大天王。座下刻狮子二，碑头刻蟠龙，都是极品，底下刻字则更古劲可爱。可惜佛面已毁，碑阴字迹亦见剥落了。清初顾亭林到汾访此碑，见先生《金石文字记》。

最后为七佛殿七间，是寺内最大的建筑物，在公路上可以望见。按明

[①] 单杪（miǎo）：宋《营造法式》中，"华栱"也称为"杪栱"，出一跳华栱称"单杪"，出两跳华栱称为"双杪"。杪，末梢。

万历二十年（一五九二年）《增修崇胜寺记》碑，乃"以万历十二年动工，至二十年落成"。无疑的这座晚明结构已替换了"大元元祐四年"的原建，在全部权衡上，这座明建尚保存着许多古代的美德，例如斗拱疏朗，出檐深远，尚表现一些雄壮气概。但各部本身，则尽雕饰之能事。

外檐斗拱，上昂嘴特多，弯曲已甚；耍头上雕饰细巧；替木两端的花纹盘缠；阑额下更有龙形的角替；且金柱内额上斗拱坐斗之剔空花，竟将荷载之集中点（主要的建筑部分），作成脆弱的纤巧的花样；匠人弄巧，害及好建筑，以至如此，实令人怅然。虽然在雕工上看来，这些都是精妙绝伦的技艺，可惜太不得其道，以建筑物作卖技之场，结果因小失大，这巍峨大殿，在美术上竟要永远蒙耻低头。七佛殿格扇上花心，精巧异常，为一种菱花与球纹混合的花样，在装饰图案上，实是登峰造极的。殿顶的脊饰，是山西所常见的普通做法。

汾阳县·杏花村·国宁寺

杏花村是做汾酒的古村，离汾阳甚近。国宁寺大殿，由公路上可以望见。殿重檐，上檐檐椽毁损一部，露出橑檐枋及阑额，远望似唐代刻画中所见双层额枋的建筑，故引起我们绝大的兴趣及希望，及到近前才知道是一片极大的寺址中仅剩的一座极不规矩的正殿；前檐倾圮①，檐檩暴露，竟给人以奢侈的误会。廊下乾隆二十八年（一七六四年）碑说："敕赐于唐贞观，重建于宋，历修于明代。"现存建筑大约是明时重建的。

① 倾圮（pǐ）：倾坠崩坏，倒下来。多指建筑物。

在山西明代建筑甚多，形形色色，式样各异，斗拱布置或仍古制，或变换纤巧，陆离光怪，几不若以建筑规制论之。大殿的平面布置几成方形，重檐金柱的分间，与外檐柱及内柱不相排列。而在结构方面，此殿做法很奇特，内部梁架，两山将采步金梁①经过复杂勾结的斗拱，放在顺梁上，而采步金上，又承托两山顺扒梁（或大昂尾），法式新异，未见于他处。

至于下檐前面的斗拱，不安在柱头上，致使柱上空虚，做法错谬，大大违反结构原则，在老建筑上是甚少有的。

文水县·开栅镇·圣母庙

开栅镇并不在公路上，由大路东转沿着山势微微向下曲折，由于有溪流，有大树，庙宇村巷全都隐藏，不易即见。

庙门规格甚大，丹青剥落。院内古树合抱，浓荫四布，气味②严肃之极。建筑物除北首正殿、南首乐楼巍峨对峙外，尚有东西两堂，皆南向与正殿并列，雅有古风。廊庑，碑碣，钟楼，偏院，给人以浪漫印象较他庙为深，尤其是因正殿屋顶歇山向前，玲珑古制，如展看画里楼阁。屋顶歇山，山面向前，是宋代极普通的式制，在日本至今还用得很普遍，然而在中国，由明以后，除去城角楼外，这种做法已不多见。正定隆兴寺摩尼殿是这种做法，且由其他结构部分看去，我们知道它是宋初物。据我们所见

---

① 采步金梁：古建术语，清式建筑大木作梁架构件，构成歇山式梁架的组成部分，又称"采步金"。

② 气味：比喻某种感受、情趣、意味。

过的其他建筑，歇山向前的共有元代庙宇两处，均在正定。此外即在文水开栅镇圣母庙正殿又得见之。

殿平面作凸字形，后部为正方形殿三间，屋顶悬山造；前有抱厦，进深与后部同，面阔则较之稍狭，屋顶歇山造，山面向前。

后部斗拱，单昂出一跳，抱厦则重昂出两跳，布置极疏朗，补间仅一朵。昂并没有挑起的后尾，但斗拱在结构上还是有绝对的机能。耍头之上，撑头木伸出，刻略如麻叶云头，这可说是后来清式桃尖梁头之开始。前面歇山部分的构架，槫枋全承在斗拱之上，结构精密，堪称上品。正定阳和楼前关帝庙的构架和斗拱，与此多有相同的特征。但此处内部木料非常粗糙，呈简陋印象。

抱厦正面骤见虽似三间，但实只一间，有角柱而无平柱，而代之以槏柱①（或称抱框），额枋是长同通面阔的。额枋的用法正面与侧面略异，亦是应注意之点。侧面额枋之上用普柏枋，而正面则不用；正面额枋之高度，与侧面额枋及普柏枋之总高度相同，这也是少见的做法。

至于这殿的年代，在正面梢间壁上有元至元二十年（一二八三年）嵌石，刻文说：

夫庙者元近西溪，未知何代……后于此方要修其庙……梁书万岁大汉之时，天会十年季春之月……今者石匠张莹，嗟岁月之弥深，睹栋梁之抽换……恐后无闻，发愿刻碑……

---

① 槏（qiǎn）柱：古建术语，指窗旁的柱，或用于分隔板壁、墙面的柱，属小木作，不承重。

刻石如是。由形制上看来，殿宇必建于明以前，且因与正定关帝庙相同之点甚多，当可断定其为元代物。

圣母庙在平面布置上有一特殊值得注意之点——在正殿之东西，各有殿三间，南向，与正殿并列，尚存魏晋六朝东西堂之制。关于此点，刘敦桢先生在本刊五卷二期已申论得很清楚，不必在此赘述了。

文水县·文庙

文水县，县城周整，文庙建筑亦宏大出人意外。院正中泮池①，两边廊庑，碑石栏杆，围衬大成门及后殿，壮丽较之都邑文庙有过之无不及；但建筑本身分析起来，颇多弱点，仅为山西中部清以后虚有其表的代表作之一种。庙里最古的碑记，有宋元符三年（一一〇〇年）的县学进士碑，元明历代重修碑也不少。就形制看来，现在殿宇大概都是清以后所重建。

正殿，开间狭而柱高，外观似欠舒适。柱头上用阑额和由额，二者之间用由额垫板，间以"荷叶墩"，阑额之上又用肥厚的普柏枋，这四层构材，本来以阑额为主，其他为辅，但此处则全一样大小，使宾主不分，极不合结构原则。斗栱不甚大，每间只用补间铺作一朵。坐斗下面，托以"皿板"刻作古玩座形，当亦是当地匠人，纤细弄巧做法之一种表现。斗栱外出两跳华栱，无昂，但后尾却有挑杆，大概是由耍头及撑头木引上。

---

① 泮（pàn）池：位于大成门正前方的半月形水池，意即"泮宫之池"，它是官学的标志。古代"诸侯不得观四方，故缺东以南，半天子之学，故曰泮宫"。

两山柱头铺作承托顺扒梁外端，内端坦然放在大梁上却倒率直。

戟门三间，大略与大成殿同时。斗拱前出两跳，单杪单下昂，正心用重拱，第一跳单拱上施替木承罗汉枋，第二跳不用拱，跳头直接承托替木，以承挑檐枋及檐桁，也是少见的做法。转角铺作不用中昂，也不用角神或宝瓶，只用多跳的实柏拱（或㮇），层层伸出，以承角梁，这做法不止新颖，且较其他常见的尚为合理。

汾阳县·小相村·灵岩寺

小相村与大相村一样在汾阳、文水之间的公路旁，但大相村在路东，而小相村却在路西，且离汾阳亦较远。灵岩寺在山坡上，远在村后，一塔秀挺，楼阁巍然，殿瓦琉璃，辉映闪烁夕阳中，望去易知为明清物，但景物婉丽可人，不容过路人弃置不睬。

离开公路，沿土路行可四五里达村前门楼。楼跨土城上，下圆券洞门，一如其他山西所见村落。村内一路贯全村前后，雨后泥泞崎岖，难同入蜀，愈行愈疲，愈觉灵岩寺之远，始悟汾阳一带，平原楼阁远望转近，不易用印象来计算距离的。及到寺前，残破中虽仅存在山门券洞，但寺址之大，一望而知。

进门只见瓦砾土丘，满目荒凉，中间天王殿遗址，隆起如冢，气象堂皇。道中所见砖塔及重楼，尚落后甚远，更进又一土丘，当为原来前殿——中间露天跌坐两铁佛，中挟一无像大莲座；斜阳一瞥，奇趣动人，行人倦旅，至此几顿生妙悟，进入新境。再后当为正殿址，背景里楼塔愈迫近，更有铁佛三尊，跌坐慈静如前，东首一尊且低头前伛，现悯恻垂注之情。此时远山晚晴，天空如宇，两址反不殿而殿，严肃丽都，不藉梁栋丹青，朝拜者亦更沉默虔敬，不由自主了。

铁像有明正德年号，铸工极精，前殿正中一尊已倾欹坐地下，半埋入土，塑工清秀，在明代佛像中可称上品。灵岩寺各殿本皆发券窑洞建筑，砖砌券洞繁复相接，如古罗马遗建。由断墙土丘上边下望，正殿偏西，残窑多眼尚存。更像隧道密室相关联，有阴森之气，微觉可怕。中间多停棺柩，外砌砖墩，印象亦略如罗马石棺，在木造建筑的中国里探访遗迹，极少有此经验。券洞中一处，尚存券底壁画，颜色鲜好，画工精美，当为明代遗物。

砖塔在正殿之后，建于明嘉靖二十八年（一五四九年）。这塔可作晋冀两省一种晚明砖塔的代表。砖塔之后，有砖砌小城，由旁边小门入方城内，别有天地，楼阁廊舍，尚极完整，但阒无人声，院内荒芜，野草丛生，幽静如梦；与"城"以外的堂皇残址，露坐铁佛，风味迥殊。

这院内左右配殿各窑五眼，窑筑巩固，背面向外，即为所见小城墙。殿中各余明刻木像一尊。北面有基窑七眼，上建楼殿七大间，即远望巍然有琉璃瓦者。两旁更有簃[①]楼，石级露台曲折，可从窑外登小阁，转入正楼。夕阳落寞[②]，淡影随人转移，处处是诗情画趣，一时记忆几不及于建筑结构形状。

下楼徘徊在东西配殿廊下看读碑文，在荆棘拥护之中，得朱之俊崇祯年间碑，碑文叙述水陆楼的建造原始甚详。朱之俊自述："夜宿寺中，俄梦

---

① 簃（yí）：楼阁边的小屋。
② 落寞：寂寞；冷落。

散步院落，仰视左右，有楼翼然，赫辉壮观，若新成形……觉而异焉，质明①举似②普门师，师为余言水陆阁像，颇与梦合。余因征水陆缘起，慨然首事……"各处尚存碑碣多座，叙述寺以往的盛史。唯有现在破烂的情形及其原因，在碑上是找不出来的。

正在留恋中，老村人好事进来，打断我们的沉思，开始问答，告诉我们这寺最后的一页惨史。据说是光绪二十六年（一九〇〇年）替换村长时，新旧两长各竖一帜，怂恿村人械斗，将寺拆毁。数日间竟成一片瓦砾之场，触目伤心；现在全寺余此一院楼厢及院外一塔而已。

孝义县·吴屯村·东岳庙

由汾阳出发南行，本来可雇教会汽车到介休，由介休改乘公共汽车到霍州赵城等县，但大雨之后道路泥泞，且同蒲路正在炸山筑路，公共汽车道多段已拆毁不能通行，沿途跋涉露宿，大部竟以徒步得达。

我们曾因道阻留于孝义城外吴屯村，夜宿村东门东岳庙正殿廊下。庙本甚小，仅余一院一殿。正殿结构奇特，屋顶的繁复做法，是我们在山西所见的庙宇中最已甚③的。小殿向着东门，在田野中间镇座，好像乡间新娘，满头花钿，正要回门的神气。

庙院平铺砖块，填筑甚高，围墙矮短如栏杆，因墙外地洼，用不着高

---

① 质明：天刚亮的时候。
② 举似：奉告。
③ 已甚：过甚，太过。

墙围护；三面风景，一面城楼，地方亦极别致。庙厢已作乡间学校，但仅在日中授课，顽童日出即到，落暮始散。夜里仅一老人看守，闻说日间亦是教员，薪金每年得二十金而已。

院略为方形，殿在院正中，平面则为正方形，前加浅隘的抱厦。两旁有斜照壁，殿身屋顶是歇山造；抱厦亦然，但山面向前，与开栅圣母正殿极相似，但因前为抱厦，全顶呈繁乱状，加以装饰物，愈富缛不堪设想。这殿的斗拱甚为奇特，其全朵的权衡，为普通的斗拱所不常有，因为横栱——尤其是泥道栱及其慢栱——甚短，以致斗拱的轮廓耸峻，呈高瘦状。殿深一间，用补间斗拱三朵。抱厦较殿身稍狭，用补间铺作一朵，各层出四十五度斜昂。昂嘴纤弱，入颇深。各斗拱上的耍头，厚只及材之半，刻作霸王拳，劣匠弄巧的弊病，在在可见。

侧面阑额之下，在柱头外用角替而不用由额，这角替外一头伸出柱外，托阑额头下，方整无饰，这种做法无意中巧合力学原则，倒是罕贵的一例。檐部用椽子一层，并无飞椽，亦奇，但建造年月不易断定。我们夜宿廊下，仰首静观檐底黑影，看凉月出没云底，星斗时现时隐，人工自然，悠然融合入梦，滋味深长。

霍县·太清观

以上所记，除大相村崇胜寺规模宏大及圣母庙年代在明以前，结构适当外，其他建筑都不甚重要。霍州县城甚大，庙观多，县瑰伟，登城楼上眺望，城外景物和城内嵯峨的殿宇对照，堪称壮观。以全城印象而论，我们所到各处，当无能出霍州右者。

霍县太清观在北门内，志称宋天圣二年（一〇二四年），道人陶崇人建，元延祐三年（一三一六年）道人陈泰师修。观建于土丘之上，高出两旁地面甚多，而且愈往后愈高，最后部庭院与城墙顶平，全部布局颇饶趣味。

观中现存建筑多明清以后物。唯有前殿，额曰"金阙玄元之殿"，最饶古趣。殿三间，悬山顶，立在很高的阶基上；前有月台，高如阶基。斗拱雄大，重拱重昂造，当心间用补间铺作两朵，梢间用一朵。柱头铺作上的耍头，已成桃尖梁头形式，但昂的宽度却仍早制，未曾加大。想当是明初近乎官式的作品。这殿的檐部，也是不用飞椽的。

最后一殿，歇山重檐造，由形制上看来，恐是清中叶以后新建。

霍县·文庙

霍县文庙，建于元至元间，现在大门内还存元碑四座。由结构上看来，大概有许多座殿宇，还是元代遗构。在平面布置上，自大成门左右一直到后面，四周都有廊庑，显然是古代的制度。可惜现在全庙被划分为两半，前半——大成殿以南——驻有军队，后半是一所小学校，前后并不通行，各分门户，给予我们视察上许多不便。

前后各主要殿宇，在结构法上是一贯的。棂星门以内，便是大成门，门三间，屋顶悬山造。柱瘦高而额细，全部权衡颇高，尤其是因为柱之瘦长，颇类唐代壁画中所常视的现象。斗拱简单，单杪四铺作，令拱上施替木，以承橑檐槫。华拱之上施耍头，与令拱及慢拱相交，耍头后尾作头，承托在梁下；梁头也伸出到头之上，至为妥当合理。斗拱布置疏朗，每间只用补间铺作一朵，放在细长的阑额及其厚阔的普柏枋上。普柏枋出柱头处抹角斜割，与他处所见元代遗物刻海棠卷瓣者略同。中柱上亦用简单的斗拱，华栱上一材，前后出头以承大梁。左右两中柱间用柱头枋一材在慢栱上相联；这柱头枋在左右中柱上向梢间出头作蚂蚱头，并不通排山。大成门梁架用材轻省经济，将本身的重量减轻，是极妥善的做法。我们所见檐部只用圆椽，其上无飞檐椽的，这又是一例。

大成殿亦三间，规模并不大。殿立在比例高耸的阶基上，前有月台；上用砖砌栏杆（这矮的月台上本是用不着的）。殿顶歇山造。全部权衡也是峻耸状。因柱子很高，故斗拱比例显得很小。

斗拱，单下昂四铺作，出一跳，昂头施令栱以承橑檐槫及枋。昂嘴势圆和，但转角铺作角昂及由昂则较为纤长。昂尾单独一根斜挑下平槫下，结构异常简洁，也许稍嫌薄弱。斗拱布置疏朗，每间只用补间铺作一朵，三角形的垫栱板在这里竟成扁长形状。

歇山部分的构架，是用两层的丁栿，将山部托住。下层丁栿与阑额平，其上托斗拱。上层丁栿外端托在外檐斗拱之上，内端在金柱上，上托山部构架。

霍县·东福昌寺

祝圣寺原名东福昌寺，明万历间始改今名。唐贞观四年（六三〇年），僧清宣奉敕建。元延祐四年（一三一七年），僧圆琳重建，后改为霍山驿。

明洪武十八年（一三八五年），仍建为寺。现时因与西福昌寺关系，俗称上寺下寺。就现存的建筑看，大概还多是元代的遗物。

东福昌寺诸建筑中最值得注意的，莫过于正殿。殿七楹，斗拱疏朗，尤其在昂嘴的势上，富于元代的意味。殿顶结构，至为奇特。乍见是歇山顶，但是殿本身屋顶与其下围廊顶是不连续成一整片的，殿上盖悬山顶，而在周围廊上盖一面坡顶（围廊虽有转角绕殿左右，但只及殿左右朵殿[①]前面为止）。

上面悬山顶有它自己的勾滴[②]，降一级将水泄到下面一面坡顶上。汉代遗物中，瓦顶有这种两坡做法，如高颐石阙[③]及纽约博物馆藏汉明器，便是两个例，其中一个是四阿顶，一个是歇山顶。日本奈良法隆寺玉虫厨子，也用同式的顶。这种古式的结构，不意在此得见其遗制，是我们所极高兴的。关于这种屋顶，已在本刊五卷二期《汉代建筑式样与装饰》一文中详论，不必在此赘述。

在正殿左右为朵殿，这朵殿与正殿殿身、正殿围廊三部屋顶连接的结构法至为妥善，在清式建筑中已不见这种智巧灵活的做法，官式规制更守住呆板办法删除特种变化的结构，殊可惜。正殿阶基颇高，前有月台，阶基及月台角石上均刻蟠龙，如《营造法式》石作之制，此例雕饰曾见于应

---

① 朵殿：大殿的东西侧堂。
② 勾滴：安置在建筑山墙上面的勾头和滴水。勾头即瓦当，"瓦当"是元代以前的称呼，到了明清时期称为"勾头"。在建筑物屋顶仰瓦形成的瓦沟的最下面，有一块特制的瓦，叫做"滴水"。
③ 高颐石阙：高颐墓阙及石刻位于四川省雅安市城东七公里的许姚桥，阙坐北朝南，建于东汉建安十四年（二〇九年）。主阙十三层，子阙七层，是用多块大小不同的红色长石英砂岩堆砌的有扶壁重檐五脊式仿木建筑，由基、身、楼、顶四部分组成。

县佛宫寺塔月台角石上。可见此处建筑规制必早在辽明以前。后殿由形制上看，大概与正殿同时，当心间补间铺作用斜栱斜昂，如大同善化寺金建三圣殿所见。

后殿前庭院正中尚有唐代经幢一柱存在，经幢之旁有北魏造像残石，用砖龛砌护。石像原为五像，弥勒正中坐，左右各二菩萨胁侍，惜残破不堪，左面二菩萨且已缺毁不存。弥勒垂足交胫坐，与云冈初期作品同，衣纹体态，无一非北魏初期的表征，古拙可喜。

霍县·西福昌寺

西福昌寺与东福昌寺在城内大街上东西相称。按《霍州志》，贞观四年（六三〇年），敕尉迟恭监造。初名普济寺。太宗以破宋老生于此，贞观三年（六二九年），设建寺以树福田，济营魄。乃命虞世南、李百药、褚遂良、颜师古、岑文本、许敬宗、朱子奢等为碑文。可惜现时许多碑石，一件也没有存在的了。

现在正殿五间。左右朵殿三间，当属元明遗构。殿廊下金泰和二年（一二〇二年）碑，则称寺创自太平兴国三年（九七八年）。前廊檐柱尚有宋式覆盆柱础。

前殿三间，歇山造，形制较古，门上用两门簪，也是辽宋之制。殿内塑像，颇似大同善化寺诸像。惜过游时，天色已晚，细雨不辍，未得摄影。但在殿中摸索，燃火在什物尘垢之中，瞻望佛容而已。

全寺地势前低后高。庭院层层高起，亦如太清观，但跨院旧址尚广，断墙倒壁、老榭荒草中杂以民居，破落已极。

霍县·火星圣母庙

火星圣母庙在县北门内。这庙并不古，却颇有几处值得注意之点。在大门之内，左右厢房各三间，当心间支出垂花雨罩，新颖可爱，足供新设计参考采用。正殿及献食棚屋顶的结构，各部相互间的联络，在复杂中倒合理有趣。在平面的布置上，正殿三间，左右朵殿各一间。正殿前有廊三间，廊前为正方形献食棚，左右廊子各一间。

这多数相联络殿廊的屋顶，正殿及朵殿悬山造，殿廊一面坡顶，较正殿顶低一级，略如东福昌寺大殿的做法。献食棚顶用十字脊，正面及左右歇山，后面脊延长，与一面坡相交；左右廊子则用卷棚悬山顶。全部联络法至为灵巧，非北平官式建筑物屋顶所能有。

献食棚前琉璃狮子一对，塑工至精，纹路秀丽，神气生猛，堪称上品。东廊下明清碑碣及嵌石颇多。

霍县·县政府大堂

在霍县县政府的大堂的结构上，我们得以见到滑稽绝伦的建筑独例。大堂前有抱厦，面阔三间。当心间阔而梢间稍狭，四柱之上以极小的阑额相连，其上却托着一整根极大的普柏枋，将中国建筑传统的构材权衡完全颠倒。这还不足为奇；最荒谬的是这大普柏枋之上，承托斗拱七朵，朵与朵间都是等距离，而没有一朵是放在任何柱头之上，作者竟将斗拱在结构上之原意完全忘却，随便位置。斗拱位置不随立柱安排，除此一例外，唯在以善于作中国式建筑自命的慕菲氏所设计的南京金陵女子大学得又见之。

斗拱单昂四铺作，令栱与耍头相交，梁头放在耍头之上。补间铺作则将撑头木伸出于耍头之上，刻作麻叶云。令栱两散斗特大，两旁有卷耳，略如爱奥尼克（Ionic）柱头形。中部几朵斗拱，大斗之下，用板块垫起，但其作用与皿板并不相同。阑额两端刻卷草纹，花样颇美。柱础宝装莲瓣覆盆，只分八瓣，雕工精到。

据壁上嵌石：元大德九年（一三〇五年），某宗室"自明远郡（现地名待考）朝觐往返，霍郡适当其冲，虑郡廨隘陋"，所以增大重建。至于现存建筑物的做法及权衡，古今所无，年代殊难断定。

县府大门上斗拱华栱层层作卷瓣，也是违背常规的做法。

霍县·北门外桥及铁牛

北门桥上的铁牛，算是霍州一景，其实牛很平常，桥上栏杆则在建筑师的眼中，不但可算一景，简直可称一出喜剧。

桥五孔，是北方所常见的石桥，本无足怪。少见的是桥栏杆的雕刻，尤以望柱为甚。栏板的花纹，各个不同，或用莲花、如意、万字、钟、鼓等纹样，刻工虽不精而布置尚可，可称粗枝大叶的石刻。至于望柱，柱头上的雕饰，则动植物、博古、几何形，无所不有，个个不同，没有重复，其中如猴子、人手、鼓、瓶、佛手、仙桃、葫芦、十六角形块，以及许多无名的怪形体,粗糙罗列,如同儿戏,无一不足,令人发笑。

至于铁牛,与我们曾见过无数的明代铁牛一样,蠢笨无生气,虽然相传为尉迟恭铸造,以制河保城的。牛日夜为村童骑坐抚摸,古色光润,自是当地一宝。

赵城县·侯村·女娲庙

由赵城县城上霍山,离城八里,路过侯村,离村三四里,已看见巍然高起的殿宇。女娲庙,志① 称唐构,访谒时我们固是抱着很大的希望的。

庙的平面,地面深广,以正殿——娲皇殿为中心,四周为廊屋,南面廊屋中部为二门,二门之外,左右仍为廊屋,南面为墙,正中辟山门,这样将庙分为内外两院。内院正殿居中,外院则有碑亭两座东西对立,印象宏大。这种是比较少见的平面布置。

按庙内宋开宝六年(九七三年)碑:"乃于平阳故都,得女娲原庙重修……南北百丈,东西九筵;雾罩檐楹,香飞户牖……"但志称天宝六年(七四七年)重修,也许是开宝六年(九七三年)之误。次古的有元至元十四年(一二七七年)重修碑,此外明清两代重修或祀祭的碑碣无数。

现存的正殿五间,重檐歇山顶,额曰"娲皇殿"。柱高瘦而斗拱不甚大。上檐斗拱,重栱双下昂造,每间用补间铺作一朵;下檐单下昂,无补间铺作。就上檐斗拱看,柱头铺作的下昂较补间铺作者稍宽,其上有颇大的梁头伸出,略具"桃尖"之形,下檐亦有梁头,但较小。就这点上看来,这

---
① 志:史书。

殿的年代，恐不能早过元末明初。现在正脊桁下且尚大书崇祯年间重修的字样。

柱头间联络的阑额甚细小，上承宽厚的普柏枋。歇山部分的梁架，也似汾阳国宁寺所见，用斗拱在顺梁（或额）上承托采步金梁，因顺梁大小只同阑额，颇呈脆弱之状。这殿的彩画，尤其是内檐的，尚富古风，颇有《营造法式》彩画的意味。殿门上铁铸门钹[①]，门钉铸工极精湛。

二门内偏东宋石经幢，全部权衡虽不算十分优美，但是各部的浮雕精绝，须弥座之上枋的佛迹图，正中刻城门，甚似敦煌壁画中所绘，左右图"太子"所见。中段覆盘，八面各刻狮像。上段仰莲座，各瓣均有精美花纹，其上刻花蕊。除大相村天保造像外，这经幢当为此行所见石刻中之最上妙品。

赵城县·广胜寺下寺

一年多以前，赵城宋版藏经之发现，轰动了学术界，广胜寺之名，已传遍全国了。国人只知藏经之可贵，而不知广胜寺建筑之珍奇。

广胜寺距赵城县城东南约四十里，据霍山南端。寺分上下两院，俗称"上寺""下寺"。上寺在山上，下寺在山麓，相距里许（但是照当地乡人的说法，却是上山五里，下山一里）。

由赵城县出发，约经二十里平原，地势始渐高，此二十里虽说是平原，但多黏土平头小冈，路陷赤土谷中，蜿蜒出入，左右只见土崖及其上

[①] 门钹（bó）：旧式大门上所安的像钹的底座。上边有环，叫门时用环敲门钹发出声音。

麦黍，头上一线蓝天，炎日当顶，极乏趣味。后二十里积渐坡斜，直上高冈，盘绕上下，既可前望山峦屏嶂，俯瞰田陇农舍，及又穿行几处山庄村落，中间小庙城楼，街巷里井，均极幽雅有画意。树亦渐多渐茂，古干有合抱的，底下必供着树神，留着香火的痕迹。山中甘泉至此已成溪，所经地域，妇人童子多在濯菜浣衣，利用天然。泉清如琉璃，常可见底，见之使人顿觉清凉，风景是越前进越妩媚可爱。

但快到广胜寺时，却又走到一片平原上，这平原浩荡辽阔，乃是最高一座山脚的干河床，满地石片，几乎不毛。不过霍山如屏，晚照斜阳早已在望，气象竟开朗宏壮，现出北方风景的性格来。

因为我们向着正东，恰好对着广胜寺前行，可看其上下两院殿宇及宝塔，附依①着山侧，在夕阳的渲染中闪烁辉映，直至日落。寺由山下望着虽近，我们却在暮霭中兼程一时许，至人困骡乏，始赶到下寺门前。

下寺据在山坡上，前低后高，规模并不甚大。前为山门三间，由陡峻的甬道可上。山门之内为前院，又上而达前殿。前殿五间，左右有钟鼓楼，紧贴在山墙上，楼下券洞可通行，即为前殿之左右掖门。前殿之后为后院，正殿七间居后面正中，左右有东西配殿。

山门 山门外观奇特，最饶古趣。屋盖歇山造，柱高，出檐远，主檐之下前后各有"垂花雨搭"，悬出檐柱以外，故前后面为重檐，侧面为单檐。主檐斗拱单杪单下昂造，重拱五铺作，外出两跳。下昂并不挑起，但侧面小柱上，则用双杪。泥道重栱之上，只施柱头枋一层，其上并无压槽枋。外第一跳重栱，第二跳令栱之上施替木以承挑檐槫。耍头斫作蚂蚱头

---

① 附依：依附。

形，斜面微，如大同各寺所见。

雨搭由檐柱挑出，悬柱上施阑额，普柏枋，其上斗拱单杪四铺作单栱造。悬柱下端截齐，并无雕饰。殿身檐柱甚高，阑额纤细，普柏枋宽大，阑额出头斫作蚂蚱头形。普柏枋则斜抹角。内部中柱上用斗拱，承托六椽栿下，前后平椽缝下施替木及襻间。脊槫及上平槫，均用蜀柱直接立于四椽栿上。檐椽只一层，不施飞椽。如山门这样的外表，尚为我们初见；四椽栿上三蜀柱并立，可以省却一道平梁，也是少见的。

前殿　前殿五间，殿顶悬山造，殿之东西为钟鼓楼。阶基高出前院约三米，前有月台；月台左右为礓磜甬道，通钟鼓楼之下。

前殿除当心间南面外，只有柱头铺作，而没有补间铺作。斗拱，正心用泥道重栱，单昂出一跳，四铺作，跳头施令栱替木，以承橑檐槫，甚古简。令栱与梁头相交，昂嘴势甚弯。后面不用补间铺作，更为简洁。在平面上，南面左右第二缝金柱地位上不用柱，却用极大的内额，由内平柱直跨至山柱上，而将左右第二缝前后檐柱上的乳栿尾特别伸长，斜向上挑起，中段放在上述内额之上，上端在平梁之下相接，承托着平梁之中部，这与斗拱的用昂，在原则上是相同的，可以说是一根极大的昂。

广胜寺上下两院，都用与此相类的结构法。这种构架，在我们历年国内各地所见许多的遗物中，这还是第一个例。尤其重要的，是因日本的古建筑，尤其是飞鸟灵乐等初期的遗构，都是用极大的昂，结构与此相类，这个实例乃大可佐证建筑家早就怀疑的问题，这问题便是日本这种结构法，是直接承受中国宋以前建筑规制，并非自创，而此种规制，在中国后代反倒失传或罕见。同时使我们相信广胜寺各构，在建筑遗物实例中的重要，远超过我们起初所想象的。

两山梁架用材极为轻秀，为普通大建筑物中所少见。前后出檐飞子极短，博风板狭而长。正脊垂脊及吻兽均雕饰繁富。殿北面门内供僧像一躯，显然埃及风味，煞是可怪。两山墙外为钟鼓楼，下有砖砌阶基。下为发券门道可以通行。阶基立小小方亭。斗拱单昂，十字脊歇山顶。就钟鼓楼的位置论，这也不是一个常见的布置法。殿内佛像颇笨拙，没有特别精彩处。

正殿 正殿七间居最后。正中三间辟门，门左右（为）很高的直棂槛窗。殿顶也是悬山造。

斗拱，五铺作，重拱，出两跳，单杪单下昂，昂是明清所常见的假昂，乃将平置的华拱而加以昂嘴的。斗拱只施于柱头，不用补间铺作。令拱上施替木，以承橑檐槫。泥道重拱之上，只施柱头枋一层，其上相隔颇远，方置压槽枋。论到用斗拱之简洁，我们所见到的古建筑，以这两处为最；虽然就斗拱与建筑物本身的权衡比起来，并不算特别大，而且在昂嘴及普柏枋出头处等详部，似乎倾向较后的年代，但是就大体看，这寺的建筑，其古洁的确是超过现存所有中国古建筑的。这个到底是后代承袭较早的遗制，还是原来古构已含了后代的几个特征，却甚难说。

正殿的梁架结构，与前殿大致相同。在平面上左右缝内柱与檐柱不对中，所以左右第一二缝檐柱上的乳栿皆将后尾翘起，搭在大内额上，但栿（或昂）尾只压在四椽栿下，不似前殿之在平梁下正中相交。四椽栿以上侏儒柱及平梁均轻秀如前殿，这两殿用材之经济，虽尚未细测，只就肉眼观察，较以前我们所看过的辽代建筑尚过之。若与官式清代梁架比，真可算中国建筑中梁架轻重之两极端。就比例上计算，这寺梁的横断面的面积，也许不到清式梁横断面的三分之一。

正殿佛像五尊，塑工精极，虽然经过多次的重妆，还与大同华严寺薄伽教藏殿塑像多少相似。侍立诸菩萨尤为俏丽有神，饶有唐风，佛容衣带，庄者庄，逸者逸，塑造技艺，实臻绝顶。东西山墙下十八罗汉，并无特长，当非原物。

东山墙尖象眼壁上，尚有壁画一小块，图像色泽皆美。据说民国十六年（一九二七年）寺僧将两山壁画卖与古玩商，以价款修葺殿宇，唯恐此种计划仍然是盗卖古物谋利的动机。现在美国彭省大学[①]博物院所陈列的一幅精美的称为"唐"的壁画，与此甚似。近又闻美国堪萨斯省立博物院，新近得壁画，售者告以出处，即云此寺。

朵殿 正殿之东西各有朵殿三间。朵殿亦悬山造，柱瘦高，额细，普柏枋甚宽。斗拱四铺作单下昂。当心间用补间铺作两朵，梢间一朵。全部与正殿前殿大致相似，当是同年代物。

赵城县·广胜寺上寺

上寺在霍山最南的低峦上。寺前的琉璃宝塔兀立山头，由四五十里外望之，已极清晰。

由下寺到上寺的路颇陡峻，盘石奇大，但石坡极平润，坡上点缀着山松，风景如中国画里山水近景常见的布局。峦顶却是一个小小的高原，由

[①] 美国彭省大学：指宾夕法尼亚州立大学，简称 Penn State。

此望下，可看下寺，鸟瞰全景；高原的南头就是上寺山门之所在。山门之内是空院，空院之北，与山门相对者为垂花门。垂花门内在正中线上，立着琉璃宝塔。塔后为前殿，著名的宋版藏经，就藏在这殿里。前殿之后是个空敞①的前院，左右为厢房，北面为正殿。正殿之后为后殿，左右亦有两厢。此外在山坡上尚有两三处附属的小屋子。

琉璃宝塔　亦称为飞虹塔。就平面的位置上说，塔立在垂花门之内前殿之前的正中线上，本是唐制。塔平面作八角形，高十三级，塔身砖砌，饰以琉璃瓦的角柱、斗拱、檐瓦、佛像，等等。最下层有木围廊。这种做法，与热河永麻寺舍利塔及北平香山静宜园琉璃塔是一样的。但这塔围廊之上，南面尚出小抱厦一间，上交十字脊。

就全部的权衡上看，这塔的收分特别地急速，最上层檐与最下层砖檐相较，其大小只及下者三分之一强。而且上下各层的塔檐轮廓成一直线，没有卷杀圆和之味。各层檐角也不翘起，全部（为）呆板的直线，绝无寻常中国建筑柔和的线路。

塔之最下层供极大的释迦坐像一尊，如应县佛宫寺木塔之制。下层顶棚作穹窿式，饰以极繁细的琉璃斗拱。塔内有级可登，其结构法之奇特，在我们尚属初见。普通的砖塔内部，大半不可入，尤少可以攀登的。这塔却是个较罕的例外。塔内阶级每步高六七十厘米，宽十余厘米，成一个约合六十度的陡峻的坡度。这极高极狭的踏步每段到了终点，平常用休息板的地方，却不用了，竟忽然停止，由这一段的最上一级，反身却可迈过空的休息板，攀住背面墙上又一段踏步的最下一级；在梯的两旁墙上，留下

① 空敞：空阔宽敞。

小砖孔，可以容两手攀扶及放烛火的地方。走上这没有半丝光线的峻梯的人，在战栗之余，不由得不赞叹设计者心思之巧妙。

关于这塔的年代，相传建于北周，我们除在形制上可以断定其为明清规模外，在许多的琉璃上，我们得见正德十年（一五一五年）的年号，所以现存塔身之形成，年代很少可疑之点。底层木廊正檩下，又有"天启二年①创建"字样，就廊子过大而不相称的权衡看来，我们差不多可以断定正德的原塔是没有这廊子的。

虽然在建筑的全部上看来，各种琉璃瓦饰用得繁缛不得当，如各朵斗拱的耍头均塑作狰狞的鬼脸，尤为滑稽；但就琉璃自身的质地及塑工说，可算无上精品。

前殿 前殿在塔之北。殿的前面及殿前不甚大的院子，整个被高大的塔挡住。殿面阔五间，进深四间，屋顶单檐歇山造。斗拱重棋造，双下昂；正面当心间用补间铺作两朵，次间一朵，梢间不用；这种的布置，实在是疏朗的，但因开间狭而柱高，故颇呈密挤②之状，骤看似晚代布置法。但在山面，却不用补间铺作，这种正侧两面完全不同的布置，又是他处所未见。柱头与柱头之间联络，阑额较小而普柏枋宽大，角柱上出头处，阑额斫作头，普柏枋头斜抹角。我们以往所见两普柏枋在柱头相接处（即《营造法式》所谓"普柏枋间缝"）都顶头放置，但此殿所见，则如《营造法式·卷三十》所见"勾头搭掌"的做法，也许以前我们疏忽了，所以迟至今日才初次开眼。

---

① 天启二年：公元一六二二年。
② 密挤：密密地挤在一起。

前殿的梁架，与下寺诸殿梁架亦有一个相同之点，就是大昂之应用。除去前后檐间的大昂外，两山下的大昂，尤为巧妙。可惜摄影失败，只留得这帧不甚准确的速写断面图。这大昂的下端承托在斗拱耍头之上，中部放在采步金梁之上，后尾高高翘起，挑着平梁的中段，这种做法，与下寺所见者同一原则，而用得尤为得当。

前殿塑像颇佳，虽已经过多次的重塑，但尚保存原来的清秀之气。佛像两旁侍立像，宋风十足，背面像则略次。

正殿 面阔五间，悬山造，前殿开敞的庭院，与前殿隔院相望。骤见殿前廊檐，极易误认为近世的构造，但廊檐之内，抱头梁上，赫然犹见单昂斗拱的原状。如同下寺正殿一样，这殿并不用补间铺作，结构异常简洁。内部梁架，因有顶棚，故未得见，但一定也有伟大奇特的做法。

正殿供像三尊，释迦及文殊、普贤，塑工极精，富有宋风；其中尤以菩萨为美。佛帐上剔空浮雕花草、龙兽、几何纹，精美绝伦，乃木雕中之无上好品。两山墙下列坐十八罗汉铁像，大概是明代所铸。

后殿 居寺之最后。面阔五间，进深四间，四阿顶。因面阔进深为五与四之比，所以正脊长只及当心间之广，异常短促，为别处所未见。内柱相距甚远，与檐柱不并列。斗拱为五铺作双下昂。当心间用补间铺作两朵，次间、梢间及两山各用一朵。柱头作两下昂平置，托在梁下，补间铺作则将第二层昂尾挑起。柱瘦高，额细长，普柏枋较阑额略宽。角柱上出头处，阑额斫作头，普柏枋抹角，做法与前殿完全相同。殿内梁架用材轻巧，可与前殿相埒。山面中线上有大昂尾挑上平榑下。内柱上无内额，四阿并不推山。梁架一部分的彩画，如几道榑下红地白绿色的宝相花，及斗拱上的细边古织锦文，想都是原来色泽。

殿除南面当心间辟门外，四周全有厚壁。壁上画像不见得十分古，也不见得十分好。当心间隔扇，花心用雕镂拼镶极精细的圆形相交花纹，略如《营造法式·卷三十二》所见"挑白球文格眼"，而精细过之。这隔扇的格眼，乃由许多各个的梭形或箭形雕片镶成，在做工上是极高的成就。在横披①上，隔扇纹样与下面略异，而较近乎清式菱花隔扇的图案。

后殿佛像五尊，塑工甚劣，面貌肥俗，手臂无骨，衣褶圆而下垂，背光繁缛不堪，佛冕及发全是密宗的做法。侍立菩萨较清秀，但都不如正殿塑像远甚。

广胜寺上下两院的主要殿宇，除琉璃宝塔而外，大概都属于同一时期，它们的结构法及作风都是一致的。上下两寺壁间嵌石颇多，碑碣也不少，其中叙述寺之起源者，有治平元年（一〇六四年）重刻的郭子仪奏碣。碣字体及花边均甚古雅。文如下：

晋州赵城县城东南三十里，霍山南脚上，古育王（阿育王——编者注）塔院一所。右河东□观察使司徒□兼中书令，汾阳郡王郭子仪奏：臣据□朔方左厢兵马使，开府仪同三司，试太常卿，五原郡王李光瓒状称前塔接山带水，古迹见存，堪置伽蓝，自愿成立。伏乞奏置一寺，为国崇益福□，仍请以阿育王为额者。巨准状牒州勘责，得耆②百姓陈仙童等状，

---

① 横披：汉族古建筑内装修中位于隔扇上槛和中槛之间的狭长部分。多用小立柱划分为几段，每段做成带菱花格的小窗或与隔扇心做法相同。
② 耆（qí）寿：年高德邵者。

与光瓒所请，置寺为广胜。因伏乞天恩，遂其诚愿。如蒙特命，赐以为额，仍请于当州诸寺选僧住持洒扫。中书门下牒河东观察使牒奉敕故牒。大历四年五月二十七日牒。住寺阇梨僧□切见当寺石碣岁久，隳坏[①]年深，今欲整新，重标斯记。治平元年，十一月二十九日。

由右碣文看来，寺之创立甚古，而在唐代宗朝就原有塔院建立伽蓝，敕名广胜。至宋英宗时，伽蓝想仍是唐代原建。但不知何时伽蓝颓毁，以致需要将下寺：

"计九殿自（金）皇统元年辛酉（一一四一年）至贞元元年癸酉（一一五三年）历二十三年，无年不兴工。……"却是这样大的工程，据元延祐六年（一三一九年）石，则："大德七年（一三〇三年），地震，古刹毁，大德九年（一三〇五年）修渠（按：即下寺前水渠），木装。延祐六年（一三一九年）始修殿。"

大德七年（一三〇三年）的地震一定很剧烈，以致"古刹毁"。现存的殿宇，用大昂的梁架虽属初次拜见，无由与其他梁架遗例比较；但就斗拱枋额看，如下昂嘴纤弱的卷杀，普柏枋出头处之抹去方角，都与他处所见相似。至于瘦高的檐柱和细长的额枋，又与霍县文庙如出一手。其为元代遗物，殆少可疑。不过梁架的做法，极为奇特，在近数年寻求所得，这还是唯一的一个孤例，极值得我们研究的。

---
① 隳（huī）坏：毁坏。

赵城县·广胜寺·明应王殿

广胜寺在赵城一带，以其泉水出名。在山麓下下寺之前，有无数的甘泉，由石缝及地下涌出，供给赵城、洪洞两县饮用及灌溉。凡是有水的地方都得有一位龙王，所以就有龙王庙。

这一处龙王庙规模之大，远在普通龙王庙之上，其正殿——明应王殿竟是个五间正方重檐的大建筑物。若是论到殿的年代，也是龙王庙中之极古者。

明应王殿平面五间，正方形，其中三间正方为殿身，周以回廊。上檐歇山顶，檐下施重栱双下昂斗栱。当心间施补间铺作两朵，次间施一朵。斗栱权衡颇为雄大，但两下昂都是平置的华栱而加以昂嘴的。下檐只用单下昂，次间梢间不施补间铺作，当心间只施一朵，而这一朵却有四十五度角的斜昂。

额的权衡上下两檐有显著之异点，上檐阑额较高较薄，下檐则极小；而普柏枋则上檐宽薄，而下檐高厚。上檐以阑额为主而辅以普柏枋，下檐与之正相反，且在额下施繁缛的雕花罩子。殿身内前面两金柱省去，而用大梁由前面重檐柱直达后金柱，而在前金柱分位上施扒梁，并无特殊之点。

明应王殿四壁皆有壁画，为元代匠师笔迹。据说正门之上有画师的姓名及年月，须登梯拂尘燃灯始得读，惜匆匆未能如愿。至于壁画，其题材纯为非宗教的，现有古代壁画大多为佛像，这种题材至为罕贵。至于殿的年代，大概是元大德地震以后所建，与嵩山少林寺大德年间所建鼓楼，有许多相似之点。

明应王殿的壁画和上下寺的梁架，都是极罕贵的遗物，都是我们所未见过的独例。由美术史上看来，都是绝端重要的史料。我们预备再到赵城作较长时间的逗留，俾①得对此数物，作一个较精密的研究。目前只能作此简略的记述而已。

赵城县·霍山·中镇庙

照《赵城县志》的说法，广胜寺在县城东南四十里霍山顶，兴唐寺唐建，在城东三十里霍山中，所以我们认为它们在同一相近的去处，同在霍山上，相去不过二十余里，因而预定先到广胜寺，再由山上绕至兴唐寺去，却是事实乃有大谬不然者。到了广胜寺始知到兴唐寺远须下山绕到去城八里的侯村，再折回向东行再行入山，始能到达。我心想既称唐建，又在山中，如果原构仍然完好，我们岂可惮烦，轻轻放过。

我们晨九时离开广胜寺下山，等到折回又到了霍山时已走了十二小时！沿途风景较广胜寺更佳，但近山时实已入夜，山路崎岖，峰峦迫近如巨屏，谷中渐黑，凉风四起，只听脚下泉声奔湍，看山后一两颗星点透出夜色，骡役俱疲，摸索难进，竟落后里许。我们本是一直徒步先行的，至此更得奋勇前进，不敢稍息（怕夫役强主回头，在小村落里住下）。入山深处，出手已不见掌，加以脚下危石错落，松柏横斜，行颇不易。喘息攀登，约一小时，始见远处一灯高悬，掩映松间，知已近庙，更急进敲门。

① 俾（bǐ）：使。

等到老道出来应对，始知原来我们仍远离着兴唐寺三里多，这处为霍岳山神之庙，亦称中镇庙。乃将错就错，在此住下。

我们到时已数小时未食，故第一事便到"香积厨①"里去烹煮。厨在山坡上窑穴中，高踞庙后左角，庙址既大，高下不齐，废园荒圃，在黑夜中更是神秘。当夜我们就在正殿塑像下秉烛洗脸铺床，同时细察梁架，知其非近代物。这殿奇高，烛影之中，印象森然。

第二天起来忙到兴唐寺去，一夜的希望顿成泡影。兴唐寺虽在山中，却不知如何竟已全部拆建，除却几座清式的小殿外，还加洋式门面，等等；新塑像极小，或罩以玻璃框，鄙俗无比，全庙无一样值得记录的。

中镇庙虽非我们初时所属意，来后倒觉得可以略略研究一下。据《山西古物古迹调查表》，谓庙之创建在隋开皇十四年（五九四年），其实就形制上看来，恐最早不过元代。

殿身五间，周围廊，重檐歇山顶。上檐施单杪单下昂五铺作斗拱，下檐则仅单下昂。斗拱颇大，上下檐俱用补间铺作一朵。昂嘴细长而直；耍头前面微小而上部圆头突起，至为奇特。

太原县·晋祠

晋祠离太原仅五十里，汽车一点多钟可达，历来为出名的"名胜"，闻人名士由太原去游览的风气自古盛行。我们在探访古建的习惯中，多对"名胜"怀疑，因为最是"名胜"容易遭"重修"的大毁坏，原有建筑故

---
① 香积厨：僧家的厨房。

最难得保存！所以我们虽然知道晋祠离太原近在咫尺，且在太原至汾阳的公路上，我们亦未尝预备去访"胜"的。

直至赴汾的公共汽车上了一个小小山坡，绕着晋祠的背后过去时，忽然间我们才惊异地抓住车窗，望着那一角正殿的侧影，爱不忍释。相信晋祠虽成"名胜"却仍为"古迹"无疑。那样魁伟的殿顶，雄大的斗拱，深远的出檐，到汽车过了对面山坡时，尚巍巍在望，非常醒目。晋祠全部的布置，则因有树木看不清楚，但范围不小，却也是一望可知。

我们惭愧不应因其列为名胜而即定其不古，故相约一月后归途至此下车，虽不能详察或测量，至少亦得浏览摄影，略考其年代结构。

由汾回太原时我们在山西已过了月余的旅行生活，心力俱疲，还带着种种行李什物，诸多不便，但因那一角殿宇常在心目中，无论如何不肯失之交臂，所以到底停下来预备作半日的勾留。如果错过那末后一趟公共汽车回太原的话，也只好听天由命，晚上再设法露宿或住店！

在那种不便的情形下，带着一不做二不休的拼命心理，我们下了那挤到水泄不通的公共汽车，在大堆行李中拣出我们的"粗重细软"——由杏花村的酒坛子到峪道河边的兰芝种子——累累赘赘的，背着捎着，到车站里安顿时，我们几乎埋怨到晋祠的建筑太像样——如果花花簇簇地来个乾隆重建，我们这些麻烦不全省了么？

但是一进了晋祠大门，那一种说不出的美丽辉映的大花园，使我们惊喜愉悦，过于初时的期望。无以名之，只得叫它做花园。其实晋祠布置又像庙观的院落，又像华丽的宫苑，全部兼有开敞堂皇的局面和曲折深邃的雅趣。大殿楼阁在古树婆娑池流映带之间，实像个放大的私家园林。

所谓唐槐周柏，虽不能断其为原物，但枝干奇伟，虬曲横卧，煞是可观。池水清碧，游鱼闲逸，还有后山石级小径楼观石亭各种衬托。各殿雄壮，巍然其间，使初进园时的印象，感到俯仰堂皇，左右秀媚，无所不适。虽然再进去，即发现近代名流所增建的中西合璧的丑怪小亭子等夹杂其间。

圣母庙为晋祠中间最大的一组建筑；除正殿外，尚有前面的"飞梁"（即十字木桥）、献殿及金人台、牌楼，等等，今分述如下。

正殿 晋祠圣母庙大殿，重檐歇山顶，面阔七间，进深六间，平面几成方形，在布置上至为奇特。殿身五间，副阶周匝。但是前廊之深为两间，内槽深三间，故前廊异常空敞，在我们尚属初见。

斗拱的分配，至为疏朗。在殿之正面，每间用补间铺作一朵，侧面则仅梢间用补间铺作。下檐斗拱五铺作，单栱出两跳；柱头出双下昂，补间出单杪单下昂。上檐斗拱六铺作，单栱出三跳，柱头出双杪单下昂，补间出单杪双下昂，第一跳偷心，但饰以翼形栱。但是在下昂的形式及用法上，这里又是一种未曾得见的奇例。柱头铺作上极长大的昂嘴两层，与地面完全平行，与柱成正角，下面平，上面斫，并未将昂嘴向下斜斫或斜插，亦不求其与补间铺作的真下昂平行，完全真率地坦然地放在那里，诚然是大胆诚实的做法。在补间铺作上，第一层昂昂尾向上挑起，第二层则将与令栱相交的耍头加长斫成昂嘴形，并不与真昂平行地向外伸出。

这种做法与正定龙兴寺摩尼殿斗拱极相似，至于其豪放生动，似较之尤胜。在转角铺作上，各层昂及由昂均水平地伸出，由下面望去，颇呈高爽之象。山面除梢间外，均不用补间铺作。斗拱彩画与《营造法式·卷三十四》"五彩遍装"者极相似。虽属后世重装，当是古法。

这殿斗拱俱用单栱，泥道单栱上用柱头枋四层，各层枋间用斗垫托。阑额狭而高，上施薄而宽的普柏枋。角柱上只普柏枋出头，阑额不出。平柱至角柱间，有显著的生起。梁架为普通平置的梁，殿内因黑暗，时间匆促，未得细查。前殿因深两间，故在四椽栿上立童柱，以承上檐。童柱与相对之内柱间，除斗拱上之乳栿及荷牵外，柱头上更用普柏枋一道以相固济。

按卫聚贤《晋祠指南》，称圣母庙为宋天圣年间建。由结构法及外形姿势看来，较《营造法式》所定的做法的确更古拙豪放，天圣之说当属可靠。

献殿 献殿在正殿之前，中隔放生池。殿三间，歇山顶。与正殿结构手法完全是同一时代同一规制之下的。斗拱单栱五铺作；柱头铺作双下昂，补间铺作单杪单下昂，第一跳偷心，但饰以小小翼形栱。正面每间用补间铺作一朵，山面唯正中间用补间铺作。柱头铺作的双下昂，完全平置，后尾承托梁下，昂嘴与地面平行，如正殿的昂。补间则下昂后尾挑起，耍头与令栱相交，长长伸出，斫作昂嘴形。两殿斗拱外面的不同之点，唯在令栱之上，正殿用通长的挑檐枋，而献殿则用替木。斗拱后尾唯下昂挑起，全部偷心，第二跳跳头安梭形"栱"，单独的昂尾挑在平榑之下。至于柱头普柏枋，与正殿完全相同。

献殿的梁架，只是简单的四椽栿上放一层平梁，梁身简单轻巧，不弱不费，故能经久不坏。殿之四周均无墙壁，当心间前后辟门，其余各间在坚厚的槛墙之上安直棂栅栏，如《营造法式》小木作中之叉子，当心间门扇亦为直棂栅栏门。

殿前阶基上铁狮子一对，极精美，筋肉真实，灵动如生。左狮胸前文曰"太原文水弟子郭丑牛兄……政和八年四月二十六日"，座后文为"灵石县任章常柱任用段和定……"右狮字不全，只余"乐善"二字。

飞梁 正殿与献殿之间，有所谓"飞梁"者，横跨鱼沼之上。在建筑史上，这"飞梁"是我们现在所知的唯一的孤例。本刊五卷一期中，刘敦桢先生在《石轴柱桥述要》一文中，对于石柱桥有详细的伸述，并引《关中记》及《唐六典》中所记录的石柱桥。就晋祠所见，则在池中立方约三十厘米的石柱若干，柱上端微卷杀如殿宇之柱；柱上有普柏枋相交，其上置斗，斗上施十字拱相交，以承梁或额。在形制上这桥诚然极古，当与正殿献殿属于同一时期。而在名称上尚保存着古名，谓之"飞梁"，这也是极罕贵值得注意的。

金人 献殿前牌楼之前，有方形的台基，上面四角上各立铁人一，谓之"金人台"。四金人之中，有两个是宋代所铸，其西南角金人胸前铸字，为"宋故绵州魏城令刘植……等于绍圣四年（一〇九七年）立"。像塑法平庸，字体尚佳。其中两个近代补铸，一清朝，一民国，塑铸都同等的恶劣。

晋祠范围以内，尚有唐叔虞祠、关帝庙等处，匆促未得入览，只好俟诸异日。唐贞观碑原石及后代另摹刻的一碑均存，且有碑亭妥为保护。

山西民居

门楼 山西的村落无论大小，很少没有一个门楼的。村落的四周，并不一定都有围墙，但是在大道入村处，必须建这样一座纪念性建筑物，提醒旅客，告诉他又到一处村镇了。河北境内虽也有这种布局，但究竟不如山西普遍。

山西民居的建筑也非常复杂，由最简单的穴居到村庄里深邃富丽的财主住宅院落，到城市中紧凑细致的讲究房子，颇有许多特殊之点值得注意的。但限于篇幅及不多的相片，只能略举一二，详细分类研究，只能等待以后的机会了。

穴居　穴居之风，盛行于黄河流域，散见于河南、山西、陕西、甘肃诸省。龙非了先生在本刊五卷一期《穴居杂考》一文中已讨论得极为详尽，这次在山西随处得见。穴内冬暖夏凉，住居颇为舒适，但空气不流通，是一个极大的缺憾。穴窑均作抛物线形，内部有装饰极精者，窑壁抹灰，乃至用油漆护墙。窑内除火炕外，更有衣橱桌椅等家具。窑穴时常据在削壁之旁，成一幅雄壮的风景画，或有穴门权衡优美素净，可在建筑术中称上品的。

砖窑　这并非北平所谓烧砖的窑，乃是指用砖发券的房子而言。虽没有向深处研究，我们若说砖窑是用砖来模仿崖旁的土窑，当不至于大错。这是因习惯了穴居的人，要脱去土窑的短处，如潮湿、土陷的危险等，而保存其长处，如高度的隔热力等，所以用砖砌成窑形，三眼或五眼，内部可以互通。为要压下券的推力，故在两旁须用极厚的墙墩；为要使券顶坚固，故须用土作撞券。这种极厚的墙壁，自然有极高的隔热力的。

这种窑券顶上，均用砖墁平，在秋收的时候，可以用作曝晒粮食的露台；或防匪时村中临时的城楼。因各家窑顶多相连，为便于升上窑顶，所以窑旁均有阶级可登。山西的民居，无论贫富，什九[①]以上都有砖窑或土窑的，乃至在寺庙建筑中往往也用这种做法。在赵城至霍山途中，适过一所建筑中的砖窑，颇饶趣味。

在这里我们要特别介绍在霍山某民居门上所见的木版印门神，那种简洁刚劲的笔法，是匠画中所绝无仅有的。

磨坊 磨坊虽不是一种普通的民居，但是住着却别有风味。磨坊利用急流的溪水作发动力，所以必须引水入室下，推动机轮，然后再循着水道出去流入山溪。因磨粉机不息地震动，所以房子不能用发券，而用特别粗大的梁架。因求面粉洁净，坊内均铺光润的地板。凡此种种，都使得磨坊成为一种极舒适凉爽又富有雅趣的住处。尤其是峪道河深山深溪之间，世外桃源里，难怪被人看中作消夏最合宜的别墅。

由全部的布局上看来，山西村野的民居，最善利用地势，就山崖的峻缓高下，层层叠叠，自然成画！使建筑在它所在的地上，如同自然由地里长出来，权衡适宜，不带丝毫勉强，无意中得到建筑术上极难得的优点。

农庄内民居 就是在很小的村庄之内，庄中富有的农人也常有极其讲究的房子，这种房子和北方城市中的"瓦房"同一模型，皆以四合头[②]为基本的分配形式，中加屏门、垂花门，等等。其与北平通常所见最不同处有四点：

一、在平面上，假设正房向南，东西厢房的位置全在北房"通面阔"

[①] 什九：十分之九。指绝大多数。
[②] 四合头：四合房。一种旧式住宅建筑，正面为上房，东西为厢房，南面为倒厅，四面相对，形如"口"字，中央为庭院空地，故又称四合院。

的宽度以内，使正院成南北长东西窄，狭长的一条，失去四方的形式。这个布置在平面上当然是省了许多地盘，比将厢房移出正房通面阔以外经济，且因其如此，正房及厢房的屋顶（多半平顶）极容易联络，石梯的位置，就可在厢房北头，夹在正房与厢房之间，上到某程便可分两面，一面旁转上到厢房屋顶，又一面再上几级可达正房顶。

二、虽说是瓦房，实仍为平顶砖窑，仅留前廊或前檐部分用斜坡青瓦，侧面看去实像砖墙前加用"雨搭"。

三、屋外观印象与所谓三开间同，但内部却仍为三窑眼，窑与窑间亦用发券门，印象完全不似寻常堂屋。

四、屋的后面女儿墙[①]上作成城楼式的箭垛，所以整个房子后身由外面看去直成一座堡垒。

城市中民居　如介休灵石城市中民房与村落中讲究的大同小异，但多有楼，如用窑造亦仅限于下层。城中房屋栉篦[②]，拥挤不堪，平面布置尤其经济，不多点地盘，正院比普通的更窄瘦。一房与他房多用夹道，大门多在曲折的夹道内，不像北平房子之庄重均衡，虽然内部则仍沿用一正两厢的规模。

这种房子最特异之点，在瓦坡前后两片不平均的分配。房脊靠后许多，约在全进深四分之三的地方，所以前坡斜长，后坡短促，前檐玲珑，后墙高垒，作内秀外雄的样子，倒极合理有趣。

---

① 女儿墙：建筑物屋顶四周的矮墙，主要作用除维护安全外，亦会在底部作防水压砖收头，以避免防水层渗水或是屋顶雨水漫流。
② 栉篦：像梳子和篦子的齿一样，一个挨着一个地排列着，多形容房屋等密集。

赵城霍州的民房所占地盘较介休一般从容得多。赵城房子的檐廊部分尤多繁富的木雕，院内真是画梁雕栋琳琅满目，房子虽大，联络甚好，因厢房与正屋多相连属，可通行。

山庄财主的住房 这种房子在一个庄中可有两三家，遥遥相对，仍可以令人想象到当日的气焰。其所占地面之大，外墙之高，砖石木料上之工艺，楼阁别院之复杂，均出于我们意料之外甚多。灵石往南，在汾水东西有几个山庄，背山临水，不宜耕种，其中富户均经商别省，发财后回来筑舍显耀宗族的。

房子造法形式与其他山西讲究的房子相同，但较近于北平宫式，做工极其完美。外墙石造雄厚惊人，有所谓"百尺楼"者，即此种房子的外墙，依着山崖筑造，楼居其上。由庄外遥望，十数里外犹可见，百尺矗立，崔嵬[①]奇伟，足镇山河，为建筑上之荣耀！

结　尾

这次晋汾一带暑假的旅行，正巧遇着同蒲铁路兴工期间，公路被毁，给我们机会将三百余里的路程，慢慢地细看。假使坐汽车或火车，则有许多地方都没有停留的机会，我们所错过的古建，是如何地可惜。

山西因历代争战较少，故古建筑保存得特多。我们以前在河北及晋北调查古建筑所得的若干见识，到太原以南的区域，若观察不慎，时常有以今乱古的危险。在山西中部以南，大个儿斗拱并不希罕，古制犹存。但是

---

① 崔嵬（cuīwéi）：高大；高峻。

明清期间山西的大斗栱，栱斗昂嘴的卷杀极其弯矫，斜栱用得毫无节制，而斗栱上加入纤细的三福云一类的无谓雕饰，允其暴露后期的弱点，所以在时代的鉴别上，仔细观察，还不十分扰乱。

（关于）殿宇的制度，有许多极大的寺观，主要的殿宇都用悬山顶，如赵城广胜下寺的正殿前殿、上寺的正殿等，与清代对于殿顶的观念略有不同。同时又有多种复杂的屋顶结构，如霍县火星圣母庙、文水县开栅镇圣母庙，等等，为明清以后官式建筑中所少见。有许多重要的殿宇，檐椽之上不用飞椽，有时用而极短。明清以后的作品，雕饰偏于繁缛，尤其屋顶上的琉璃瓦，制瓦者往往为对于一件一题雕塑的兴趣所驱而忘却了全部的布局，甚悖建筑图案简洁的美德。

发券的建筑，为山西一个重要的特征，其来源大概是由于穴居而起，所以民居庙宇莫不用之，而自成一种特征。如太原的永祚寺大雄宝殿，是中国发券建筑中的主要作品，我们虽然怀疑它是受了耶稣会士东来的影响，但若没有山西原有通用的方法，也不会形成那样一种特殊的建筑的。在券上筑楼，也是山西的一种特征，所以在古剧里，凡以山西为背景的，多有上楼下楼的情形，可见其为一种极普遍的建筑法。

赵城县广胜寺在结构上最特殊，所以我们在最近的将来，即将前往详究。晋祠圣母庙的正殿、飞梁、献殿，为宋天圣间重要的遗构，我们也必须去作进一步的研究的。

第五辑　致亲友

致沈从文

（一）

一九三六年二月二十七日，致沈从文

二哥：

世间事有你想不到的那么古怪，你的信来的时候正碰到我双手托着头在自恨自伤的一片苦楚的情绪中熬着。在廿四个钟头中，我前前后后，理智地，客观地，把许多纠纷痛苦和挣扎或希望或颓废的详目通通看过好几遍，一方面展开事实观察，一方面分析自己的性格、情绪、历史，别人的性格、情绪、历史，两人或两人以上互相的生活、情绪和历史，我只感到一种悲哀、失望，对自己对生活全都失望。我觉得像我这样的人应该死去，减少自己及别人的痛苦！这或许是暂时的一种情绪，一会儿希望会好。

在这样的消极悲伤的情景下，接到你的信，理智上，我固然同情你所告诉我你的苦痛（情绪的紧张），在情感上我却很羡慕你那么积极、那么热烈、那么丰富的情绪，至少此刻同我的比，我的显然萧条、颓废、消极、无用。你的是在情感的尖锐上奔进！

可是此刻我们有个共同的烦恼，那便是可惜时间和精力，由于情绪的盘旋而耗费去。

你希望捉住理性的自己，或许找个聪明的人帮你整理一下你的苦恼或是"横溢的情感"，想法把它安排得妥帖一点，你竟找到我来，我懂得的。我也经常被同种的纠纷弄得左不是右不是，生活掀在波涛里盲目地同危险周旋，累得我既为旁人焦灼，又为自己操心；又同情于自己，又很不愿意宽恕放任自己。

不过我同你有大不同处：我认定了生活本身原质是矛盾的，我只要生活；体验到极端的愉快，灵质的、透明的、美丽的、近于神话理想的快活，我情愿随之赔偿这天赐的幸福，坑在悲痛、纠纷、失望、无望和寂寞中挨过若干时候，似乎等自己的血在创伤上结痂一样！一切我都在无声中忍受，默默地等天来布置我，没有一句话说！（我且说说来给你作个参考）

我所谓极端的、浪漫的或实际的都无关系，反正我的主义是要生活，没有情感的生活简直是死！生活必须体验丰富的情感，把自己变成丰富，宽大，能优容、能了解、能同情种种人性，能懂得自己，不苛责自己，也不苛责旁人，不难自己以所不能，也不难别人所不能，更不怨运命或是上帝。看清了世界本是各种人性混合做成的纠纷，人性又就是那么一回事，脱不掉生理、心理、环境、习惯、先天特质的凑合！把道德放大了讲，别裁判别人或裁判自己。任性到损害旁人时假如你不忍，你就根本办不到任性的事（如果你办得到，那你那种残忍，便是你自己性格里的一点特性，也用不着过分地去纠正）。想做的事太多，并且互相冲突时，拣最想做——想做到顾不得旁的牺牲的事做，未做时心中发生纠纷是免不了的，做后最用不着后悔，因为你既会去做，那桩事便一定是不可免的，别尽着①罪过自己。

我方才所说到极端愉快、灵质的、透明的、美丽的快乐，不知道你有否同一样的感觉。我的确有过，我不忘却我的幸福。我以为最愉快的事都是一闪亮地在一段较短的时间内迸出神奇的。如同两个人透澈的了解：一句话打到你心里，使得你理智和感情全觉到一万万分满足；如同相爱：在一个时候里，你同你自身以外另一个人互相以彼此存在为极端幸福；如同恋爱：在那时那刻眼所见，耳所听，心所触无所不是美丽，情感如诗歌般自然地流动，如花香那样不知其所以。这些种种便都是一生中不可多得的瑰宝。世界上没有多少人有那机会，且没有多少人有那种天赋的敏感和柔情来尝味那经验，所以就有那种机会也无用。假如有如诗剧神话般的实景，当时当事者本身却没有领会诗的情感又如何行？即使有了，只是浅俗的赏月折花的限量那又有什么话说？！转过来说，对悲哀的敏感也是生活中的可贵处。当时当事，你也许得流出血泪，过去后那些在你经验中也是不可鄙视的创痍。(此时此刻说说话，我倒暂时忘记了昨天到今晚已整整哭了廿四小时中间仅仅睡着三四个钟头，方才在过分的失望中颓废着觉到浪费去时间精力，很使自己感叹。)在夫妇中间为着相爱纠纷自然痛苦，不过那种痛苦也是夹着极端丰富的幸福在内的。冷漠不关心的夫妇结合才是真正的悲剧！

如果在"横溢的情感"和"僵死麻痹的无情感"中叫我来拣一个，我毫无问题要拣上面的一个，不管是为我自己或是为别人。人活着的意义基本的是在能体验情感。能体验情感还得有聪明有思想来分别了解那情感——自己的或别人的！如果再能表现你自己所体验所了解的种种在文字

---

① 尽着：一味，老是。

上——不管那算是宗教或哲学，诗或是小说，或是社会学论文——（谁管那些）——使得别人也更得点人生意义，那或许就是所有的意义了。不管人文明到什么程度，天文地理科学地通到哪里去，这点人性还是一样的，主要一样的是人生的关键。（在一些微笑或皱眉印象上称较分量，在无边际的人事上驰骋细想，正是一种生活。）

算了吧！二哥，别太罪责自己，有空来我这里，咱们再费点时间讨论讨论它，你还可以告诉我一点实在情形。我在廿四小时中只在想自己如何消极到如此田地苦到如此如此，而使我苦得想去死的那个人自己在去上海的火车中也苦得要命——已经给我来了两封电报一封信，这不是"人性"的悲剧么？那个人便是说他最不喜管"人性"的梁二哥！

徽因

你一定得同老金谈谈，他真是能了解同时又极客观极同情极懂得人性，虽然他自己并不一定会提起他的历史。

（二）

一九三七年十月，致沈从文

二哥：

我欠你一封信，欠得太久了！现在第一件事要告诉你的就是我们又都在距离相近的一处了。大家当时分手得那么突兀惨淡，现在零零落落的似乎又聚集起来。一切转变得非常古怪，两月以来我种种地感到糊涂。事情越看得多点，心越焦。我并不奇怪自己没有青年人抗战中兴奋的情绪，因为我比许多人明白一点——自己并没有抗战，生活离前线太远，一方面自己的理智方面也仍然没有失却它寻常的职能，观察得到一些叫人心里顶难过的事，心里有时像个药罐子。

自你走后我们北平学社方面发生了许多叫我们操心的事，好容易挨过了两三星期（我都记不清有多久了）才算走脱。最后我是病的，却没有声张。临走去医院检查了一遍，结果是得着医生严重的警告——但警告白警告，我的寿命是由天的了。临行的前夜一直弄到半夜三点半，次早六时由家里出发，我只觉得是硬由北总布胡同扯出来上车拉倒。东西全弃下倒无所谓，最难过的是许多朋友都像是放下忍心地走掉。端公太太、公超太太住在我家，临别真是说不出地感到似乎是故意那么狠心地把她们抛下。兆和也是一个使我顶不知怎样才好的，而偏偏我就根本赶不上去北城一趟看看她。我恨不得是把所有北平留下的太太孩子挤在一块走出到天津再说。可是我也知道天津地方更莫名其妙，生活又贵，平津那一节火车情形那时也是一天一个花样，谁都不保险会出什么样把戏的。

这是过去的话了，现在也无从说起，自从那时以后，我们真走了不少地方。由卢沟桥事变到现在，我们把中国所有的铁路都走了一段！最紧张的是由北平到天津，由济南到郑州。带着行李、小孩，奉着老母，由天津到长沙共计上下舟车十六次，进出旅店十二次，这样走法也就很够经验的，所为的是回到自己的后方。现在后方已回到了，我们对于战时的国家仅是个不可救药的累赘而已。同时我们又似乎感到许多我们可用的力量废放①在这里，是因为各方面缺乏更好的组织来尽量地采用。我们初到时的兴奋，现实已变成习惯的悲感。更其糟的是这几天看到许多过路的队伍兵丁，由他们吃的穿的到其他的一切一切，"惭愧"两字我嫌它们过于单纯，所以我没有字来告诉你，我心里所感触的味道。

前几天我着急过津浦线上的情形，后来我着急过晋北的情形——那时还是真正的晋北——由大营到繁峙、代县、雁门、朔县、宁武、原平、崞县、忻县一带路，我们是熟极的，阳明堡以北到大同的公路更是有过老朋友（似的）交情，那一带的防御在卢沟桥事变以后一星期中我们所知道的等于是"鸡蛋"。我就不信后来赶得及怎样"了不起"的防御工作，"老醯儿"的军队更是软懦到万分，见不得风的，怎不叫我跳急到万分！好在现在的情形已又不同了，谢老天爷，但是看战报的热情是罪过的。如果我们再按紧一点事实的想象：天这样冷……（就不说别的！！）战士们在怎样的一个情形下活着或死去！三个月以前，我们在那边已穿过棉！所以一天到晚，我真不知想什么好，后方的热情是罪过，不热情的话不更罪过？二哥，你想，我们该怎样地活着才有法子安顿这一副还未死透的良心？

我们太平时代（考古）的事业，现时谈不到别的了，在极省检的法子下维护它不死，待战后再恢复算最为得体的办法。个人生活已甚苦，但尚不到苦到"不堪"。我是女人，当然立刻变成纯净的"糟糠②"的典型，租到两间屋子烹调，课子，洗衣，铺床，每日如在走马灯中过去。中间来几

---

① 废放：废弃。
② 糟糠：酒糟、米糠等粗劣食物，旧时穷人用来充饥。此处指"糟糠之妻"，意为贫穷时共患难的妻子。

次空袭警报，生活也就饱满到万分。注：一到就发生住的问题，同时患腹泻，所以在极马虎中租到一个人家楼上的两间屋。就在火车站旁，火车可以说是从我窗下过去！所以空袭时颇不妙，多暂避于临时大学（熟人尚多见面，金甫亦"高个子"如故）。文艺，理想，都像在北海五龙亭看虹那样，是过去中一种偶然的遭遇，现实只有一堆矛盾的现实抓在手里。

话又说多了，且乱，正像我的老样子。二哥你现实在做什么？有空快给我一封信。（在汉口时，我知道你在隔江，就无法来找你一趟。）我在长沙回首雁门，正不知有多少伤心呢。不日或起早到昆明，长途车约七八日，天已寒冷，秋气肃杀，这路不太好走，或要去重庆再到成都，一切以营造学社工作为转移。（而其间问题尚多，今天不谈了。）现在因时有空袭警报，所以一天不能离开老的或小的，精神上真是苦极苦极，一天的操作也于我的身体有相当威胁。

徽因在长沙

（三）

一九三七年十一月九日至十日，致沈从文

二哥：

在黑暗中，在车站铁篷子底分别很有种清凉味道，尤其是走的人没有找着车位，车上又没有灯；送的打着雨伞，天上落着很凄楚的雨，地下一块亮一块黑地反映着泥水洼，满车站的兵——开拔的，到前线的，受伤开回到后方的！那晚上很代表我们这一向所过的日子的最黯淡的底层——这些日子表面上固然还留一点未曾全褪败的颜色。

这十天里长沙的雨更象征着一切霉湿、凄怆、惶惑的生活。那种永不开缝的阴霸封闭着上面的天,留下一串串继续又继续着檐漏般不愉快的雨。屋里人冻成更渺小无能的小动物,缩着脖子只在呆想中让时间赶到头里,拖着自己半蛰伏的灵魂。接到你第一封信后我又重新发热伤风过一次,这次很规矩地躺在床上发冷或发热,日子清苦得无法设想,偏还老那么悬着叫人着一种无可奈何的急。假如有天,天又有意旨,我真想他明白点告诉我一点事,比如说我这种人需要不需要活着。不需要的话,这种悬着的日子也不都是奢侈?比如说一个非常有精神喜欢挣扎着生存的人,为什么需要肺病?假如是需要,很多希望着健康的想念在她也就很奢侈,是不是最好没有?死在长沙的雨里,死得虽未免太冷点,往昆明跑,跑后的结果假如是一样,那又怎样?昨天我们夫妇打算到昆明去,现在要不就走,再去怕更要落雪落雨发生问题。就走的话,除却旅费,到了那边时身上一共剩下三百来元,万一学社经费不成功,带着那一点点钱一家子老老小小流落在那里颇不妥当,最好得等基金方面一点消息。

可是今天居然天晴,并且有大蓝天,大白云,顶美丽的太阳光!我坐在一张破藤椅上,破藤椅放在小破廊子上,旁边晒着棉被和雨鞋,人也就轻松一半。该想的事暂时不再想它,想想别的有趣的事,比如差未几①二十年前,我独自坐在一间顶大的书房里看雨,那是英国的不断的雨。我爸爸到瑞士国联开会去,我能在楼上嗅到顶下层楼下厨房里炸牛腰子同洋咸肉(的味道)。到晚上又是在顶大的饭厅里(点着一盏顶暗的灯独自坐着,垂着两条不着地的腿同刚刚垂肩的发辫)一个人吃饭,一面咬着手指

---

① 差未几:差不多,将近。

头哭——闷到实在不能不哭！理想的我老希望着生活有点浪漫的事发生，或是有个人叩下门走进来坐在我对面跟我谈话，或是同我同坐在楼上炉边给我讲故事，最要紧的还是有个人要来爱我。我做着所有女孩做的梦。而实际上却只是天天落雨又落雨，我从不熟悉一个男朋友，从没有一个浪漫聪明的人走来同我玩——实际生活上所熟悉的人从没有一个像我所想象的浪漫人物，却还加上一大堆人事上的纷纠①。

话说得太远了，方才说天又晴了，我却怎么又转到落雨上去？真糟！肚子有点饿，嗅不着炸牛腰子同咸肉（的味道），更是无法再想英国或廿年前的事——国联或其他！

方才念到你的第二信，说起爸爸的演讲，当时他说得顶热闹，根本没有想到留意近在自己身边的女儿的日常一点点小小苦痛比那种演讲更能表示他真的懂得那些问题的重要。现在我自己已做了妈妈，我不愿意在任何情形下把我的任何一角酸辛的经验来换他当时的一篇漂亮话，不管它有多少风趣。这也许是我比他老实，也许是我比他缺一点幽默！

好久了，我没有写长信，写这么杂乱无系统的随笔信，今晚上写了这很多，谁知道我方才喝了些什么。此刻真是冷，屋子里谁都睡了，温度仅仅五十一度（华氏度，相当于十余摄氏度），也许这是原因！

明早再写关于沅陵及其他向昆明方面设想的信！

又接到另外一封信。关于沅陵，我们可以想想。关于大举移民到昆明的事，还是个大悬点挂在空里，看样子假如再没有计划就因无计划而在长沙留下来过冬。不过关于一切我仍然还须给你更具体地回信一封，此信今天暂时先拿去付邮而免你惦挂。

---

① 纷纠：纠纷，纷扰。

昨天张君劢老前辈来此，这人一切仍然极其"混沌"（我不叫它做天真）。天下事原来都是一些极没有意思的，我们理想着一些美妙的完美结果只是处处悲观叹息着。我真佩服一些人仍然整天说着大话，自己支持着极不相干的自己以至于别人想哭！

匆匆　徽因

十一月九日至旬日

致胡适

（一）

一九二七年二月六日，致胡适

适之先生：

也许你很诧异这封唐突的来信，但是千万请你原谅，你到美的消息传到一个精神充军的耳朵里，这不过是个很自然的影响。

我这两年多的渴望北京和最近惨酷的遭遇给我许多烦恼和苦痛。我想你一定能够原谅我对于你到美的踊跃。我愿意见着你，我愿意听到我所狂念的北京的声音和消息，你不以为太过吧？

纽约离此很近，我有希望欢迎你到费城来么？哥伦比亚演讲一定很忙，不知周末可以走动不？

这二月底第三或第四周末有空否？因为那时宾大新创的教育会有个演讲托我找中国 speaker（讲演人——编者注），胡先生若可以来费可否答应当那晚的 speaker？本来这会极不要紧的，不该劳动大驾，只因此我们可以聚会晤谈，所以函问。

若是月底太忙不能来费，请即示知，以便早早通知该会（Dr.G.H.minnich 会长），过些时候我也许可以到纽约来拜访。

很不该这样唐突打扰，但是——原谅。

徽因上

二月六日于费城

（二）

一九二七年二月十五日，致胡适

适之先生：

我真不知道怎样谢谢你这次的 visit（访问——编者注）才好！星期五那天我看你从早到晚不是说话便是演讲真是辛苦极了。第二天一清早我想着你又在赶路到华京（华盛顿——编者注）去，着实替你感着疲劳。希望你在华京从容一点，稍稍休息过来。

那天听讲的人都高兴得了不得。那晚饭后我自己只觉得有万千的感触。倒没有向你道谢。要是道谢的话，"谢谢"两字真是太轻了，不能表达我的感激。一个小小的教育会把你辛苦了足三天，真是！

你的来费给我好几层的安慰，老实说当我写信去请你来时实在有些怕自己唐突，就是那天见了你之后也还有点不自在。但是你那老朋友的诚意温语立刻把我 put at ease（让我安心——编者注）宽慰了。

你那天所谈的一切——宗教、人事、教育到政治——我全都忘不了的，尤其是"人事"；一切的事情我从前不明白，现在已经清楚了许多，就还有要说要问的，也就让他们去，不说不问了，"让过去的算过去的"，这是志摩的一句现成话。

大概在你回国以前我不能到纽约来了，如果我再留美国一年的话，大约还有一年半我们才能再见了。适之先生，我祝你一切如意快乐和健康。回去时看见朋友们替我问候：请你告诉志摩我这三年来寂寞受够了，失望也遇多了，现在倒能在寂寞和失望中得着自慰和满足。告诉他我绝对地不怪他，只有盼他原谅我从前的种种的不了解。但是路远，隔膜误会是所不免的，他也该原谅我。我昨天把他的旧信一一翻阅了。旧的志摩我现在真真透彻地明白了，但是过去，现在不必重提了，我只求永远纪念着。

如你所说的，经验是可宝贵的，但是有价值的经验全是苦痛换来的，我在这三年中真是得了不少的阅历，但就也够苦了。经过了好些变化的环境和心理，我是如你所说的老成了好些。换句话说，便是会悟了从青年的 idealistic phase（理想主义阶段——编者注）走到了成年的 realistic phase（现实主义阶段——编者注），做人便这样做罢。idealistic 的梦停止了，也就可以医好了许多 vanity（虚荣——编者注），这未必不是个好处。

照事实上看来，我没有什么不满足的。现在一时国内要不能开始我的工作，我便留在国外继续用一年功夫再说。有便请你再告诉志摩，他怕美国把我宠坏了，事实上倒不尽然，我在北京的那一年 spoil（娇养坏了——编者注）。生活用了三年的工夫才一点一点改过来，要说 "spoil"，世界上没有比中国更容易 spoil 人了，他自己也就该留心点。

通伯（陈西滢——编者注）和夫人（凌叔华——编者注）为我道念，叔华①女士若是有暇，可否送我几张房子的相片？自房子修改以后我还没有看见过，我和那房子的感情实是深长。旅居的梦魂常常绕着琼塔雪池。她母亲的院子里就有我无数的记忆，现在虽然已不堪回首，但是房主人们都是旧友，我极愿意有几张影片留作纪念。

感情和理性可以说是反对的。现在夜深，我不由得不又让情感激动，便就无理地写了这么长一封信，费你时间，扰你精神。适之先生，我又得apologize（道歉——编者注）了。回国以后如有机会，闲暇的时候给我个把字吧，我眼看着还要"充军"一年半，不由得不害怕呀。

胡太太为我问好，希望将来到北京时可以见着。就此祝你旅安。

徽因　寄自费城

二月十五日

（三）

一九三二年一月一日，致胡适

适之先生：

志摩刚刚离开我们，遗集事尚觉毫无头绪，为他的文件就有了些纠

---

① 叔华：凌叔华。生于一九〇〇年，卒于一九九〇年。二十世纪二十年代与冰心、林徽因齐名的"文坛三才女"之一。学养深厚，在文学创作和绘画方面都有优异的成就。主要作品有短篇小说集《花之寺》《女人》《小哥儿俩》及散文集《爱山庐梦影》等。

纷，真是不幸到万分，令人想着难过之极。

我觉得甚对不起您为我受了许多麻烦，又累了许多朋友也受了些许牵扰更是不应该。

事情已经如此，现在只得听之，不过我求您相信我不是个多疑的人，这一桩事的蹊跷曲折，全在叔华一开头便不痛快——便说瞎话——所致。

我这方面的事情很简单：

（一）大半年前志摩和我谈到我们英国一段事，说到他的"康桥日记"仍存在，回硖石时可找出给我看。如果我肯要，他要给我（因为他知道我留有他当时的旧信，他觉得可收藏在一起）。

（注：整三年前，他北来时，他向我诉说他订婚、结婚的经过，讲到小曼看到他的"雪池时代日记"不高兴极了，把它烧了的话，当时也说过。不过我尚存下我的"康桥日记"。）

（二）志摩死后，我对您说了这段话——还当着好几个人说的——在欧美同学会，奚若、思成从渭南回来那天。

（三）十一月廿八星期六晨，由您处拿到一堆日记簿（有满的一本，有几行的数本，皆中文，有小曼的两本，一大一小。后交叔华，由您负责取回的），有两本英文日记，即所谓 Cambridge（康桥——编者注）日记者一本。乃从"July 31 1921"起，次本从"Dec.2nd"（同年）起始，至回国止者。又有一小本英文，为志摩一九二五年在意大利写的。此外（是）几包晨报副刊原稿，两包晨报副刊零张杂纸，空本子小相片，两把扇面，零零星星的纸片，住址本。

（注：那天在您处仅留一小时，整理诗刊稿子，无暇细看箱内零本，

所以一起将箱带回细看。此箱内物是您放入的,我丝毫未动。我更知道此箱装的不是志摩平日原来的那些东西,而是在您将所有信件分人分类检出后,单单将以上那些本子、纸包聚成这一箱的。)

(四)由您处取出日记箱后约三四日或四五日听到奚若说:公超在叔华处看到志摩的康桥日记,叔华预备约公超共同为志摩作传的。

(注:据公超后来告我,叔华是在十一月廿六日开会讨论悼志摩的那一晚上约他去看日记的。)

(五)追悼志摩的第二天(十二月七号),叔华来到我家向我要点志摩给我的信,由她编辑,成一种"志摩信札"之类的东西。我告诉她旧信全在天津,百分之九十为英文,怕一时拿不出来,拿出来也不能印。我告诉她我拿到有好几本日记,并请她看一遍大概是些什么,并告诉她,当时您有要交给大雨的意思,我有点儿不赞成。您竟然将全堆"日记类的东西"都交我,我又 embarrassed(不好意思——编者注)却又不敢负您的那种 trust(信任——编者注)——您要我看一遍编个目录——所以我看东西绝对地 imperonal(非个性化地——编者注)带上历史考据眼光。Interesting only in(兴趣只在——编者注)事实的辗进变化,忘却谁是谁。

最后我向她要公超所看到的志摩日记——我自然作为她不会说"没有"的可能说法,公超既已看到。(我说:听说志摩的康桥日记在你处,可否让我看看?她停了一停说可以。)

我问她:"你处有几本?两本么?"

她说两——本——,声音拖慢,说后极不高兴。

我问:"两本是一对么?"未待答,"是否与这两本(指我处康桥日记两本）相同的封皮？"

她含糊应了些话，似乎说"是！不是，说不清"等，"似乎一本是——"现在我是绝对记不清这个答案（这句话待考）。因为当时问此话时，她的神色极不高兴，我大窘。

（六）我说要去她家取，她说她下午不在。我想同她回去，却未敢开口。

后约定星期三（十二月九号）遣人到她处去取。

（七）星期三（九号）晨十一时半，我自己去取，叔华不在家，留一信备给我的，信差带复我的。

此函您已看过，她说（原文）："昨归，遍找志摩日记不得，后检自己当年日记，乃知志摩交我乃三本：两小，一大。小者即在君处箱内，阅完放入的。大的一本（满写的）未阅完，想来在字画箱内（因友人物多，加意保全）。因三四年中四方奔走，家中书物皆堆叠成山，甚少机缘重为整理，日间得闲当细检一下，必可找出来阅。此两日内，人事烦扰，大约须此星期底才有空翻寻也。"

〔注：这一篇信内有几处瞎说不必再论，即是"阅完放入""未阅完"两句亦有语病，既说志摩交她三本日记，何来"阅完放入"君处箱内？可见非志摩交出，乃从箱内取出阅，而"阅完放入"，而有一本（？）未阅完而未放入。

此箱偏偏又是当日志摩曾寄存她处的一个箱子，曾被她私开过的。（此句话志摩曾亲语我。他自叔华老太太处取回箱时，亦大喊："我锁的，如何开了？这是我最要紧的文件箱，如何无锁？怪事——"又"太奇怪，许多东西不见了，missing"，旁有思成，Lilian Tailor 及我三人。）]

（八）我留字，请她务必找出借我一读。说那是个不幸事的留痕，我欲一读，想她可以原谅我。

（九）我觉得事情有些周折，气得通宵没有睡着，可是，我猜她推到"星期底"必是要抄留一份底子，故或需要时间（她许怕我以后不还她那日记）。我未想到她不给我。更想不到以后收到半册，而这半册日记正巧断在刚要遇到我的前一两日。

（十）十二月十四日（星期一）

Half a book with 128 pages received（dated from Nov. 17, 1920 ended with senteuce "it was badly planned."）（收到半本共128页，始自1920年11月17日，结尾一句是"计划得很稳"。——编者注）叔华送到我家来，我不在家，她留了一个note说怕我急，"赶早送来"的话。

（十一）事后知道里边有故事，却也未胡猜，后奚若来说叔华跑到性仁家说她处有志摩日记（未说清几本），徽因要，她不想给（不愿意给）的话，又说小曼日记两本她拿去也不想还，等等，大家都替我生气，觉得叔华这样，实在有些古怪。

（十二）我到底全盘说给公超听了（也说给您听了）。公超看了日记说，这本正是他那天（离十一月廿八日最近的那星期）看到的，不过当时未注意底下是如何，是否只是半册未注意到。她告诉他是两本，而他看到的只是一本，但他告诉您（适之）"I refuse to be quoted"（我拒绝被引用——编者注），底下事不必再讲了。

（四）

一九三二年一月一日，致胡适

适之先生：

下午写了一信，今附上寄呈，想历史家必不以我这种信为怪，我为人直爽性急，最恨人家小气曲折说瞎话。此次因为叔华瞎说，简直气糊涂了。

我要不是因为知道公超看到志摩日记，就不知道叔华处会有的。谁料过了多日，向她要借看时，她倒说"遍找不得""在书画箱内多年未检"的话。真叫人不寒而栗！我从前不认得她，对她无感情，无理由的，没有看得起她过。后来因她嫁通伯①，又有《送车》等作品，觉得也许我狗眼看低了人，始大大谦让真诚地招呼她，万料不到她是这样一个人！真令人寒心。

志摩常说："叔华这人小气极了。"我总说："是么？小心点吧，别得罪了她。"

女人小气虽常有（的）事，像她这种有相当学问（的）知名的人也该学点大方才好。

现在无论日记是谁裁去的，当中一段缺了是事实，她没有坦白地说明以前，对那几句瞎话没有相当地解释以前，她永有嫌疑的。（志摩自己不

---

① 通伯：陈西滢。原名陈源，字通伯，笔名西滢，江苏无锡人，著名文学家、翻译家。一九二三年，与胡适、徐志摩、闻一多、梁实秋等人在北京成立新月社。一九二四年，与王世杰、胡适、徐志摩等人一同创办《现代评论》杂志。著有《西滢闲话》《西滢后话》等。

会撕的，小曼尚在，可问）

关于我想着那段日记，想也是女人小气处或好奇处多事处，不过这心里太 Human（人性——编者注）了，我也不觉得惭愧。

实说，我也不会以诗人的美谀为荣，也不会以被人恋爱为辱。我永是"我"，被诗人恭维了也不会增美增能，有过一段不幸的曲折的旧历史也没有什么可羞惭。（我只是要读读那日记，给我种满足，好奇心满足，回味这古怪的世事，纪念老朋而已。）

我觉得这桩事人事方面看来真不幸，精神方面看来这桩事或为造成志摩为诗人的原因，而也给我不少人格上知识上磨炼修养的帮助，志摩 in a way（在某种程度上——编者注）不悔他有这一段苦痛历史，我觉得我的一生至少没有太堕入凡俗的满足也不算一桩坏事。志摩警醒了我，他变成一种 Stimulant（激励——编者注）在我生命中，或恨，或怒，或 Happy（欢乐——编者注），或 Sorry（遗憾——编者注），或难过，或苦痛，我也不悔的，我也不 Proud（骄傲——编者注）我自己的倔强，我也不惭愧。

我的教育是旧的，我变不出什么新的人来，我只要"对得起"人——爹娘、丈夫（一个爱我的人，待我极好的人）、儿子、家族等等，后来更要对得起另一个爱我的人，我自己有时的心、我的性情便弄得十分为难。前几年不管对得起他不，倒容易——现在（的）结果，也许我谁都没有对得起，您看多冤！

我自己也到了相当的年纪，也没有什么成就，眼看得机会愈少——我是个兴奋 type accomplish things by sudden inspiration and master stroke（做事全凭突然降临的灵感和灵光闪现——编者注），不是能用功慢慢修炼的人。

现在身体也不好，家常的负担也繁重，真是怕从此平庸处世，做妻生仔地过一世！我禁不住伤心起来。想到志摩今夏的 inspiring friendship and love（使人振奋的友谊和爱——编者注）；对于我，我难过极了。

这几天思念他得很，但是他如果活着，恐怕我待他仍不能改的。事实上太不可能。也许那就是我不够爱他的缘故，也就是我爱我现在的家在一切之上的确证。志摩也承认过这话。

徽因

二十年正月一日

（五）

一九三二年春，致胡适

适之先生：

多天未通音讯，本想过来找您谈谈，把一些零碎待接头的事情一了，始终办不到。日前，人觉得甚病不大动得了，后来赶了几日夜——两三处工程图案，愈弄得人困马乏。

上星期起到现在一连走了几天协和检查身体，消息大不可人，医生和思成又都皱起眉头！看来我的病倒进展了些，医生还在商量根本收拾我的办法。

身体情形如此，心绪更不见佳，事情应着手的也复不少，甚想在最近期间能够一晤谈，将志摩几本日记事总括筹个办法。

此次，您从硖①带来一部分日记尚未得见，能否早日让我一读，与其他部分做个整个的 Survey（考察——编者注）？

据我意见看来，此几本日记，英文原文并不算好，年轻得厉害，将来与他"整传"大有补助处固甚多，单印出来在英文文学上价值并不太多（至少在我看到的那两本中，文字比他后来的作品、书札差得很远），并且关系人个个都活着，也极不便，一时只是收储保存问题。

志摩作品中，诗已差不多全印出，散文和信札大概是目前最要紧问题，不知近来有人办理此事否？"传"不"传"的，我相信志摩的可爱的人格永远会在人们记忆里发亮的，暂时也没有赶紧（的）必要。至多慢慢搜集材料为将来的方便而已。

日前，Mr.E.S.Bernett（伯内特先生——编者注）来访说 Mrs.Richard（理查德夫人——编者注）有信说志摩康桥的旧友们甚想要他的那两篇关于康桥的文章译成英文寄给他们，以备寄给两个杂志刊登。The Richards 希望就近托我翻译。我翻阅那两篇东西，不禁出了许多惭愧的汗。你知道那两篇东西是他散文中极好的两篇。我又有什么好英文来翻译它们？一方面我又因为也是爱康河的一个人，对康桥英国晚春景象有特殊感情的一个人，又似乎很想"努力""尝试"（那是先生的好话），并且康桥那方面几个老朋友我也认识几个，他那文章里所引的事，我也好像全彻底明白……

但是，如果先生知道有人能够十分地 do his work justice in rendering in to really charming English（恰当对待他的作品，使其变成真正富有魅力的英

---

① 硖：指徐志摩的故乡浙江海宁硖石（今浙江嘉兴海宁市硖石街道），因两山夹一水的地理形状而得名。

文——编者注），最好仍请一个人快快地将那东西译出寄给 Richards 为妥。

身体一差伤感色彩便又深重。这几天心里万分地难过。怎办？

从文走了没有，还有没有机会再见到？

湘玖又北来，还未见着。南京似乎日日有危险的可能。真糟。思忠在八十八师已开在南京下关前线，国"难"更"难"得迫切，这日子又怎么过！

先生这两天想也忙，过两天可否见到，请给个电话。

胡太太伤风想已好清。我如果不是因为闹协和这一场，本来还要来进"研究院"的。现在只待静候协和意旨，不进医院也得上山了。

此问

著安

徽因拜上

思成寄语问候，他更忙得不亦乐乎。

致傅斯年

第五辑 致亲友

一九四二年约春夏，致傅斯年

孟真先生：

接到要件一束，大吃一惊，开函拜读，则感与惭并，半天作奇异感！空言不能陈万一，雅不欲循俗进谢，但得书不报，意又未安。踌躇了许久仍是临书木讷，话不知从何说起！

今日里巷之士穷愁疾病，屯蹶①颠沛者甚多。固为抗战生活之一部，独思成兄弟年来蒙你老兄种种帮忙，营救护理无所不至，一切医药未曾欠缺，在你方面固然是存天下之义而无有所私，但在我们方面虽感到Lucky（幸运——编者注）终增愧悚，深觉抗战中未有贡献，自身先成朋友及社会上的累赘的可耻。

现在你又以成、永（梁思成、梁思永——编者注）兄弟危苦之情上闻介公（对蒋介石的称谓——编者注），丛细之事累及泳霓先生②，为拟长文说明工作之优异，侈誉过实，必使动听，深知老兄苦心，但读后惭汗满

---

① 屯蹶：形容艰难困顿。
② 泳霓先生：张寿镛，字伯颂，号泳霓。生于一八七五年，卒于一九四五年。上海光华大学（今华东师范大学）创办人之一、首任校长。代表作品有《四明丛书》、《约园杂著》等。

背矣！

尤其是关于我的地方，一言之誉可使我疚心疾首①，夙夜愁痛。日念平白吃了三十多年饭，始终是一张空头支票难得兑现。好容易盼到孩子稍大，可以全力工作几年，偏偏碰上大战，转入井臼柴米的阵地，五年大好光阴又失之交臂。近来更胶着于疾病处残之阶段，体衰智困，学问工作恐已无分，将来终负今日教勉之意，太难为情了。

素来厚惠可以言图报，唯受同情，则感奋之余反而缄默，此情想老兄伉俪皆能体谅，匆匆这几行，自然书不尽意。

思永已知此事否？思成平日谦谦怕见人，得电必苦不知所措。希望泳霓先生会将经过略告知之，俾引见访谢时不至于茫然。

此问

双安

徽因

---

① 疚心疾首：犹痛心疾首。形容忧心愁痛到极点。

致张兆和

一九四九年一月三十日，致张兆和

卅七年（一九四八年）末北平围城时从清华园寄城中。徽，交三姐。

三小姐：

收到你的信，并且得知我们这次请二哥出来，的确也是你所赞同的，至为欣慰。这里的气氛与城里完全两样，生活极为安定愉快。一群老朋友仍然照样地打发日子，老邓、应铨等就天天看字画，而且人人都是乐观地、怀着希望地照样工作。二哥到此，至少可以减少大部分精神上的压迫。

他住在老金家里。早起八时半就同老金一起过我家吃早饭；饭后聊天半小时，他们又回去；老金仍照常伏案。

中午又来，饭后照例又聊半小时，各回去睡午觉。下午四时则到熟朋友家闲坐；吃吃茶或是有点点心。六时又到我家，饭后聊到九时左右才散。这是我们这里三年来的时程，二哥来此加入，极为顺利。晚上我们为他预备了安眠药。由老金临睡时发给一粒。此外在睡前还强迫吃一杯牛奶，所以二哥的睡眠也渐渐地上轨道了。

徽因续写：

二哥第一天来时精神的确紧张，当晚显然疲倦，但心绪却愈来愈开朗，第二天人更显愉快。但据说仍睡得不多，所以我又换了一种安眠药交老金三粒（每晚代发一粒给二哥），且主张临睡喝热牛奶一杯。昨晚大家散得特别早。今早他来时精神极好，据说昨晚早睡，半夜"只醒一会儿"。说是昨夜的药比前夜的好，大约他是说实话，不是哄我。看三天来的进步，请你放心他的一切。今晚或不再给药了，我们熟友中的谈话多半都是可以解除他那些幻想的过虑的，尤以熙公（张奚若）的为最有力，所以在这方面他也同初来时不同了。近来因为我病老金又老，在我们这边吃饭，所以我这里没有什么客人，他那边更少人去，清静之极。今午二哥大约到念生（罗常培）家午饭。噜噜嗦嗦写了这大篇，无非是要把确实情形告诉你放心，"语无伦次"一点，别笑话。

这里这几天天晴日美，郊外适于郊游闲走，我们还要设法要二哥走路——那是最可使他休息脑子，而晚上容易睡着的办法，只不知他肯不肯。即问您自己可也要多多休息才好，如果家中能托人，一家都来这边，就把金家给你们住，老金住我们书房也极方便。

思成、徽因　同上

致梁思庄

一九三六年夏，致梁思庄

思庄：

　　来后还没有给你（去）信，旅中并没有多少时间。每写一封到北平，总以为大家可以传观，所以便不另写。连得三爷、老金等信，给我们的印象总是一切如常，大家都好，用不着我操什么心，或是要急赶回去的。但是出来已两周，我总觉得该回去了，什么怪时候、赶什么怪车都愿意，只要能省时候。尤其是这几天在建筑方面非常失望，所谒大寺庙不是全是垃圾，便是代以清末简陋的不相干的房子，还刷着蓝白色的"天下为公"及其他，变成机关或学校。每去一处都是汗流浃背的跋涉，走路工作的时候又总是早八至晚六最热的时间里。这三天来可真真累得不亦乐乎。吃得也不好，天太热也吃不大下。因此种种，我们比上星期的精神差多了。

　　上星期劳苦功高之后，必到个好去处，不是山明水秀，就是古代遗址眩目惊神，令人忘其所以！青州外表甚雄，城跨山边，河绕城下，石桥横通，气象宽朗，且树木葱郁奇高。晚间到时山风吹过，好像满有希望，结果是一无所得。临淄更惨，古刹大佛有数处。我们冒热出火车，换汽车、洋车，好容易走到，仅在大中午我们已经心灰意懒时得见一个北魏石像！庙则统统毁光！

你现在是否已在北屋暂住下？Boo（梁思庄女儿吴荔明的乳名——编者注）住哪里？你请过客没有？如果要什么请你千万别客气，随便叫陈妈预备，思马一外套取回来没有？天这样热，I can't quite imagine（我简直不能想象——编者注）人穿它！她的衣料拿去做了没有？都是挂念。

匆匆

二嫂

整天被跳蚤咬得慌，坐在三等火车中又不好意思伸手在身上各处乱抓，结果浑身是包！

悼志摩

十一月十九日我们的好朋友,许多人都爱戴的新诗人徐志摩,突兀地、不可信地、残酷地在飞机上遇险而死去。这消息在二十日的早上像一根针刺触到许多朋友的心上,顿使那一早的天墨一般的昏黑,哀恸的咽哽①锁住每一个人的嗓子。

志摩……死……谁曾将这两个句子联在一处想过!他是那样活泼的一个人,那样刚刚站在壮年的顶峰上的一个人。朋友们常常惊讶他的活动,他那像小孩般的精神和认真,谁又会想到他死?

突然地,他闯出我们这共同的世界,沉入永远的静寂,不给我们一点预告,一点准备,或是一个最后希望的余地。这种几乎近于忍心的决绝,那一天不知震麻了多少朋友的心。现在那不能否认的事实,仍然无情地挡在我们前面。任凭我们多苦楚地哀悼他的惨死,多迫切地希冀能够仍然接触到他原来的音容,事实是不会为我们这伤悼而有些许活动的可能!这难堪的永远的静寂和消沉便是死的最残酷处。

我们不迷信的、没有宗教地望着这死的帷幕,更是丝毫没有把握。张开口我们不会呼吁,闭上眼不会入梦,徘徊在理智和情感的边沿,我们不能预期后会,对这死,我们只是永远发怔,吞咽苦涩的泪;待时间来剥削

---
① 咽哽:指泣不成声,气塞声断。

着哀恸的尖锐，痂结我们每次悲悼的创伤。那一天下午初得到消息的许多朋友不是全跑到胡适之先生家里么？但是除去拭泪相对、默然围坐外，谁也没有主意，谁也不知有什么话说，对这死！

谁也没有主意，谁也没有话说！事实不容我们安插任何的希望，情感不容我们不伤悼这突兀的不幸，理智又不容我们有超自然的幻想！默然相对，默然围坐……而志摩则仍是死去没有回头，没有音讯，永远地不会回头，永远地不会再有音讯。

我们中间没有绝对信命运之说的，但是对着这不测的人生，谁不感到惊异；对着那许多事实的痕迹，又如何不感到人力的脆弱、智慧的有限。世事尽有定数？世事尽是偶然？对这永远的疑问我们什么时候能有完全的把握？

在我们前边展开的只是一堆坚质的事实：

"是的，他十九日晨有电报来给我……

"十九日早晨，是的！说下午三点准到南苑，派车接……

"电报是九时从南京飞机场发出的……

"刚是他开始飞行以后所发……

"派车接去了，等到四点半……说飞机没有到……

"没有到……航空公司说济南有雾……很大……"

只是一个钟头的差别；下午三时到南苑，济南有雾！谁相信就是这一个钟头中便可以有这么不同事实的发生，志摩，我的朋友！

他离平的前一晚我仍见到，那时候他还不知道他次晨南旅的，飞机改期过三次，他曾说如果再改下去，他便不走了的。我和他同由一个茶会出来，在总布胡同口分手。在这茶会里我们请的是为太平洋会议来的一个柏雷博士，因为他是志摩生平最爱慕的女作家曼殊斐儿的姊丈，志摩十分殷勤；希望可以再从柏雷口中得些曼殊斐儿早年的影子，只因限于时间，我们茶后匆匆地便散了。晚上我有约会出去了，回来时很晚，听差说他又来过，适遇我们夫妇刚走，他自己坐了一会儿，喝了一壶茶，在桌上写了些字便走了。我到桌上一看：

"定明早六时飞行，此去存亡不卜……"我怔住了，心中一阵不痛快，却忙给他一个电话。

"你放心。"他说，"很稳当的，我还要留着生命看更伟大的事迹呢，哪能便死……"

话虽是这样说，他却是已经死了整两周了！

现在这事实一天比一天更结实，更固定，更不容否认。志摩是死了，这个简单残酷的事实早又添上时间的色彩，一周，两周，一直地增长下去……

我不该在这里语无伦次地尽管呻吟我们做朋友的悲哀情绪。归根说，读者抱着我们的文字看，也就是像志摩的请柏雷一样，要从我们口里再听到关于志摩的一些事。这个我明白，只怕我不能使你们满意，因为关于他的事，动听的，使青年人知道这里有个不可多得的人格存在的，实在太多，绝不是几千字可以表达得完。谁也得承认，像他这样的一个人，世间便不轻易有几个的，无论在中国还是外国。

我认得他，今年整十年，那时候他在伦敦经济学院，尚未去康桥。我初次遇到他，也就是他初次认识到影响他迁学的狄更生先生。不用说，他和我父亲最谈得来,虽然他们年岁上差别不算少,一见面之后便互相引为知己。他到康桥之后由狄更生介绍进了皇家学院,当时和他同学的有我姊丈温君源宁。一直到最近两个月中源宁还常在说他当时的许多笑话,虽然说是笑话,那也是他对志摩最早的一个惊异的印象。志摩认真的诗情,绝不含有任何矫伪,他那种痴,那种孩子似的天真实能令人惊讶。源宁说,有一天他在校舍里读书,外边下起了倾盆大雨——唯是英伦那样的岛国才有的狂雨——忽然他听到有人猛敲他的房门,外边跳进一个被雨水淋得全湿的客人。不用说他便是志摩,一进门一把扯着源宁向外跑,说"快来,我们到桥上去等着"。这一来把源宁怔住了,他问志摩"等什么?在这大雨里"。志摩睁大了眼睛,孩子似的高兴地说"看雨后的虹去"。源宁不止说他不去,并且劝志摩趁早将湿透的衣服换下,再穿上雨衣出去,英国的湿气岂是儿戏。志摩不等他说完,一溜烟地自己跑了。

以后我好奇地曾问过志摩这故事的真确,他笑着点头承认这全段故事的真实。我问:"那么下文呢,你立在桥上等了多久?并且看到虹了没有?"他说记不清,但是他居然看到了虹。我诧异地打断他对那虹的描述,问他怎么他便知道,准会有虹的?他得意地笑答我说:"完全诗意的信仰!"

"完全诗意的信仰",我可要在这里哭了!也就是为这"诗意的信仰",他硬要借航空的方便达到他"想飞"的宿愿!"飞机是很稳当的,"他说,"如果要出事那是我的运命!"他真对运命(抱着)这样"完全诗意的信仰"!

志摩,我的朋友,死本来也不过是一个新的旅程,我们没有到过的,不免过分地怀疑，死不定就比这生苦，"我们不能轻易断定那一边没有阳光与人情的温慰"，但是我前边说过最难堪的是这永远的静寂。我们生在这没有宗教的时代，对这死实在太没有把握了。这以后许多思念你的日子，怕要全是昏暗的苦楚，不会有一点点光明，除非我也有你那美丽的诗意的信仰！

我个人的悲绪不禁又来扰乱我对他生前许多清晰的回忆，朋友的原谅。

诗人的志摩用不着我来多说，他那许多诗文便是估价他的天平。我们新诗的历史才是这样地短，恐怕他的判断人尚在我们儿孙辈的中间。我要谈的是诗人之外的志摩。人家说志摩的为人只是不经意的浪漫，志摩的诗全是抒情诗，这断语从不认识他的人听来可以说很公平，从他朋友们看来实在是对不起他。志摩是个很古怪的人，浪漫固然，但他人格里最精华的却是他对人的同情、和蔼和优容。没有一个人，他对他不和蔼；没有一种人，他不能优容；没有一种情感，他绝对地不能表同情。我不说了解，因为不是许多人爱说志摩最不解人情么？我说他的特点也就在这上头。

我们寻常人就爱说了解；能了解的我们便同情，不了解的我们便很落寞乃至于酷刻。表同情于我们能了解的，我们以为很适当；不表同情于我们不能了解的，我们也认为很公平。志摩则不然，了解与不了解，他并没有过分地夸张，他只知道温存、和平、体贴。只要他知道有情感的存在，无论出自何人，在何等情况下，他理智上认为适当与否，他全能表几分同情，他真能体会、原谅他人与他自己的不相同处。从不会刻薄地单支出严格的迫仄的道德的天平指摘凡是与他不同的人。他这样地温和，这样地优容，真能使许多人惭愧。我可以忠实地说，至少他要比我们多数的人伟大许多；他觉得人类各种的情感动作全有它不同的、价值放大了的人类的眼光，同情不该只限于我们划定的范围内。他是对的，朋友们，归根说，我们能够懂得几个人，了解几桩事、几种情感？哪一桩事、哪一个人没有多面的看法！为此说来志摩的朋友之多，不是个可怪的事；凡是认得他的人不论深浅对他全有特殊的感情，也是极为自然的结果。而反过来看他自己在他一生的过程中却是很少得着同情的。不止如是，他还曾为他的一点理想的愚诚几次几乎不见容于社会。但是他却未曾为这个鄙吝他给他人的同情心，他的性情，不曾为受了刺激而转变得刻薄暴戾过，谁能不承认他几有超人的宽量。

志摩的最动人的特点，是他那不可信的纯净的天真，对他的理想的愚诚，对艺术欣赏的认真，体会情感的切实，全是难能可贵到极点。他站在雨中等虹；他甘冒社会的大不韪争他的恋爱自由；他坐曲折的火车到乡间去拜访哈代；他抛弃博士一类的引诱卷了书包到英国，只为要拜罗素做老师。他为了一种特异的境遇、一时特异的感动，从此在生命途中冒险，从此抛弃所有的旧业，只是尝试写几行新诗——这几年新诗尝试的运命并不太令人踊跃，冷嘲热骂只是家常便饭——他常能走几里路去采几茎花，费许多周折去看一个朋友说两句话；这些，还有许多，都不是我们寻常能够轻易了解的神秘。我说神秘，其实竟许是傻，是痴！事实上他只是比我们认真、虔诚到傻气，到痴！他愉快起来，他的快乐的翅膀可以碰得到天；他忧伤起来，他的悲戚是深得没有底。寻常评价的衡量在他手里失了效用，利害轻重他自有他的看法，纯是艺术的、情感脱离寻常原则的，所以往常人常听到朋友们说到他总爱带着嗟叹的口吻说："那是志摩，你又有什么法子！"他真的是个怪人么？朋友们，不，一点都不是。他只是比我们近情，比我们热诚①，比我们天真，比我们对万物都更有信仰，对神，对人，对灵，对自然，对艺术！

朋友们，我们失掉的不止是一个朋友，一个诗人，我们丢掉的是个急难得可爱的人格。

至于他的作品全是抒情的么？他的兴趣只限于情感么？更是不对。志摩的兴趣是极广泛的。他始终极喜欢天文，他对天上星宿的名字和方位就认得很多，最喜暑夜观星，好几次他坐火车都是带着关于宇宙的科学的书。他曾经译过爱因斯坦的相对论，并且在一九二二年便写过一篇关于相对论的东西登在《民铎》杂志上。他常向思成说笑："任公先生的相对论的知识还是从我徐君志摩大作上得来的呢。因为他说他看过许多关于爱因斯坦的哲学都未曾看懂，看到志摩的那篇才懂了。"今夏我在香山养病，他常来闲谈，有一天谈到他幼年上学的经过和美国克莱克大学两年学经济学的景况，我们不禁对笑了半天，后来他在他的《猛虎集》的序里也说了那么一段。可是奇怪的！他不像许多天才，幼年里上学，不是不及格，便是被斥退，他是常得优等的。听说有一次康奈尔暑校里一个极严的经济学教授还写了信去克莱克大学教授那里恭维他的学生，关于一门很难的功课。我不是为志摩在这里夸张，因为事实上只有为了这桩事，今夏志摩自己便笑得不亦乐乎！

---

① 热诚：热心而诚挚。

此外他的兴趣对于戏剧、绘画都极深浓，戏剧不用说，与诗文是那么接近；他领略绘画的天才也颇为可观，后期印象派的几个画家，他都有极精密的爱恶，对于文艺复兴时代的那几位，他也很熟悉，他最爱波提切利[①]和达·芬奇。自然他也常承认文人喜画常是间接地受了别人论文的影响，他的，就受了罗杰·弗莱[②]（Roger Fry）和沃尔特·佩特[③]（Walter Pater）的不少。对于建筑审美他常常对思成和我道歉说："太对不起，我的建筑常识全是拉斯金斯（Ruskins）那一套。"他知道我们是讨厌 Ruskins 的。但是为看一个古建的残址、一块石刻，他比任何人都热心，都更能静心领略。

　　他喜欢色彩，虽然他自己不会作画，暑假里他曾从杭州给我几封信，他自己叫它们做"描写的水彩画"，他用英文极细致地写出西边桑田的颜色，每一分嫩绿，每一色鹅黄，他都仔细地观察到。又有一次他望着我园里一带断墙半晌不语，过后他告诉我说，他正在默默体会，想要描写那墙上向晚的艳阳和刚刚入秋的藤萝。

　　对于音乐，中西的他都爱好，不止爱好，他那种热心便唤醒过北京一次——也许唯一的一次——对音乐的注意。谁也忘不了那一年，克

[①] 波提切利：生于一四四五年，卒于一五一〇年，十五世纪末佛罗伦萨画派的最后一位画家，也是意大利肖像画的先驱。代表作有《春》《维纳斯的诞生》等。
[②] 罗杰·弗莱：生于一八六六年，卒于一九三四年。英国著名艺术史家和美学家，二十世纪最伟大的艺术批评家之一，印象派绘画运动的命名者和主要诠释者。他提出的形式主义美学观构成现代美学史的主导思想。著有《贝利尼》《视觉与设计》《变形》等。
[③] 沃尔特·佩特：生于一八三九年，卒于一八九四年。英国著名文艺批评家、作家。他是二十世纪末提倡"为艺术而艺术"的英国唯美主义运动的理论家和代表人物。代表作有《文艺复兴》《想象的肖像》《家里的孩子》等。

莱斯勒①到北京在"真光"拉一个多钟头的提琴。对旧剧他也得算"在行",他最后在北京那几天我们曾接连地同去听好几出戏,回家时我们讨论的热闹,比任何剧评都诚恳都起劲。

谁相信这样的一个人,这样忠实于"生"的一个人,会这样早地永远地离开我们另投一个世界,永远地静寂下去,不再透些许声息!

我不敢再往下写,志摩若是有灵听到比他年轻许多的一个小朋友拿着老声老气的语调谈到他的为人不觉得不快么?这里我又来个极难堪的回忆,那一年他在这同一个的报纸上写了那篇伤悼我父亲惨故的文章,这梦幻似的人生转了几个弯,曾几何时,却轮到我在这风紧夜深里握笔吊他的惨变。这是什么人生、什么风涛、什么道路?志摩,你这最后的解脱未始不是幸福,不是聪明,我该当羡慕你才是。

(原刊于一九三一年十二月七日《北平晨报》)

---

① 克莱斯勒:生于一八七五年,卒于一九六二年,美籍奥地利小提琴家、作曲家。从小就表现出极高的音乐天赋,受到良好的音乐教育。一八九六年真正开始音乐生涯,逐渐扬名于维也纳、柏林。二十世纪初多次在世界各地进行旅行演奏,声名鹊起。

纪念志摩去世四周年

今天是你走脱这世界的四周年！朋友，我们这次拿什么来纪念你？前两次的用香花感伤地围上你的照片，抑住嗓子底下（的）叹息和悲哽，朋友和朋友无聊地对望着，完成一种纪念的形式，俨然是愚蠢的失败。因为那时那种近于伤感，而又不够宗教庄严的举动，除却点明了你和我们中间的距离，生和死的间隔外，实在没有别的成效；几乎完全不能达到任何真实纪念的意义。

去年今日我意外地由浙南路过你的家乡，在昏沉的夜色里我独立火车门外，凝望着那幽暗的站台，默默地回忆许多不相连续的过往残片，直到生和死间居然幻成一片模糊，人生和火车似的蜿蜒一串疑问在苍茫间奔驰。我想起你的：

火车擒住轨，在黑夜里奔
过山，过水，过……

如果那时候我的眼泪曾不自主地溢出睫外，我知道你定会原谅我的。你应当相信我不会向悲哀投降，什么时候我都相信倔强地忠于生的，即使人生如你底下所说：

就凭那精窄的两道，算是轨，

驮着这份重，梦一般的累赘！

就在那时候我记得火车慢慢地由站台拖出一程一程地前进，我也随着酸怆的诗意，那"车的呻吟"，"过荒野，过池塘……过噤口的村庄"。到了第二站——我的一半家乡。

今年又轮到今天这一个日子！世界仍旧一团糟，多少地方是黑云布满粗着筋络往理想的反面猛进，我并不在瞎说，当我写：

信仰只一细炷香，

那点子亮再经不起西风

沙沙地隔着梧桐树吹

朋友，你自己说，如果是你现在坐在我这位子上，迎着这一窗太阳：眼看着菊花影在墙上描画作态；手臂下倚着两叠今早的报纸；耳朵里不时隐隐地听着朝阳门"打靶"的枪弹声；意识的，潜意识的，要明白这生和死的谜，你又该写成怎样一首诗来，纪念一个死别的朋友？

此时，我却是完全的一个糊涂！习惯上我说，每桩事都像是造物的意旨，归根都是运命，但我明知道每桩事都像有我们自己的影子在里面烙印着！我也知道每一个日子是多少机缘巧合凑拢来拼成的图案，但我也疑问其间的排布谁是主宰。据我看来：死是悲剧的一章，生则更是一场悲剧的主干！我们这一群剧中的角色自身性格与性格矛盾；理智与情感两不相容；理想与现实当面冲突，侧面或反面激成悲哀。日子一天一天向前转，昨日和昨日堆垒起来混成一片不可避脱的背景，做成我们周遭的墙壁或气氛，那么结实又那么缥缈，使我们每一个人站在每一天的每一个时候里都是那么主要，又是那么渺小无能！

此刻我几乎找不出一句话来说，因为，真的，我只是个完全的糊涂；感到生和死一样地不可解，不可懂。

但是我却要告诉你，虽然四年了你脱离去我们这共同活动的世界，本身停掉参加牵引事体变迁的主力，可是谁也不能否认，你仍立在我们烟涛渺茫的背景里，间接的是一种力量，尤其是在文艺创造的努力和信仰方面。间接的你任凭自然的音韵，颜色，不时的风轻月白，人的无定律的一切情感，悠断悠续地仍然在我们中间继续生，仍然与我们共同交织着这生的纠纷，继续着生的理想。你并不离我们太远。你的身影永远挂在这里那里，同你生前一样地飘忽，爱在人家不经意时茌止，带来勇气的笑声也总是那么嘹亮，还有，还有经过你热情或焦心苦吟的那些诗，一首一首仍串着许多人的心旋转。

说到你的诗，朋友，我正要正经地同你再说一些话。你不要不耐烦，这话迟早我们总要说清的。人说盖棺定论，前者早已成了事实，这后者在这四年中，说来叫人难受，我还未曾读到一篇中肯或诚实的评论，虽然对你的赞美和攻讦由你去世后一两周间，就纷纷开始了。但是他们每人手里拿的都不像纯文艺的天平：有的喜欢你的为人；有的疑问你私人的道德；有的单单尊崇你诗中所表现的思想哲学；有的仅喜爱那些软弱的细致的句子，有的每发议论必须牵涉到你的个人生活之合乎规矩方圆，或断言你是轻薄，或引证你是浮奢豪侈！朋友，我知道你从没介意过这些，许多人的浅陋、老实或刻薄处你早就领略过一堆，你不止未曾生过气，并且常常表示怜悯同原谅；你的心情永远是那么洁净；头老抬得那么高；胸中老是那么完整的诚挚；臂上老有那么许多不折不挠的勇气。但是现在的情形与以前却稍稍不同，你自己既已不在这里，做你朋友的，眼看着你被误解、曲解，乃至于谩骂，有时真忍不住替你不平。

但你可别误会我心眼儿窄，把不相干的看成重要，我也知道误解、曲解、谩骂，都是不相干的，但是朋友，我们谁都需要有人了解我们的时候，真了解了我们，即使是痛下针砭，骂着了我们的弱处错处，那整个的我们却因而更增添了意义。一个作家文艺的总成绩更需要一种就文论文，就艺术论艺术的和平判断。

你在《猛虎集》序中说"世界上再没有比写诗更惨的事"，你却并未说明为什么写诗是一桩惨事，现在让我来个注脚好不好？我看一个人一生为着一个愚诚的倾向，把所感受到的复杂的情绪尝味到的生活，放到自己的理想和信仰的锅炉里烧炼成几句悠扬铿锵的语言（哪怕是几声小唱），来满足他自己本能的艺术冲动，这本来是个极寻常的事，哪一个地方哪一个时代，都不断有这种人。轮着做这种人的多半是为着他情感来得比寻常人浓烈、丰富、敏锐，而为着这情感而发生的冲动更是非实际的——或不全是实际的——追求，而需要那种艺术的满足而已。说起来写诗的人的动机多么简单可怜，正是如你序里所说"我们都是受支配的善良的生灵"！虽然有些诗人因为他们的成绩特别高厚旷阔，包括了多数人或整个时代的艺术和思想的冲动，从此便在人中间披上神秘的光圈，使"诗人"两字无形中挂着崇高的色彩。这样使一般努力于用韵文表现或描画人在自然万物相交错的情绪思想的，便被人的成见看作夸大狂的旗帜，需要同时代人的极冷酷的讥讪和不信任来扑灭它，以挽救人类的尊严和健康。

我承认写诗是惨淡经营，孤立在人中挣扎的勾当，但是因为我知道（得）太清楚了，你在这上面单纯的信仰和诚恳的尝试，为同业者奋斗，卫护他们情感的愚诚，称扬他们艺术的创造，自己从未曾求过虚荣，我觉得你始终是很逍遥舒畅的。如你自己所说"满头血水"你"仍不曾低头"，你自己相信"一点性灵还在那里挣扎"，"还想在实际生活的重重压迫下透出一些声响来"。

简单地说，朋友，你这写诗的动机是坦白而不由自主的，你写诗的态度是诚实、勇敢而倔强的。这在讨论你诗的时候，谁都先得明了的。

至于你诗的技巧问题，艺术上的造诣，在几乎没有一定定义的时代，转入这讨论外形、内容，以至于音节、韵脚、章句、意象、组织等艺术技巧问题的时期，即是根据着对这方面努力尝试过的那一些诗，你的头两个诗集子就是供给这些讨论见解最多材料的根据。外国的土话说"马总得放在马车的前面"，不是吗？没有一些尝试的成绩放在那里，理论家是不能老在那里发一堆空头支票的，不是吗？

你自己一向不止在那里倔强地尝试用功，你还曾用尽你所有活泼的热心鼓励别人尝试，鼓励"时代"起来尝试——这种工作是最犯风头嫌疑的，也只有你胆子大头皮硬顶得下来！我还记得你要印诗集时我替你捏一